Un petit jeu sans conséquence

JC HARROWAY

Un petit jeu sans conséquence

Traduction française de
HÉLÈNE ARNAUD

MAGNETIC

HARLEQUIN

Titre original :
ON NIGHT ONLY

HARPERCOLLINS FRANCE
83-85, boulevard Vincent-Auriol, 75646 PARIS CEDEX 13
Service Lectrices — Tél. : 01 45 82 47 47

www.harlequin.fr

ISBN 978-2-2804-1699-3

1

Ash Jacob ferma les yeux et savoura un instant la chaleur du soleil dans son dos. Bercé par le gazouillement hypnotique des oiseaux et le bourdonnement continu du trafic londonien, il prit une profonde inspiration. Si ce lieu, si éloigné du désastre qu'il avait laissé à New York, ne lui permettait pas de lâcher un peu de lest, rien ne le pourrait.

— Merde !

Ce cri soudain le coupa dans sa méditation. Il n'était donc pas le seul à passer une mauvaise journée… Rouvrant les yeux, il dut prendre quelques secondes pour s'habituer à la clarté du ciel de juillet et pouvoir de nouveau examiner son environnement. Il étendit un bras sur le dossier du banc et sentit les planches de bois usées presser ses muscles fatigués. Comme s'il avait besoin qu'on lui rappelle les douze heures passées dans l'avion la veille, plié en quatre comme un bretzel, en dépit du luxe relatif de la première classe.

— Bon sang de merde en boîte !

Quelle charmante expression…

Il ne put réprimer un petit sourire et sentit immédiatement son moral remonter d'un cran. La jeune femme qui avait crié n'était pas loin de son petit havre isolé, au cœur de St James's Park. De là où il était, il pouvait admirer ses longues jambes nues sous sa courte robe fleurie, ses cheveux blonds parsemés de mèches rousses flamboyantes réunis en queue-de-cheval, et son petit sac à dos en jean jeté négligemment sur l'épaule. Malgré son allure juvénile, elle devait avoir dans les vingt-cinq ans.

Une étudiante, peut-être ? songea Ash. Une touriste ? Une autre âme déracinée, éloignée de son foyer, comme lui ?

D'un doigt nerveux, elle tapotait furieusement l'écran de son téléphone, comme si ce geste compulsif avait le pouvoir de le ramener à la vie.

Intrigué, traversé malgré lui par une pointe de désir, Ash se redressa un peu. L'accent anglais de la jeune femme et ses jurons hauts en couleur lui rappelaient à quel point il était loin de New York. En effet, les femmes qu'il avait l'habitude de fréquenter affichaient toujours un calme et un flegme dont cette fille attirante semblait incapable.

Les courbes charmantes de sa poitrine et la finesse de son profil eurent un effet immédiat sur sa libido pourtant troublée par le décalage horaire. Il retrouva instantanément son intérêt coutumier pour le sexe opposé — un intérêt qui se pliait toujours à deux règles simples : premièrement, c'était lui qui fixait les limites. Deuxièmement, ça ne durait jamais plus d'une nuit.

Soudain à l'étroit dans son jean, il changea de

position sur son banc inconfortable. La jeune femme baissa finalement la main, abandonnant visiblement la lutte avec son téléphone récalcitrant, et examina d'un coup d'œil rapide ce coin déserté du parc.

Ash ferma de nouveau les yeux en faisant semblant de profiter du calme qu'elle avait rompu. Il était venu à Londres pour négocier une affaire avec son plus vieil ami, pas pour voler au secours d'une demoiselle anglaise aux jambes longues et aux formes appétissantes. Plus important encore, il était venu ici pour fuir le scandale dont il avait été victime à New York et reprendre le contrôle de sa vie. Et il était plus que temps qu'il y parvienne.

— Euh... Excusez-moi...

Bon sang.

Elle s'était approchée du banc en ondulant des hanches. Ash jeta un coup d'œil autour de lui. Il y avait pourtant d'autres personnes dans le coin : quelques joggeurs et une femme avec une poussette. Pourquoi avait-il fallu qu'elle le choisisse, *lui* ? Il tenta de se détendre et de respirer plus lentement. Si elle le croyait endormi, elle le laisserait peut-être tranquille. Qu'elle s'adresse donc à quelqu'un d'autre pour régler son problème de téléphone !

Hélas, le bruit de ses pas dans le gravier se rapprocha doucement.

Puis un petit rire gêné résonna juste en face de lui.

Assez près pour que le parfum de la belle inconnue vienne chatouiller le nez d'Ash. Un parfum léger et floral qui se mêlait aux effluves familiers d'une crème solaire.

De nouveau, sa libido vint le titiller. Comme

il aurait aimé la voir en bikini, allongée dans un transat sur la terrasse de sa maison de vacances, dans les Hampton, et profiter ainsi du spectacle délicieux de ses courbes sensuelles et de sa peau laiteuse.

La charmante inconnue s'éclaircit la voix et ce son délicat éveilla tous les sens fatigués d'Ash. Physiquement, elle était l'archétype même des femmes qu'il trouvait attirantes. Dans d'autres circonstances, il aurait sans doute mis en route son numéro de charme bien rodé, aurait cherché à savoir si elle partageait ses valeurs en matière de sexe sans lendemain et aurait passé un agréable après-midi dans un lit avec elle.

Mais la dernière chose dont il avait besoin, en ce moment, était bien une rencontre avec une femme *aussi* belle, une femme qui avait su sans peine attirer son attention et le piéger sur son banc dans son jean trop serré.

Il avait déjà été trompé par le passé. Sa vieille blessure sentimentale venait d'être rouverte publiquement et de manière particulièrement humiliante… C'était d'ailleurs pour ça qu'il s'était empressé de quitter New York.

Pas question donc, pour le moment, de s'autoriser la moindre aventure !

Et puis, de toute façon, quelle femme courait encore le risque de parler à un inconnu dans un parc public ? Ash n'était pourtant pas sur son trente et un. Au contraire, il avait une apparence plutôt négligée, bien loin de ses costumes sur mesure habituels. Il n'était venu ici que pour fuir un moment la chambre d'hôtel étouffante et climatisée dans laquelle il avait prévu de passer ses deux premières nuits, le temps que l'appartement de la Jacob Holdings ait été nettoyé. Il avait besoin d'air frais, de verdure, de tout ce qui pouvait lui faire oublier la spirale de culpabilité et de dégoût de lui-même dans laquelle il avait sombré.

Il avait donc enfilé un simple T-shirt et un jean confortable, froissés par quarante-huit heures de voyage dans une valise. Il n'avait même pas pris la peine de se raser avant de sortir. Ce look, plutôt décontracté, était un indice de plus prouvant que son séjour à Londres allait marquer un changement majeur dans ses habitudes. Là, il allait pouvoir se libérer de tout ce qui avait fait sa vie depuis dix ans : sa position au sein de l'entreprise familiale, menée à mal par son père manipulateur, implacable et — il l'avait amèrement découvert lui-même récemment — infidèle.

— Excusez-moi… Est-ce que vous allez bien ?

Ash soupira et se laissa capter par cette voix douce, loin de l'abysse dans lequel il s'était laissé couler de nouveau. Manifestement, cette femme n'était pas du genre à renoncer. Était-elle perdue ? Il ne connaissait pas bien Londres lui-même, mais il y avait passé suffisamment de temps ces dernières années pour avoir quelques vagues repères. Mieux valait écouter ce qu'elle avait à lui demander et se débarrasser au plus vite d'elle et de sa silhouette si aguichante…

Il ouvrit donc les yeux, en affichant un sourire poli pour masquer son agacement. Pourquoi fallait-il que la tentation se manifeste ainsi, juste sous son nez, dès son arrivée ?

— Je vais très bien, dit-il. Je profite juste un peu du soleil.

Le sourire dont elle le gratifia eut deux effets opposés sur son corps fatigué : ses lèvres charnues déclenchèrent une délicieuse avalanche de désir au creux de ses reins et son regard franc le crispa involontairement, au point que ses épaules le firent instantanément souffrir. Les Anglaises étaient-elles donc toutes aussi naïves ? aussi confiantes ? Pour un homme comme lui, qui avait appris à ne faire confiance à personne, cette fille était un mystère.

— Oh ! tant mieux, dit-elle. Est-ce que je pourrais vous demander une petite faveur dans ce cas ?

Elle secoua son portable sous son nez.

— Mon téléphone n'a plus de batterie.

— OK… Et vous êtes perdue ? s'enquit Ash.

Aide-la à trouver son chemin et contente-toi de regarder ses jambes de sirène quand elle s'éloignera !

Hélas, le spectacle ne serait pas aussi charmant que celui qu'il avait à présent sous les yeux.

La fille lui lança un nouveau sourire éblouissant et il sentit une douce chaleur l'envahir, comme lorsqu'il allait à Coney Island, pendant son enfance.

— Non. Je me demandais juste si vous pouviez prendre une photo pour moi, dit-elle en lui montrant la grande roue au loin. Vous pourriez utiliser votre téléphone et puis… peut-être… me l'envoyer.

Sa voix faiblit un peu et elle entortilla une mèche de cheveux échappée de sa queue-de-cheval autour de son doigt.

L'expression abasourdie d'Ash dut être particulièrement comique. S'était-il réveillé dans un univers parallèle ? Ce genre de rencontre faisait-il partie d'un ancien rituel britannique ? Et d'ailleurs, craignait-il réellement de passer quelques secondes de plus à goûter au spectacle de ce corps magnifique et à fantasmer sur la femme qui se tenait en face de lui ?

Il se redressa, ajustant discrètement son jean, et prit le temps d'admirer un peu plus sa beauté parfaite. De près, l'inconnue était renversante. Elle avait une peau veloutée sans défauts, de grands yeux bleu ciel et un nuage de taches de rousseur autour de son nez mutin. Dès le premier regard, Ash avait perçu l'aura de joie de vivre et d'insouciance qui émanait d'elle.

Si elle lui demandait de prendre une photo, c'était certainement parce qu'elle visitait Londres en touriste. Peut-être même était-ce son dernier jour en ville…

Cette idée attisa davantage son désir.

Il se rendit soudain compte qu'elle l'examinait de la tête aux pieds d'un air intéressé. Ses yeux passèrent de son T-shirt froissé à son jean fatigué, déversant en lui une chaleur plus intense encore que celle du soleil. Est-ce qu'elle cherchait à flirter ?

— Pas de problème, je peux prendre votre photo, répondit-il finalement.

Pourquoi pas ? Il pouvait bien lui accorder cette faveur — et d'autres, si elle le désirait. Elle releva les yeux et soutint un instant son regard. Ses pommettes rosirent brusquement et elle redressa la tête. Finalement, elle était peut-être exactement ce dont Ash avait besoin, en ce moment... Elle saurait sans doute le distraire des problèmes avec lesquels il se débattait. En tout cas, elle semblait partager ce désir qui montait en lui. Saurait-elle aussi soigner cet état de stress qui ne le quittait pas, et lui permettre de retrouver la détermination tranquille qu'il avait perdue ?

La tension qui s'était installée peu à peu entre eux se brisa comme par magie quand la fille éclata d'un rire cristallin. Ash lui sourit. Au moins, elle assumait son évidente curiosité sensuelle — et c'était agréable. Tout en la regardant, il tenta de deviner plus précisément son âge ; elle n'était finalement peut-être pas aussi jeune qu'il l'avait cru. Retrouvant son sourire lumineux, elle secoua sa queue-de-cheval.

Ash se pencha sur le banc pour attraper son téléphone dans la poche arrière de son jean. Sous le soleil déclinant, la robe de la fille était particulièrement transparente, remarqua-t-il. Devait-il le lui dire ? Ou allait-il se contenter de savourer les formes délicates de son corps qui se découpaient en ombres chinoises ? Imaginer ses longues jambes passées autour de sa taille...

Non.

Un flot de souvenirs douloureux revint le hanter. Il pensa de nouveau à tout ce que son ex avait été capable de faire pour le tromper, tous ces mensonges qui n'avaient fait que renforcer ses convictions concernant le sexe opposé. Cette fois, il avait bel et bien tiré une croix sur toutes les femmes qui ne comprenaient pas ses règles ou qui ne désiraient pas exactement la même chose que lui.

L'inconnue s'assit soudain à côté de lui, faisant grincer les vieilles planches du banc.

— Vous êtes américain, non ?

Il acquiesça avant de se détourner. Au moins, cette fille ne risquait pas de s'intéresser à lui pour le prestige et le pouvoir liés à son nom, ni pour sa fortune personnelle considérable — une fortune dont rien ne transparaissait dans sa tenue décontractée. Elle ne pouvait pas savoir que sa famille possédait la moitié de Manhattan et une bonne partie de Londres. Elle ne risquait pas non plus de deviner qu'il était venu en Angleterre pour s'éloigner de sa réputation de « magnat de l'immobilier » et de la trahison d'un des membres de sa famille. Elle ignorait tout de lui — à moins qu'elle n'ait lu les pages people du *New York Times*.

De nouveau, un sentiment d'amertume l'assaillit. Comment son père avait-il pu lui faire ça ? Se retourner contre son propre fils et balayer d'un tour de main les années de loyauté qu'Ash avait consacrées à l'entreprise familiale ? Quant à lui, comment avait-il pu se montrer aussi naïf ?

La charmante inconnue ne semblait pas se douter de son combat intérieur. Elle se tourna vers lui, et ses genoux nus vinrent effleurer sa cuisse. Son regard pétillait.

— Londres est une cité magnifique, hein ? Vous avez eu le temps d'aller voir le palais de Buckingham ? Ce n'est pas loin d'ici, dit-elle en indiquant la direction par-dessus son épaule.

Ce changement de sujet parut la ravir et elle se mit à parler avec excitation des différentes attractions touristiques de la ville.

— Et vous connaissez les Sept Nez de Soho ? Je pars à leur recherche, aujourd'hui. Vous voulez apprendre un truc marrant ? ajouta-t-elle en lui montrant un petit lac, dans le parc. Ces pélicans ont été offerts au roi Charles II par un ambassadeur russe en 1664.

Elle parlait si vite, et son accent charmant déformait tellement son anglais qu'Ash avait presque l'impression d'entendre du chinois… Des nez ? Des pélicans ? La sensation d'épuisement nichée en lui comme un serpent était-elle en train d'infecter et de détruire ses neurones ? Le décalage horaire l'avait-il plus fatigué qu'il ne le croyait ? À moins que sa testostérone n'ait commencé à griller son esprit pourtant si aiguisé d'habitude.

— Donc, vous… voulez une photo ? marmonna-t-il.

Il ralluma son téléphone et se pencha en avant pour se lever. Il n'avait qu'à faire sa bonne action, ensuite elle partirait et il continuerait tranquillement à rassembler les lambeaux de sa vie. De toute façon, il était déjà trop tard pour prétendre que l'unique raison de sa venue à Londres était le nouvel accord qu'il comptait négocier. D'autres choses l'avaient poussé à traverser l'Atlantique — entre autres, sa culpabilité pour avoir obligé sa mère à affronter l'échec de son mariage, et la publicité humiliante qui avait suivi sa confrontation mouvementée avec son père. Parfois, appartenir à une famille médiatisée était une véritable malédiction.

Mais il avait laissé tout ça derrière lui, à présent.

Concentre-toi sur le présent. Ici et maintenant.

Londres, si pleine de vie et de richesses culturelles, saurait le distraire de ses problèmes… Mais pas autant que la chaleur du corps de l'inconnue, si proche du sien.

— Vous êtes ici depuis combien de temps ? lança-t-elle soudain en penchant la tête sur le côté.

Un petit bout de langue rose vint humecter ses lèvres et Ash dut réprimer un gémissement animal.

Ce n'est pas juste !

— Un jour ou deux.

Comment pouvait-il ignorer la tentation quand elle se tenait si innocemment devant lui ? Il s'y connaissait assez bien pour savoir ce qui se passait : la distraction idéale était assise là et le regardait comme s'il était une pâtisserie alléchante… Que risquaient vraiment deux voyageurs qui se croisaient, le temps d'une nuit à Londres, avant de reprendre leur route ?

Il n'aurait même pas besoin de lui révéler son vrai nom, de lui dire qu'il était l'un des avocats les plus en vue de New York, baron de l'immobilier et héritier de la fortune Jacob. De toute façon, pour le moment, il n'avait aucune envie de rendre publics ses liens avec son ordure de père. Cela faisait déjà longtemps que la barbarie en col blanc de Hal Jacob gênait Ash. Il n'avait pourtant pas vu la catastrophe arriver et n'avait certainement pas prévu les conséquences que ce tsunami aurait pour lui.

Passant nerveusement une main sur son visage, il fit de son mieux pour chasser ses sombres pensées et se concentra une nouvelle fois sur la jeune femme séduisante, amusante et sexy qui était assise à côté de lui. Son parfum si fleuri était le parfait antidote au tourbillon incontrôlable de ses pensées.

Certes, elle était sans doute un peu moins expérimentée que les femmes qui croisaient habituellement le chemin d'Ash, mais elle était tout aussi belle. En fait, avec sa personnalité pétillante aussi enivrante qu'une bouffée d'air frais en plein été, elle semblait presque à l'opposé des amantes sophistiquées qu'il invitait en général chez lui. L'étincelle du désir se renforça au creux de ses reins, envoyant de nouvelles vagues d'énergie brûlante dans tout son corps.

Discrètement, il jeta un petit coup d'œil à son annulaire gauche. Pas d'alliance.

Hélas, il savait d'expérience que les femmes comme elle, avec des joues colorées et des queues-de-cheval mutines, demandaient toujours plus que ce qu'il était prêt à leur offrir. Elles voulaient des *relations*. Et Ash ne se laissait jamais aveugler par ce mirage, si attirant puisse-t-il être.

En tout cas, plus depuis son ex-fiancée…

Il se leva brusquement pour chasser les fourmillements de ses jambes. Il allait prendre cette fichue photo et mettre fin à cette bizarre démonstration des différences culturelles de part et d'autre de l'Atlantique… C'était certes charmant, mais bien trop étrange à son goût. Et puis, il était temps qu'il se libère une bonne fois pour toutes de la tentation.

Il se campa au milieu du chemin et immortalisa à l'aide de son téléphone la silhouette de la grande roue, l'une des plus célèbres attractions touristiques de Londres. Voilà, il avait rempli sa mission. Cependant, il hésitait toujours entre un au revoir poli et l'envie d'ouvrir une porte. Après tout, peut-être se trompait-il sur le compte de cette fille en pensant qu'elle ne partagerait pas ses valeurs. Et si, comme lui, elle appréciait le sexe sans lendemain ?

— Vous êtes déjà monté dessus ? demanda-t-elle soudain en s'approchant de lui, les yeux fixés sur la roue immense d'où pendaient les sphères vitrées des cabines.

— Pas encore.

Il lui tendit son téléphone pour lui permettre d'examiner la photo et songea instinctivement à un autre sens de « monter dessus » tandis qu'elle s'avançait pour regarder l'image, laissant ses cheveux soyeux effleurer son poignet.

Et merde ! Même le grand air anglais n'avait pas le pouvoir d'étouffer son désir. Pourtant, que ce soit dans le cadre du travail ou au lit, Ash avait toujours su contrôler ses émotions.

En fin de compte, un petit flirt d'été saurait sans doute le libérer de son agitation et lui apporter un brin de sérénité. Avec un peu de chance, ce contrôle qu'il savait si bien conjurer dans la chambre à coucher finirait par s'étendre de nouveau aux autres facettes de sa vie. Il retrouverait même son équilibre à temps pour affronter sa première journée de travail, le lendemain.

L'inconnue ensorceleuse lui sourit et il sentit son cœur battre plus fort.

— Merci beaucoup ! Vous me sauvez la vie !

Elle lui donna son numéro et il envoya la photo par SMS.

— Au fait, je m'appelle Essie, dit-elle en tendant à Ash une main délicate à la peau douce et aux ongles courts vernis en violet.

Il la serra. Ce geste si formel paraissait étrange, après les regards aguicheurs qu'ils venaient d'échanger.

— Moi, c'est Ash.

Elle sourit de nouveau d'un air presque admiratif, comme s'il venait de lui avouer qu'il était l'un des héritiers de la couronne venu l'inviter à prendre le thé avec la reine.

— Ash, le Touriste Américain…, murmura-t-elle.

Elle avait eu sa photo, et pourtant elle ne semblait pas pressée de partir. En fait, elle recommençait à entortiller une mèche de cheveux autour de son doigt en le dévisageant d'un regard brûlant — plein de désir. Clairement, il ne s'était pas trompé sur son compte.

— Essie, l'Experte en Tourisme Londonien…

Un nouveau rire cristallin s'échappa de ses lèvres et il le sentit résonner jusqu'au fond de son estomac.

— Vous avez envie de manger quelque chose ? proposa-t-elle. Je ne connais pas très bien ce quartier, mais il y a un petit traiteur sympa dans le coin, et j'ai encore plein de tuyaux touristiques à vous confier…

Ses grands yeux bleus s'illuminèrent de plus belle.

Ash sentit son cœur s'emballer. Elle essayait *bel et bien* de le séduire, d'une manière subtile et charmeuse, bien plus attirante que les avances directes dont il avait l'habitude. À cet instant, il sut que sa décision était prise : il était partant pour une nuit sans attaches et sans lendemain avec cette fille. De plus, comme elle n'était que de passage en ville, il ne serait pas obligé de poser les limites — *ses* limites — comme avec les autres femmes : « passer du bon temps, ne pas s'impliquer, juste s'amuser », et autres euphémismes auxquels il avait généralement recours…

Essie finirait forcément par quitter Londres et retourner dans le charmant coin de campagne anglaise où elle vivait. De plus, elle en savait très peu sur lui et penserait sans doute qu'il rentrerait bientôt aux États-Unis.

Il l'invita d'un geste à ouvrir la voie, puis glissa les mains dans ses poches. Elle répondit par un sourire, fit passer sa queue-de-cheval par-dessus son épaule et se mit en route à ses côtés. Pendant quelques minutes, ils marchèrent en silence, goûtant la chaleur estivale et l'alchimie sensuelle qui les rapprochait.

Quelque chose se réveillait au fond de l'estomac d'Ash — cette excitation délicieuse que l'on ressent quand on rencontre un parfait inconnu dans un lieu que l'on ne connaît pas. L'excitation de l'anonymat. Pour un jour, au moins, il pouvait être qui il voulait. Il était libre de se réinventer comme il le souhaitait et de se débarrasser des entraves qui étaient récemment venues l'alourdir, comme des boulets de ciment attachés à ses pieds.

Aujourd'hui, il n'était plus Ash le trompé, celui qui s'était laissé aveugler, et à qui les deux seules personnes qui auraient dû le soutenir avaient menti sans vergogne. *Qu'il aille au diable, cet Ash-là !* Aujourd'hui, il devenait le simple touriste américain qui tuait le temps avec la jolie petite bouffée d'air frais qu'était Essie.

— Alors…

Il parvint à la gratifier de son premier sourire sincère de la journée et remarqua avec plaisir les deux nuages rosés qui vinrent illuminer ses joues.

— … Parle-moi un peu de ces nez.

Essie Newbold avait partagé des fous rires avec l'Américain sexy avec lequel elle venait de passer l'après-midi et la soirée. Il mesurait une bonne tête de plus qu'elle et elle avait passé son temps à l'ombre de sa grande silhouette, mais le soleil ne lui avait pas manqué.

Son contact l'avait réchauffée.

De délicieux petits éclairs d'électricité statique avaient traversé toutes les zones sensibles de son corps chaque fois qu'elle l'avait touché par accident en traquant les Sept Nez de Soho, ou quand ils s'étaient retrouvés collés l'un à l'autre dans une rame de métro bondée. Jamais encore elle n'avait autant apprécié la foule souterraine de Londres…

Au lieu de s'écarter d'elle alors que son épaule venait de l'effleurer, Ash la prit soudain dans ses bras, tout sourires.

Elle sentit un vertige monter en elle.

Allait-elle vraiment faire ça — coucher avec cet

homme si sexy rencontré ce matin au parc ? Son premier coup d'un soir…

Elle glissa une main dans la poche arrière du jean d'Ash, les doigts plaqués contre ses fesses fermes. Depuis quand était-elle si audacieuse ? Mais peut-être avait-elle simplement besoin d'autre chose que des étreintes sans ardeur que lui avait si longtemps réservées son ex.

À vrai dire, son idée des préliminaires se limitait à un obligatoire pincement des tétons et rien de plus. Essie avait d'ailleurs honte d'avoir si facilement accepté ces attentions paresseuses et bâclées.

Raison de plus pour explorer les promesses sensuelles d'une nuit avec cet Américain sûr de lui à la carrure de dieu grec. Elle y gagnerait sans doute un peu de l'expérience qui lui manquait si cruellement en matière de sexe et vivrait peut-être un de ces orgasmes d'anthologie qui pimentaient les discussions avec des copines. Bref, ils passeraient un peu de bon temps ensemble avant de reprendre chacun sa route. Tant qu'Ash n'était pas un tueur en série, c'était une opportunité en or. Elle ferma les yeux et savoura quelques instants le frisson délicieux qui faisait vibrer ce grand corps contre elle. Non qu'il fasse froid, bien au contraire. C'était un frisson d'anticipation, d'impatience…

Le meilleur frisson qui soit.

Elle prit soudain une profonde inspiration, troublée par son propre culot et, soyons honnête, un peu gênée. Aucune loi ne stipulait qu'on devait avoir au moins eu un coup d'un soir avant ses vingt-cinq ans. Mais comme elle se targuait d'être une sorte d'experte en relations sentimentales, ne devait-elle pas tout expérimenter par égard pour les lecteurs de son blog de psychologie sentimentale ?

Ash passa un bras autour de ses épaules et elle leva une main pour la poser sur la sienne tandis qu'ils échangeaient un petit sourire. Elle sentit une pulsation sourde tambouriner au fond de son ventre.

Après tout, aucun scientifique digne de ce nom ne pouvait se fier uniquement à la théorie. Il fallait de la pratique et elle allait enfin pouvoir enrichir ses années de recherche intensive d'un peu de vécu concret.

Est-ce qu'il entend les battements de mon cœur, de là où il est ?

Que savait-elle réellement des relations sentimentales, en particulier de celles qui fonctionnaient correctement ?

Embarrassée, elle perdit un instant son sourire. Sa première expérience sérieuse, à la fac, l'avait presque poussée à se détourner définitivement des hommes. Cela avait été un tel fiasco qu'après avoir rompu, elle se sentait incapable de définir ce qu'était un type bien, quand bien même se serait-il tenu tout nu devant elle avec un panneau annonçant :

Choisis-moi, je suis encore plus fiable que ta banque.

Avait-elle hérité ça de sa mère ? Après tout, la pauvre femme avait décidé d'avoir un enfant avec le père d'Essie, un menteur infidèle et lâche, tout en sachant pertinemment pendant toutes ces années qu'elle n'était que la maîtresse qu'il cachait à sa *vraie* famille.

Chose qu'Essie, évidemment, n'avait pas sue tout de suite. Elle n'était qu'une petite fille à qui son papa chéri manquait beaucoup quand il devait partir à l'étranger pour son travail. Oui, clairement, sa mère et elle devaient dégager la même aura de désespoir, celle qui faisait partir les hommes en courant.

Mais Ash ne s'était pas encore enfui.

Et elle ne cherchait pas à construire quoi que ce soit avec lui. Elle avait parfaitement compris que, tout comme elle, cet inconnu ne pensait qu'à passer un peu de bon temps. Elle préféra donc chasser tous ses souvenirs amers et se concentrer sur l'homme parfait qui la tenait dans ses bras. Ash l'Exotique. Le gentleman. Amusant, intelligent et intéressé par ce qu'elle avait à dire.

Bref, l'opposé de l'ex auprès de qui elle avait perdu deux ans de sa vie.

Sa gorge se noua.

Peut-être avait-elle besoin d'un vrai changement ? Après tout, elle était à la veille d'un nouveau chapitre de sa vie : son nouveau boulot, dans l'entreprise du demi-frère qu'elle avait pourtant détesté jusqu'à présent, commençait le lendemain. Mais peut-être aussi était-elle juste excitée par cet Ash, bourré de charme, d'élégance, de sensualité, avec ses yeux pétillants et tous ses récits sur New York ?

Rien à voir, en tout cas, avec ses muscles et sa beauté sombre qui attiraient sur lui les regards et les sourires. Instinctivement, elle avait su — comme si c'était gravé en elle — que cet homme serait phénoménal au lit. Sa seule présence lui promettait des orgasmes inimaginables… Une autre chose qui manquait clairement à son maigre répertoire.

Mais il était encore temps de reculer. De remercier Ash et de dire adieu à ses fesses fermes et sexy. Son estomac se noua, tandis que ses doutes jouaient au ping-pong dans sa tête, l'obligeant à parler soudain, sans réfléchir.

— Je n'ai jamais fait un truc comme ça, lâcha-t-elle avant de se mordre la lèvre.

Une vague de chaleur monta en elle, suffocante, et elle leva les yeux vers Ash, craignant sa réaction.

Voilà : il allait croire qu'elle était une sorte d'ingénue, alors qu'elle avait simplement toléré la médiocrité bien trop longtemps dans sa vie.

Il la regarda un instant en silence, puis l'attira un peu plus contre lui, les yeux brillants.

— OK…

Pas la moindre trace de jugement ou de mépris sur son visage. Juste cette flamme de désir qu'elle y avait vue tout l'après-midi.

La petite étincelle qui s'était allumée entre eux pendant leur repas chez le traiteur s'était transformée en vrai flirt entre Piccadilly et Trafalgar Square, où Essie lui avait donné une leçon pratique d'usage du métro londonien. Puis le flirt avait laissé place à une excitation un peu alcoolisée dans un petit pub victorien typique de Soho, où Ash avait insisté pour qu'ils goûtent une pinte de véritable bière tiède, assez forte pour qu'elle se laisse aller à glousser et abandonne sa timidité habituelle. Et c'est d'ailleurs sans doute à cause de ça qu'elle se trouvait actuellement devant l'hôtel d'Ash, les bras passés autour de sa taille, son visage à deux doigts du sien…

Et pourtant, elle hésitait encore à l'embrasser, partagée entre désir et prudence. Elle aurait voulu se gifler… Ses doutes, ses tentatives désespérées pour réussir là où ses parents avaient lamentablement échoué ne l'avaient pas empêchée d'avoir le cœur brisé. Mais, en fin de compte, elle n'avait connu qu'*une* expérience malheureuse…

Ash n'avait pas besoin d'être l'homme parfait. Elle ne lui demandait qu'une nuit de bonheur avant de le quitter pour ne plus jamais le revoir. Une partie de jambes en l'air sensuelle et excitante. Rien de plus.

Ash se pencha sur elle. Ses yeux bleus brillaient, pleins de promesses, et sa bouche s'étira en un petit sourire sexy.

Il était si proche.

Son souffle chaud sentait encore un peu le houblon.

Chassant ses dernières craintes, Essie se hissa sur la pointe des pieds et l'embrassa là, sur le trottoir, au milieu des passants. L'espace d'un instant, Ash parut figé. Sa barbe de trois jours frottait le menton d'Essie. Puis, au bout de quelques secondes, elle sentit ses lèvres s'entrouvrir un peu, sous la caresse légère de son baiser. Sa grande main se posa dans le creux de ses reins, l'attirant à lui. Il prenait le contrôle, penché sur elle, orchestrant de main de maître les mouvements de leurs langues, comme un concerto enivrant qui la fit fondre.

Waouh… Le bel homme bavard et attentif avec

qui elle avait passé la journée cachait bien son jeu. Il lui montrait maintenant une facette plus sensuelle, presque autoritaire, et elle en voulait plus. C'était si bon de s'embrasser dans la rue qu'elle sentit son estomac se nouer et son cœur s'emballer.

Ash poussa un petit gémissement et brisa la magie de leur baiser. Essie sentit la pression de son sexe dressé contre son ventre. Il la dévisageait comme s'il tentait de deviner ses secrets les mieux enfouis.

— Je ne te repousse pas, tu sais, dit-il en chassant une mèche égarée sur sa joue, mais tu m'intrigues… Pourquoi n'as-tu encore jamais fait ça ?

Essie l'embrassa de nouveau fiévreusement, en lui mordillant la lèvre pour étouffer toute l'insécurité qui remontait à l'assaut de son esprit. Pourquoi avait-elle eu besoin de parler de la médiocrité de ses expériences sentimentales à ce touriste sexy ? En dépit de son diplôme de psychologie et de son doctorat en relations humaines, sa vie amoureuse et presque toutes ses relations amicales dépendaient de la même théorie. Celle qu'elle avait disséquée pendant ses études et dans son blog bien-aimé, commencé à la fac pour se libérer de son sentiment d'abandon et de rejet face à son père.

Ash avait envie d'elle, c'était évident. Alors, pourquoi briser la magie du moment ? Certes, en temps normal, elle évitait de séduire des inconnus dans les parcs. Mais, dès le premier sourire qu'il lui avait lancé, elle avait vu en Ash un homme amusant, intelligent et charmant. Elle ne lui avait pas dit qu'elle vivait dans le sud-est de Londres et qu'elle allait bientôt obtenir son doctorat. Elle s'était contentée de le laisser croire qu'elle était ici en touriste, comme lui. Cela ajoutait une pointe de mystère au désir brûlant qui montait en elle par vagues depuis midi.

D'un autre côté, comme ils ne se reverraient jamais après cette nuit, cet étranger était sans doute l'homme idéal pour faire enfin le grand saut dans l'inconnu. Il ne serait qu'un courant d'air dans sa vie et, bientôt, un océan s'étendrait entre eux.

Ash jouait pensivement avec sa queue-de-cheval et attendait. Finalement, Essie haussa les épaules.

— Durant toute mon enfance, mon principal exemple masculin a été un menteur et une ordure. J'avoue que ça m'a un peu refroidie, concernant les hommes…

Très simpliste, mais vrai. Elle avait passé des années à tenter de lisser les apparences de sa relation catastrophique avec son ex, cherchant désespérément à obtenir l'opposé du mariage raté de ses parents et à se prouver qu'elle pouvait appliquer les règles psychologiques qu'elle étudiait. Mais, quand elle avait enfin réussi à se libérer de ce couple émotionnellement néfaste dans lequel elle avait placé tous ses espoirs, elle avait remisé tous ses rêves de conte de fées. La recherche de l'amour s'était retrouvée reléguée au sommet d'une étagère lointaine, dans son placard mental, et elle avait préféré se concentrer sur son blog pour réparer les relations bancales des autres.

— Je suis un homme, pourtant, lui fit remarquer Ash.

Oui, c'était certain ! songea-t-elle en s'empêchant

au dernier moment de se plonger une nouvelle fois dans la contemplation de sa silhouette musclée.

— En effet.

Elle en savait assez long sur la nature humaine pour comprendre qu'en dépit des apparences, Ash était bien plus qu'un charmant globe-trotter. Déjà, il était plus âgé que les jeunes voyageurs typiques — sans doute une petite trentaine d'années. Et même s'il portait des vêtements décontractés, il possédait une autorité naturelle et une assurance qui l'excitaient particulièrement… Elle avait presque du mal à ne pas baver en le regardant ! Le simple fait qu'il soit curieux des raisons de son hésitation et prenne le temps de lui poser des questions avant de l'entraîner dans sa chambre pour la déshabiller était un autre point en sa faveur.

Mais moins elle en saurait sur lui, plus il lui serait facile de s'en aller le lendemain ; de le quitter en sachant qu'ils n'avaient franchi aucune limite, qu'il n'y avait pas d'ambiguïté et qu'aucun sentiment n'avait eu le temps de naître entre eux.

Rassemblant toutes ses réserves de séduction et toute la confiance dont elle était capable, elle referma une main sur son bras musclé et se serra un peu plus contre lui.

— Tu crois que nous sommes sur la même longueur d'onde ?

Un frisson la parcourut tandis qu'elle attendait sa réponse. Et si elle s'était trompée du tout au tout à son sujet ? Et si, comme son ex, Ash la trouvait trop collante ? N'était-ce pas plutôt une qualité, pour une relation d'une nuit ?

Finalement, il se pencha sur elle, l'embrassa de nouveau et répondit :

— Oui, totalement.

Ces deux mots résonnèrent favorablement aux oreilles d'Essie. Elle sentit soudain le bout de la langue d'Ash se glisser entre ses lèvres entrouvertes. S'abandonnant à son désir, elle passa les bras autour du cou de son amant de passage et le serra un peu plus contre elle.

Pourvu que j'aie été bien inspirée. Pourvu qu'il soit doué au lit…

Quand il s'écarta d'elle, le souffle court, elle jeta un rapide coup d'œil autour d'elle. L'hôtel devant lequel ils s'étaient arrêtés était un établissement haut de gamme proche de St James's Park. Elle dévisagea Ash, abasourdie.

— C'est là que tu t'es installé ?

Elle avait deviné qu'il était plus qu'un simple touriste en train de profiter du soleil quand elle l'avait aperçu au parc, mais de là à imaginer qu'il était riche ?…

Il haussa les épaules avec un petit sourire amusé.

Certes, il lui avait proposé de lui offrir son sandwich, ce midi mais, quand elle avait insisté pour payer, il avait accepté sans protester et ils s'étaient partagé les dépenses de la journée. Il n'avait pas fait étalage de son argent — ce qui aurait de toute manière refroidi Essie et ses *problèmes de gros sous*, comme le disait si bien sa colocataire.

Il lâcha sa taille et elle se sentit d'un seul coup seule et abandonnée.

— Je connais le propriétaire. Je ne suis là que

pour ce soir, expliqua-t-il en plaçant un doigt sous son menton pour lui redresser la tête. Tu as changé d'avis ? Tu as le droit, tu sais…

Si attentionné !

Tout le corps d'Essie vibrait encore du désir de passer la nuit avec ce bel étranger. Quelle importance, s'il avait des amis riches, propriétaires d'hôtels ? Elle ne le connaîtrait de toute manière pas assez longtemps pour lui avouer qu'elle avait un problème avec l'argent, un complexe datant de l'époque où son père tentait de racheter son absence à grand renfort de cadeaux, comme si la vie de sa fille était un investissement financier.

À ce souvenir, un frisson désagréable la parcourut.

L'une des raisons pour lesquelles elle avait accepté de travailler pour son demi-frère, à partir du lendemain, était justement son besoin de gagner elle-même un peu d'argent. Enfin, après cinq années d'études à temps plein, elle allait pouvoir vivre sans avoir recours à de nouveaux prêts étudiants ! Car, oui, elle avait préféré s'endetter plutôt que d'accepter le moindre penny de son père. Elle n'avait même jamais encaissé les quelques chèques qu'il lui avait envoyés pour l'aider à payer la fac. Cet argent était sale à ses yeux et, en l'acceptant, elle aurait eu l'impression de valider ce qu'il avait fait à sa mère, à sa femme, à Ben et à elle-même. Plutôt vivre sous un pont !

Ash, qui dut déceler dans son silence une marque d'hésitation, recula d'un pas, mettant fin à leur étreinte délicieuse et la laissant encore plus perdue.

— Si tu veux, je peux te raccompagner chez toi… Ou t'appeler un taxi, proposa-t-il.

Il faisait comme si tout ça n'avait aucune importance, mais elle vit son regard s'assombrir tandis qu'il attendait son verdict. C'était un regard fiévreux, semblable au pincement au cœur qu'elle-même ressentait.

Ne gâche pas à cause de ton père ce qui pourrait bien être la plus belle nuit de ta vie, s'ordonna-t-elle.

Elle se rapprocha donc de lui et passa un doigt dans sa ceinture, l'attirant à elle. Son torse musclé effleura ses tétons, qui se réveillèrent instantanément sous sa robe.

Il était trop tard pour reculer, maintenant.

— Tu es sûre ?

Oui, oui, oui…

Elle acquiesça en silence et il lui prit la main pour lui faire passer la porte-tambour vitrée de son hôtel de luxe.

Elle le suivit en pressant le pas pour s'adapter à ses grandes enjambées. Il la guida sans hésiter à travers l'élégant hall d'accueil qu'elle vit à peine, bien trop excitée pour ça. Sa dernière pensée consciente — *Comme ça doit être agréable de connaître le propriétaire d'un établissement aussi bien tenu et bien situé !* — s'effaça à l'instant même où la porte de l'ascenseur se referma sur eux. Sans un mot, Ash la plaqua contre la cloison avec la rapidité d'une panthère.

Essie s'abandonna sans hésiter à ses instincts primitifs, aussi surprenants qu'ensorcelants. Elle s'agrippa à lui, glissa les doigts dans ses cheveux et l'embrassa tout en passant les jambes autour de ses hanches, accrochée à lui comme un noyé à une bouée.

Chaque parcelle du corps d'Ash était d'une fermeté impressionnante. Elle sut instinctivement que sous ses vêtements se cachaient des muscles bien dessinés. Ils ne se séparèrent que le temps de sortir de l'ascenseur et d'entrer dans la chambre d'Ash. Essie était si excitée qu'elle eut l'impression de flotter dans le couloir, plutôt que de marcher.

Ash tira une carte magnétique de sa poche, la passa dans le lecteur qui faisait office de serrure et recula pour laisser Essie entrer la première. Elle attendit fiévreusement qu'il la suive, rendue nerveuse par le désir qui la faisait presque trembler. Elle ne lui laissa pas le temps d'allumer les lumières et n'attendit même pas que la porte soit entièrement refermée avant de se jeter sur lui. Il fendit l'air, l'attrapa par la taille et fondit sur ses lèvres impatientes.

L'alchimie qui les attirait comme deux aimants fit fondre Essie contre lui, comme s'ils n'étaient plus qu'un.

Leurs baisers, si différents de tout ce qu'elle avait connu, étaient si voraces qu'elle en gémit de plaisir. Sans lui laisser le temps de comprendre ce qui se passait, Ash la souleva et la déposa sur le lit, lui arracha sa culotte et, comme par magie, fit apparaître un préservatif.

Essie, le souffle court, l'entendit ouvrir sa braguette et enfiler son préservatif d'un air très concentré qu'elle discerna à peine dans la pénombre. Tout allait à un rythme effréné, sensuel et excitant. En un éclair, les lèvres d'Ash retrouvèrent les siennes et ses doigts vinrent caresser son téton pour le faire pointer à travers sa robe tandis qu'il la pénétrait lentement. Puis tout se brouilla et Essie fut emportée par le tourbillon de ce qui allait sans doute être l'expérience sexuelle la plus palpitante de sa vie.

Elle n'avait pas tort. Ash s'arracha de ses lèvres et se redressa pour se débarrasser de son T-shirt. Les mains sur ses hanches, les yeux plongés dans les siens, il accéléra le rythme, enchaînant les puissants coups de reins.

Cet homme était un dieu, avec son torse musclé et le duvet noir qui descendait jusqu'à son sexe glorieux qu'Essie n'avait pas pu voir, mais qui la réduisait soudain à une poupée fiévreuse et brûlante. Au bout de quelques instants, Ash ne la tint plus que d'une main, glissant l'autre entre eux pour trouver son clitoris et le caresser jusqu'à ce qu'elle se laisse emporter par un orgasme dévastateur. Ses cris furent vite suivis par les gémissements gutturaux d'Ash.

Ouais… Meilleure soirée de ma vie.

Bravo Essie !

2

Essie sortit du métro à Piccadilly Circus sous un grand soleil, et rejoignit la foule de travailleurs du lundi matin. Étouffant un bâillement du dos de la main, elle rabaissa ses lunettes de soleil sur ses yeux fatigués et envisagea de s'arrêter pour boire un autre café. Évidemment, si elle avait dormi plus de trois heures au cours de la nuit précédente, elle n'aurait pas eu besoin d'un surplus de caféine... Mais elle écrivait toujours tôt le matin sur son blog — tant que les mots lui venaient facilement et que ses idées restaient fraîches — et ce matin, malgré la partie de jambes en l'air la plus extraordinaire qu'elle ait jamais vécue, elle n'avait pas dérogé à ses habitudes.

Ash, infatigable, l'avait tenue réveillée jusque tard dans la nuit. Après un second round, tout aussi époustouflant que le premier, et un deuxième orgasme indescriptible, elle s'était faufilée dans la rue ; telle une Cendrillon sensuelle qui aurait quitté le prince charmant au petit jour, alors qu'il dormait.

Elle renifla nerveusement et frotta le bout de sa

chaussure sur le carrelage du café. Elle n'était pas particulièrement fière d'avoir fait ça, d'être partie sans même un « au revoir, merci pour tout », mais après tout, c'était leur accord tacite, non ? La règle d'or du coup d'un soir était l'un des grands avantages de ce genre de choses. Pas d'échange gêné des numéros de téléphone, pas de coups d'œil angoissés dans l'attente d'un appel ou de vérifications de son statut de célibataire sur les réseaux sociaux.

Non pas qu'Essie ait été une experte en la matière, pas dans la pratique, en tout cas. Mais elle avait bel et bien eu raison : ce qui s'était passé la veille avec Ash était hors du commun.

Heureusement qu'il quittait bientôt le pays… Ce genre d'orgasmes à répétition était un risque cardiaque clinique.

À d'autres ! Tu as surtout peur de finir par avoir des sentiments pour lui. Il ne faudrait pas que tu couches encore avec lui… Danger ! Cœur brisé en approche !

Et, en matière de cœurs brisés, elle avait eu sa dose.

Elle prit le café qu'on lui tendait et se remit en route dans Soho d'un pas plus vif. Décidément, commencer son nouveau travail pour son demi-frère après une nuit si courte n'avait pas été son idée la plus lumineuse…

Elle sirotait son *latte* tout en suivant le GPS de son téléphone, maudissant le temps qui filait trop vite. Elle ne connaissait pas du tout le quartier où se trouvait le club bar à cocktails que Ben venait de rénover et où il lui avait donné rendez-vous.

Elle n'aurait pas eu besoin de GPS si elle avait

exploré les rues alentour et repéré le chemin la veille, comme elle avait prévu de le faire. Mais le soleil était si agréable qu'elle avait préféré descendre du métro quelques stations plus tôt pour traverser le parc à pied. Rencontrer un étranger sexy n'avait pas vraiment fait partie de son plan et elle ne pouvait pas se permettre d'avouer à Ben par qui elle s'était laissé… distraire.

Essie accéléra encore le pas, en tenant son café loin d'elle pour ne pas s'asperger. Elle avait vraiment bien choisi son jour pour être en retard ! Et pour Ben, en plus. Son demi-frère, de sept ans son aîné, qui avait pris un risque en lui proposant ce boulot dans son nouveau club… Certes, elle avait travaillé dans un bar de temps en temps, à la fac, mais elle n'avait encore jamais eu de poste à responsabilité. Néanmoins, elle avait convaincu Ben de ses capacités — n'avait-elle pas un doctorat, après tout ? Enfin, presque… La cérémonie de remise des diplômes aurait lieu dans quelques semaines à peine — et elle était bien décidée à profiter de cette opportunité inespérée.

C'était plus qu'un travail, d'ailleurs. C'était une occasion de se rapprocher de son frère et d'avoir enfin une relation un peu plus riche que les vagues liens distendus qu'ils avaient entretenus jusqu'à présent. Elle ne blâmait pas Ben, loin de là : ils avaient tous les deux gardé leurs distances. Tout était la faute de son père, qui avait *caché* à chacun de ses enfants l'existence de l'autre. Il était plus que temps, pour Ben et elle, de rattraper le temps perdu.

C'était d'ailleurs pour ça qu'Essie avait répondu

sans hésiter à son appel à l'aide, quand son manager était parti sans prévenir. Si elle avait eu un jour un plan de carrière, travailler dans un bar n'en aurait certainement jamais fait partie ; mais ce nouveau boulot l'occuperait surtout de nuit, ce qui lui permettrait de se consacrer pleinement à l'écriture de son blog pendant la journée. Et, tant qu'elle n'aurait pas décidé de se lancer dans un métier plus académique, ça lui suffirait amplement. De plus, le salaire que Ben lui avait proposé était idéal.

Essie passa l'angle de la rue, évitant de justesse un flot d'employés de bureau en costume et une troupe de vendeurs à l'étalage qui criaient gaiement au milieu du célèbre marché de Berwick Street, connu dans Soho depuis plus de trois cents ans.

Elle descendit du trottoir le temps de contourner un maraîcher qui portait une pyramide branlante de caisses pleines et faillit percuter un van dont les freins crissèrent brutalement. Le café forma un mini-raz-de-marée dans sa tasse en carton et quelques gouttes jaillirent du couvercle pour atterrir sur la robe préférée d'Essie — celle qu'elle avait spécialement choisie pour aujourd'hui.

En sentant un filet de liquide couler dans son décolleté et mouiller son soutien-gorge, elle lâcha un juron. Les lèvres pincées, elle tamponna la tache brune avec ses doigts et remonta sur le trottoir, jouant des coudes pour traverser la foule matinale.

S'efforçant de sourire, elle ravala sa frustration. Ben se moquerait complètement de sa tenue. Tout ce qui importait à ses yeux, c'était sa présence et l'aide qu'elle allait lui apporter, lui prouvant par là qu'elle était digne de sa confiance… Et si elle se dépêchait, elle arriverait peut-être sur place avant son demi-frère et son associé, c'est-à-dire suffisamment tôt pour nettoyer cette fichue tache et faire bonne impression.

Cette partie de Soho abritait toute une série de bars à la mode, de restaurants éclectiques et de petits hôtels élégants. La façade étroite peinte en noir de The Yard, coincée entre une boutique de vêtements pour hommes et un petit traiteur italien, était si discrète qu'Essie faillit passer devant sans la voir. S'il n'y avait pas eu le van garé sur le trottoir et l'artisan perché sur son échelle en train d'étaler de belles lettres brillantes sur le panneau au-dessus de la porte, elle aurait sans doute poursuivi sa route sans s'arrêter.

Elle suivit les indications blasées du peintre pour trouver l'allée étroite, entre le traiteur et le club, et atteindre l'entrée de service de The Yard. Poussant la vieille porte grinçante, elle se glissa dans la pénombre fraîche qui régnait à l'intérieur.

— Ben ?

Pas de réponse. Elle emprunta un labyrinthe de petits couloirs mal éclairés, guettant les quelques bruits qu'elle percevait, le cœur battant plus vite — pas à cause de son café en tout cas : elle en avait à peine bu une gorgée…

La salle de bar était remplie d'électriciens en train d'installer des néons dans chaque niche et chaque recoin disponible. L'odeur chimique de la peinture fraîche envahissait l'air, et un Ben à la mine épuisée faisait les cent pas devant la porte d'entrée, son téléphone collé à l'oreille. Quand il aperçut Essie, il poussa un profond soupir et mit vite fin à son appel.

— Tu ne peux pas savoir comme je suis content de te voir ! s'écria-t-il en venant l'embrasser sur les deux joues, geste qui entre eux semblait encore étrange.

Elle prit une profonde inspiration pour calmer l'excitation qui lui montait à la tête.

Pas trop vite, Essie…

Ils avaient découvert leurs existences respectives quelques années plus tôt, mais leurs liens fraternels étaient encore neufs et fragiles. Le simple souvenir du premier appel de Ben avait encore le pouvoir de faire monter des larmes aux yeux d'Essie, et elle se souviendrait toujours du jour où cela s'était produit. La date, l'heure, les vêtements mêmes qu'elle portait quand il lui avait téléphoné restaient gravés dans sa mémoire.

Un an plus tôt, il était revenu s'installer à Londres, et c'est ce qui leur avait permis de passer du rare appel vidéo à une vraie rencontre. À partir de ce moment, Essie avait été séduite par son frère, sans se départir cependant d'un reste d'inquiétude. Pour l'instant, tout ce qu'ils partageaient, c'était un vague lien génétique avec un père malhonnête, des e-mails hésitants et quelques cafés pris ensemble à la va-vite en ville. S'ils voulaient que leur relation se développe et devienne plus solide, cette opportunité de mieux se connaître enfin serait cruciale…

Essie chassa brusquement ses inquiétudes en fouillant dans son sac à dos à la recherche de son carnet et de son stylo. Elle était là pour alléger le fardeau de Ben. Pour lui montrer *qui* elle était. Et pour consolider leur statut de frère et sœur, à présent que leur père ne pouvait plus les en empêcher.

Elle se mordit la lèvre, la gorge nouée. Hors de question de gâcher cette journée en pensant à Frank Newbold ! Ouvrant son carnet, elle leva son stylo pour donner d'elle une image qu'elle espérait professionnelle, compétente et détendue. En dépit de la tache de café.

— Dis-moi ce dont tu as besoin. Tu as l'air sous pression…

Et il ressemblait beaucoup à ce père dont le visage peu à peu était devenu insupportable à Essie.

Il passa la main dans ses cheveux, déjà ébouriffés.

— C'est le merdier, dans un de mes clubs de New York…

En plus de The Yard, Ben possédait et gérait une série de clubs à New York où il avait grandi.

— Mais tu n'es pas là pour gérer mes problèmes de boulot, reprit-il, transformant sa grimace en un sourire hésitant. Je vais devoir te laisser seule ici : il faut à tout prix que je retourne aux States ce soir pour régler cette histoire.

Essie se redressa, parcourue par une vague de fierté. Qu'il lui confie son tout nouveau bar à cocktails/boîte de nuit la remplissait d'une joie qui la submergea.

— Bien sûr, répondit-elle aussi posément qu'elle le put, attendant avec impatience l'un des sourires reconnaissants de son frère. C'est pour ça que je suis là.

Ses quelques expériences professionnelles, à la fac, lui avaient seulement appris à servir convenablement une bière ; et elle savait qu'elle allait devoir apprendre la gestion sur le tas, mettant sa propre carrière temporairement de côté. Elle avait surtout accepté ce travail pour se rapprocher de Ben, pas pour devenir une reine du management. Mais quand elle vit les sourcils froncés de son frère et les cernes sous ses yeux, elle comprit qu'elle était prête à marcher sur des charbons ardents pour l'aider, même si ça la détournait de son projet de blog à plein temps ou des quelques autres idées qu'elle aurait pu avoir après son doctorat.

Ben la dévisagea soudain d'un air inquiet.

— Tu es sûre que tu auras assez de temps ? Tu ne devrais pas être en train de chercher un boulot dans ta branche ou de lécher les bottes de tes profs ?

Elle lâcha un petit rire nerveux. À présent qu'elle allait obtenir son doctorat, l'idée d'enseigner l'attirait beaucoup moins qu'avant. Elle avait certes pensé à ça, pendant un temps, mais elle était bien trop timide. Qu'aurait-elle pu apprendre aux autres ? Ce qui l'intéressait réellement, c'était de promouvoir son blog et de toucher un public plus large. Pourtant, une partie d'elle renâclait à l'idée de dépenser toute son énergie à ça — la part qui était restée une petite fille perdue à qui son papa manquait et qui voulait comprendre pourquoi il passait tant de temps loin d'elle. Après tout, que savait-elle vraiment des relations humaines saines ? Un jour ou l'autre, sa supercherie serait percée à jour et tout le monde verrait qu'elle n'était qu'un charlatan dans son domaine…

— Tout ira bien, le temps que tu trouves quelqu'un de mieux qualifié pour me remplacer, dit-elle fermement.

Elle avait encore tout son temps pour bâtir une carrière, quelle qu'elle soit. En revanche, elle n'avait qu'un frère et, pour le moment, il avait besoin d'elle.

Sa réponse arracha à Ben son premier grand sourire.

— Super.

Essie tourna rapidement les premières pages de son carnet pour cacher la nervosité qui la faisait presque trembler. Elle allait devenir la meilleure gérante de bar qu'il ait jamais vue ! Après ça, il ne résisterait pas à l'amour fraternel qui l'envahirait.

— Alors, pour revenir sur notre dernière discussion…

Elle tapota son stylo sur la page, tentée un instant de le glisser derrière son oreille pour avoir l'air encore plus confiante.

— Mon prédécesseur s'est déjà chargé du recrutement du personnel, des commandes en gros de boissons et de l'organisation du roulement des équipes de ménage…

Ben acquiesça.

— Tout ce qui te reste à faire, c'est être là et superviser la bonne marche de l'établissement, dit-il avant de lui serrer le bras, l'air ému. Tu es vraiment la meilleure.

De nouveau, un flot d'excitation la traversa, mais elle l'ignora, accueillant ce compliment d'un petit hochement de tête modeste. Si seulement elle avait enregistré cette remarque pour l'écouter en boucle dans son appartement chaque fois que son sentiment d'insécurité la gagnait à nouveau.

— Les décorateurs ont terminé au sous-sol et le designer d'intérieur devrait arriver dans…

Il jeta un rapide coup d'œil à sa Rolex.

— … une demi-heure. Tu pourras t'assurer qu'ils installent les fauteuils en cuir dans la zone VIP. Rappelle-leur aussi qu'on a décidé de mettre des rideaux noirs pour fermer les alcôves, et pas des blancs.

Essie nota scrupuleusement les consignes, tout en suivant Ben dans la salle. Son frère dut même l'écarter du chemin d'un homme en combinaison tachée de peinture, qui portait une échelle sur l'épaule et les gratifia d'un petit sourire d'excuse au passage.

— Oh ! et tu pourras aussi dire aux électriciens d'installer les guirlandes lumineuses sur la terrasse du toit avant de partir ? reprit-il avant de pousser un soupir accablé. Je suis désolé… Ça fait beaucoup.

Essie secoua vigoureusement la tête.

— Pas du tout, je fais juste ma liste, répondit-elle en brandissant son calepin pour le rassurer.

Il acquiesça, les lèvres pincées.

— Tu as… des nouvelles de… Frank ?

Il lui jeta un coup d'œil en coin, teinté d'un soupçon de culpabilité. Elle savait qu'il se sentait inconsciemment responsable des actions de leur père, même s'ils avaient été tous les deux victimes de ses mensonges.

Essie fit non de la tête. Elle n'avait absolument pas envie de parler de Frank et de l'enfance malheureuse à laquelle il l'avait condamnée. Elle ne voulait pas penser à son adoration enfantine, rite de passage obligé entre père et fille, ce lien brisé quand il avait fui à cause de sa lâcheté et de ses mensonges. Elle avait appris très tôt, en voyant son père passer le moins de temps possible à Londres, qu'elle n'était pas placée bien haut dans la liste de ses priorités. Mais elle ne s'attendait pas à découvrir, le jour de ses quinze ans, que son existence entière avait été un mensonge, qu'elle n'était rien aux yeux de Frank. Et qu'elle avait un demi-frère…

Elle ravala la boule familière qui se forma dans sa poitrine et chassa le souvenir de son père. Ce jour devait marquer le début de quelque chose de nouveau, de positif. Frank n'allait pas ternir sa joie comme il avait terni par son absence perpétuelle tous les autres moments importants de sa vie — ses anniversaires, ses fêtes de fin d'année à l'école, son bal de promo.

Ben la conduisit enfin derrière le bar et ouvrit la porte du fond.

— Viens rencontrer mon pote.

Essie ne put retenir un petit sourire indulgent. Même s'il avait grandi à Manhattan, là où était née sa mère, Ben vivait à Londres depuis un an. De fait, son accent et le choix de ses expressions familières penchaient soit du côté britannique, soit du côté américain suivant les moments. Une autre particularité qu'elle trouvait charmante chez son grand frère.

Comment un homme aussi merveilleux pouvait-il avoir le moindre lien avec Frank ? Non pas qu'Essie soit bien placée pour trouver une réponse : elle ne savait pas bien cerner les gens. N'avait-elle pas idolâtré son père en grandissant, alors qu'il se servait sans vergogne de l'excuse de ses voyages d'affaires pour cacher ses tromperies et entretenir en secret deux familles différentes, sur deux continents ?

Elle jeta en passant son gobelet de café dans un sac-poubelle ouvert et précéda Ben dans le couloir.

— Officiellement, c'est juste mon associé au niveau financier, mais il est au courant de tout ce qui se passe au club. À vous deux, vous devriez vous en sortir. Je serai de retour dans une semaine environ, ce qui nous laissera le temps de préparer notre grande inauguration.

— Je te promets que le club est en de bonnes mains avec moi, Ben.

Son associé et lui avaient choisi un endroit parfait pour s'implanter, au milieu d'un quartier glamour à la mode, où toute la jeunesse londonienne huppée sortait le soir. De plus, la nouvelle décoration du bar, à la fois sophistiquée et chic, était une ode au bon goût. C'était donc pleine d'espoir et de fierté qu'Essie se lançait dans cette aventure avec son frère. Ce premier coup d'œil sur le club avait aussi fait naître quelque chose de moins palpable en elle… Comme un petit bourgeon de joie prêt à s'ouvrir et à se parer de beauté.

Elle allait enfin trouver sa place.

Ce qui, toute son enfance, avait été son rêve le plus cher.

La porte du bar se referma derrière eux, et tous les bruits s'éteignirent brusquement, comme s'ils venaient d'entrer dans un sas protégé. L'expression stupéfaite d'Essie arracha un sourire à Ben.

— Isolation sonore de pointe, expliqua-t-il. Ça coûte un bras, mais ça vaut le coup…

Il tourna à gauche dans le couloir en indiquant les différentes pièces à Essie au passage.

— La cuisine et la salle de détente. Les toilettes du personnel sont sur la droite.

Nouveau virage à gauche.

— Tu pourras prendre ce bureau, annonça-t-il en s'arrêtant devant une pièce entièrement meublée, mais dont chaque élément était encore enveloppé de papier bulle.

Ben gratifia Essie de son sourire un peu de travers et elle acquiesça en examinant soigneusement la petite pièce.

Ils arrivèrent enfin devant la dernière porte. Ben frappa à la porte.

— Entrez, répondit une voix.

Si Essie n'avait pas été aussi ensorcelée par l'accueil chaleureux de son frère et le moment de complicité qu'ils avaient partagé pendant la visite de son tout nouveau club, elle aurait sans doute compris plus tôt ce qui l'attendait… Elle suivit donc Ben dans la pièce sans réfléchir, sans se douter un seul instant de la catastrophe vers laquelle elle s'avançait.

Et soudain, elle se retrouva nez à nez avec Ash.

Son sourire se mua en une grimace figée qu'elle eut du mal à maintenir, comme un maquillage de clown peint.

D'un seul regard, elle embrassa sa haute silhouette à la recherche d'un indice qui l'aurait détrompée. Non. C'était bien lui.

Et cette confirmation lui coupa le souffle, comme un coup en pleine poitrine.

— Essie, voici Ash Jacob, mon meilleur ami et mon associé. Ash, ma petite sœur : Essie Newbold.

Elle aurait dû être fière d'être présentée en ces termes par Ben, mais son corps ne lui répondait plus et tout ce qu'elle parvint à faire fut un bref signe de tête à Ash, plus crispée que jamais.

Lui se leva, l'air confiant et tranquille, lissa sa cravate anthracite et contourna le bureau aux lignes épurées derrière lequel il était assis pour tendre la main à Essie, empiétant ainsi généreusement dans son espace personnel. À le voir ainsi, on aurait pu croire qu'il n'avait pas le moindre souci sur cette Terre ! La gorge nouée, Essie avait du mal à respirer. Les idées s'entrechoquaient dans sa tête tandis qu'elle cherchait à comprendre ce qui se passait.

Le beau visage d'Ash, rasé de près cette fois, avec sa mâchoire bien dessinée et ses fossettes si sexy, paraissait détendu. Il lui sourit poliment, comme s'il accueillait une inconnue dans son bureau ; et pas la femme avec laquelle il avait fait l'amour la veille et qu'il avait fait crier dans sa chambre d'hôtel.

Le souvenir de la barbe de trois jours, à présent disparue, qui avait chatouillé ses tétons fit soudain regretter à Essie l'homme amusant et attentionné de la veille. Ash le Touriste. Pas cet Ash en cravate, professionnel, à la mâchoire crispée, qui la couvait d'un regard distant presque accusateur. S'il n'y avait pas eu cette étincelle au fond de ses yeux bleus, elle aurait presque pu croire qu'elle avait rêvé leurs ébats torrides de la veille… Mais ses hanches et ses cuisses gardaient encore les traces invisibles de ses doigts, tandis qu'il l'avait tenue fiévreusement pour lui faire l'amour comme un dieu.

— Ravi de te rencontrer, Essie.

Sa voix grave et sensuelle la fit frissonner de la tête aux pieds. Elle sentit son estomac se nouer. Comment pouvait-il rester si impassible ? Pourquoi n'était-il pas aussi abasourdi et gêné qu'elle ? Et pourquoi — oh, pourquoi — avait-elle choisi le meilleur ami et associé de son demi-frère pour s'offrir son premier coup d'un soir ? N'y avait-il pas assez d'hommes sur Terre ?

La main chaude d'Ash se referma sur la sienne, lui rappelant leurs caresses fiévreuses de la veille. Des caresses particulièrement intimes, mais qui n'avaient plus rien de comparable avec cette simple poignée de main car, cette fois, les masques étaient bel et bien tombés.

Ash Jacob était le copropriétaire de The Yard.

Il était l'associé de Ben.

L'ami milliardaire rencontré à l'université.

Un homme qu'Essie avait bêtement pris pour un touriste et dragué à St James's Park. Un homme avec lequel elle avait fait l'amour deux fois et dont elle avait quitté le lit à peine quelques heures plus tôt. Un homme à qui elle avait avoué son humiliant manque d'expérience sexuelle en pensant qu'elle ne le reverrait jamais.

Une boule se forma dans sa gorge et elle la ravala

péniblement. Après tout, elle ne pouvait s'en prendre qu'à elle-même… Hélas, une part de son esprit se rebella à cette idée.

Se reprenant enfin, elle leva son regard le plus froid sur le visage renversant d'Ash et lui serra fermement la main — ignorant la pluie de frissons délicieux qui la traversa à son contact.

Dès qu'elle se fut pliée aux règles élémentaires de la politesse, elle s'écarta vivement, presque électrifiée par la paume chaude d'Ash.

Il lui avait menti.

Il l'avait délibérément trompée.

Il s'était servi des quelques aveux sordides qu'elle lui avait faits au sujet de son exécrable père…

Pourquoi lui avait-elle dit toutes ces choses intimes ? Pourquoi ne lui avait-elle pas posé la moindre question ? Décidément, elle était vraiment trop novice et trop naïve en matière de coups d'un soir. Ses yeux se mirent à piquer et elle se détourna. Trop tard… Le visage d'Ash était définitivement imprimé dans son esprit.

Elle avait voulu goûter au sexe sans attaches, dans l'espoir de promouvoir ses théories sur son blog en sachant un peu de quoi elle parlait. Tout cela parce qu'en dépit de ses années d'études et de sa longue relation avec son ex, elle avait l'impression de tricher quand elle parlait d'amour.

Bien sûr, elle avait été un peu aidée par le fait que son unique relation l'avait laissée affamée, privée de vrais orgasmes, et qu'Ash était si… charmant.

Discrètement, elle jeta de nouveau un bref coup d'œil à ce corps sublime. Contrairement à son allure sexy, décontractée et un peu négligée de la veille, Ash portait ce matin une chemise immaculée aux manches retroussées et un pantalon sur mesure assorti à sa cravate gris argent (qui mettait en valeur le bleu de ses yeux).

Sublime. Envoûtant. Et menteur sans vergogne…

Il avait peut-être été séduisant dans son jean et son T-shirt, mais elle voyait à présent que sa tenue d'homme d'affaires était sa seconde peau : il paraissait sûr de lui, confiant, et investi par une puissance hors du commun. Une aura d'autorité émanait de lui et de ce costume luxueux. Essie sentit le souffle lui manquer. Elle vit soudain devant elle une nouvelle pièce du puzzle se mettre en place. Le nouvel associé de Ben était l'un des meilleurs avocats new-yorkais… Comme un personnage tiré d'une série télé, mais cent fois plus beau et mille fois plus intouchable.

Sauf qu'*elle* l'avait touché !

Le silence s'éternisa.

De longues secondes lourdes et embarrassantes. Des secondes qui prenaient la place de la politesse attendue. Incapable de le supporter plus longtemps, Essie lâcha la première chose qui lui passa par la tête :

— Donc, tu es l'associé de Ben ?

Nul…

Ash acquiesça avec lenteur, d'un air toujours aussi tranquille. Ses yeux pétillaient, comme s'il lisait en elle et voyait sa gêne… Et comme s'il n'avait pas le moindre remords ou le moindre regret — contrairement à elle qui se sentait rougir de honte.

— Je plaide coupable ! lança-t-il d'une voix bien différente de ses murmures envoûtants habituels.

Était-il à ce point habitué à prendre le contrôle de toutes les situations ?

Et de l'humour d'avocats… Vraiment ?

— Ben ne fait que parler de toi depuis ce matin, reprit-il. Bien sûr, ça fait déjà un moment qu'il m'a annoncé votre réconciliation… Mais j'avoue que je n'avais pas mémorisé ton joli prénom.

Son regard balaya les plis de sa robe, s'arrêtant un instant sur la tache de café…

Il ne manquait plus que ça !

Essie résista à un besoin pressant de croiser les bras pour se cacher tant bien que mal et se replier encore et encore sur elle-même, comme un origami. Ash avait-il parlé de leur nuit à Ben ? Lui avait-il dit qu'elle s'était littéralement jetée sur lui ? Qu'elle lui avait avoué son inexpérience avant de lui grimper dessus ? S'était-il moqué d'elle ? Pourquoi avait-*il* l'air si contrarié ? C'est à elle que l'on avait menti, après tout ! C'est elle qui avait été dupée. Elle s'était laissé aveugler par le charme confiant de cet homme et sa promesse d'une nuit sans lendemain mémorable. Ce n'était pas comme si elle l'avait suivi jusqu'ici pour recommencer…

Que savait-il vraiment de sa petite vie triste, de son passé pathétique ? Ben lui avait-il tout raconté ? Ash avait-il fait le lien avec la fille qui lui avait avoué ses problèmes au lit et la demi-sœur de son ami ?

Comme s'il avait lu dans ses pensées, il lança :

— Tu imagines ma surprise, quand j'ai appris

que la fameuse sœur de Ben allait devenir gérante du bar.

Les frissons d'Essie se changèrent en tremblements violents. Ben aurait dit quelque chose s'il avait été au courant… Elle se crispa pour ne pas s'effondrer. Face à un homme comme Ash, le *vrai* Ash, mieux valait ne pas montrer la moindre faiblesse. La veille, elle se serait enfuie si elle avait soupçonné son amant de passage d'être aussi puissant et manipulateur. D'ailleurs, c'est ce qu'il fallait qu'elle fasse : fuir, partir avec les derniers lambeaux de son estime d'elle-même avant que Ben comprenne et étale son humiliation au grand jour.

Mais pouvait-elle réellement abandonner son frère sur un coup de tête ? Au moment même où il avait désespérément besoin d'elle ? Non, impossible. Ça réduirait à néant toutes leurs chances de construire enfin une vraie relation.

Ben releva la remarque d'Ash d'un haussement d'épaules en lui lançant un sourire amical, bien qu'un peu distrait.

— Laisse tomber, Jacob. Essie m'a sauvé la vie en acceptant de reprendre le poste à la dernière minute, dit-il en contournant le bureau pour s'affaler dans le fauteuil qu'Ash avait libéré.

Essie et lui se retrouvèrent seuls, debout, de l'autre côté de l'immense table de bois brut.

Elle leva les yeux sur Ash, faisant de son mieux pour dissimuler l'amer sarcasme qui montait en elle.

— Dis-moi, tu es à Londres depuis longtemps ? Tu as eu le temps de faire un peu de tourisme, peut-être ?

Heureusement pour Ben, sa voix s'éleva avec une parfaite innocence. Ash haussa les épaules d'un air indifférent, mais son ami était trop absorbé par son téléphone pour suivre la conversation.

Ash s'éloigna de la table, s'approchant d'un divan installé dans un coin de la pièce — étrange et déplacé, comme s'il provenait d'un club sélect pour hommes. Il indiqua la banquette de la main et, quand Essie refusa de s'y asseoir, s'affala lui-même sur l'assise de cuir fatigué, sans la quitter des yeux un instant.

— J'ai réussi à faire le tour des points d'intérêt les plus… excitants de la ville, répondit-il avec un petit sourire mutin.

Il s'était installé confortablement, adossé au fond du canapé, les jambes tranquillement écartées, fidèle à cette habitude masculine arrogante qui semblait dire : *Regarde mes joyaux ! Oh ! c'est vrai, tu les as déjà vus…*

Une vague de chaleur monta dans le corps d'Essie. Entre ses cuisses, elle sentit une palpitation délicieuse au souvenir de ce qu'ils avaient fait la veille, se remémorant les hanches d'Ash venant claquer contre sa chair, sa voix sensuelle et autoritaire, sa prise de contrôle immédiate et si séduisante — une prise de contrôle à laquelle elle s'était soumise avec une joie indicible.

Ses joues s'empourprèrent. Elle avait pleinement accepté ses règles implicites — trois petits tours et puis s'en vont… À présent, elle devait se forcer pour détourner ses regards de son entrejambe et serrer les dents pour ne pas se lécher les lèvres. Quand elle s'était levée, ce matin, la nuit qu'elle venait de vivre lui avait pourtant paru suffisante.

Mais maintenant, sous ce regard de braise qui lui donnait l'impression qu'Ash en voulait plus, elle sentait son corps traître s'éveiller sous la flamme du désir et échapper lentement à son contrôle.

Une nuit n'avait définitivement *pas* suffi.

D'ailleurs, elle avait le pressentiment que l'homme qui lui faisait face à présent était un bien meilleur amant qu'Ash, le touriste détendu… Était-ce seulement possible ? Non ! Elle ne voulait pas le savoir !

— Est-ce que tu as la moindre expérience en gestion ? Ou dans le monde de la restauration ? demanda soudain Ash en la dévisageant de la tête aux pieds, comme s'ils étaient seuls.

Son ton inquisiteur transforma immédiatement l'excitation qui montait en Essie en un profond agacement. Il lui avait posé cette question comme s'il connaissait déjà la réponse… et n'en avait pas été satisfait.

Un autre travers d'avocat, peut-être ? À moins qu'il ne s'agisse que de malveillance pure et simple ?

Essie changea d'avis et décida de s'asseoir. Elle s'installa en face de lui et fit de son mieux pour adopter elle aussi une attitude faussement détendue. Après tout, n'était-elle pas experte en langage corporel ?

— Je suis diplômée, répondit-elle, la tête haute. Je viens d'achever mon doctorat et j'ai une longue expérience dans la restauration.

Elle n'avait peut-être pas fait des études de droit à Harvard, mais elle n'était pas idiote. De plus, elle savait se servir d'une caisse enregistreuse et essuyer des tables.

— Tu veux voir mon CV ? ajouta-t-elle avec un sourire de façade.

— Pourquoi es-tu tellement sur la défensive ? demanda soudain Ben en la rejoignant dans le fauteuil d'à côté.

Il jeta un regard intrigué à Ash, puis se tourna vers Essie.

— N'en veux pas à mon ami : il vient d'arriver de New York et il n'est pas encore habitué à nos habitudes anglaises…

De nouveau, il regarda Ash, qui demeurait toujours aussi souriant et imperturbable.

— Écoute, Jacob, je suis vraiment désolé de devoir partir aujourd'hui. Je sais que ce n'est pas l'idéal. Fais-moi plaisir et occupe-toi bien d'Essie. Je suis sûr qu'elle ne résistera pas à ton charme si célèbre…

Soudain, son sourire s'effaça et il fronça les sourcils d'un air soupçonneux :

— En revanche, ne t'avise pas de toucher à ma sœur !

Un petit rire hystérique vint se coincer dans la gorge d'Essie et elle dut le ravaler, les joues en feu. Elle avait déjà goûté aux charmes de l'ami de son frère, mais Ben n'en savait rien… Redressant la tête, elle fixa Ash. Elle n'était peut-être pas capable de contrôler la rougeur qui lui montait au visage, mais cela ne l'empêcherait pas de garder sa libido rebelle sous clé.

— Oh ! je suis sûre que je suis de taille à affronter ton ami, Ben. Ne t'en fais pas pour moi.

Tous deux la regardèrent comme s'ils la découvraient pour la première fois. Leurs visages demeuraient insondables, mais il était évident que leurs pensées étaient très différentes. Le cœur battant, Essie se plongea pendant quelques instants dans la contemplation de ses ongles en faisant de son mieux pour empêcher ses jambes de trembler nerveusement.

Elle n'avait certes pas l'élégance sophistiquée des New-Yorkaises qu'Ash avait sans doute l'habitude de fréquenter, mais elle n'était pas pour autant une fille facile ! Et ce travail au club, elle le faisait uniquement pour Ben et elle. Et si elle avait laissé certaines de ses émotions lui échapper la veille et avait fait à son amant des confidences intimes… Eh bien ! C'était terminé. Ce nouvel Ash l'Arrogant ne reverrait pas de sitôt une Essie insouciante et ouverte.

Elle lui rendit donc son regard insistant, prête à résister jusqu'à ce qu'il baisse les yeux.

— Tant mieux, finit par lâcher Ben. Parce que je préfère te prévenir : Ash a une certaine réputation avec les femmes… Si tu vois ce que je veux dire.

Il gratifia Essie d'un clin d'œil et elle entreprit de faire mentalement la liste de tout ce qui lui restait dans son frigo pour empêcher ses joues de tourner de nouveau au rouge pivoine.

— Ne t'en fais pas, Ben, répliqua Ash avec un petit sourire en coin. Les petites sœurs, ce n'est pas mon genre.

Essie étouffa un petit rire étranglé. Qu'essayait-il de faire ? La provoquer ? La pousser à tout avouer à Ben qui ne se doutait de rien ? Son sang ne fit qu'un tour. Elle avait pourtant été son genre, moins de douze heures plus tôt, quand il l'avait couchée sur son lit d'hôtel sans même prendre la peine de la déshabiller pour une soirée délicieuse de galipettes…

Non.

Pas délicieuse. Malsaine. Interdite. Une soirée sans doute aussi perverse que cet homme.

Elle tressaillit, épuisée, tentée pendant un instant d'embrasser les lèvres si parfaites et si hautaines d'Ash Jacob avant de tout confesser à Ben.

C'était bien elle, ça ! Son premier jour de boulot et elle était déjà à couteaux tirés avec le copropriétaire du club, qui la connaissait bien mieux que la plupart des gens… Sans compter le fait qu'elle avait eu une aventure avec lui dans le dos de son frère.

Il était grand temps que ça s'arrête. À partir de maintenant, elle resterait parfaitement professionnelle et se concentrerait sur son travail. Elle ne pouvait pas se permettre de décevoir Ben, sinon elle risquait de se retrouver à son point de départ.

Seule.

Rejetée.

Sans la moindre relation avec son père ou son frère.

Toute sa vie, elle s'était sentie plus ou moins responsable des choix de Frank, comme si *elle* était la cause de ses escapades. À présent, elle était également responsable du chaos qu'elle avait commencé à semer.

C'est pour ça qu'elle ne devait pas entrer dans le

petit jeu d'Ash — si sexy soit-il. Son statut de sœur était plus important pour elle que la conquête d'Ash Jacob. Elle serait tout à fait capable de l'ignorer au travail, de faire comme si elle ne l'avait jamais rencontré avant ; et il ne lui resterait plus qu'à essayer d'oublier ses caresses expertes et les deux meilleurs orgasmes de sa vie. Oui, elle pourrait faire semblant de ne pas être traversée par un tsunami d'excitation chaque fois qu'elle verrait sa silhouette vibrante d'assurance et de confiance en soi…

À cet instant, un texto sonna sur le téléphone de Ben et il le tira de sa poche avec un soupir.

— Ma voiture m'attend. Je dois y aller.

Il se leva, vite imité par Ash et Essie. Il embrassa sa sœur sur la joue, puis serra la main de son ami en lui donnant une tape sur l'épaule.

— Soyez sages, leur dit-il d'un air presque paternel.

Son demi-sourire fut accueilli par un haussement d'épaules d'Ash qui ne se départait pas de sa nonchalance tranquille et provocante.

Ben se tourna une nouvelle fois vers Essie.

— Si jamais tu as besoin de moi : e-mail.

Elle acquiesça, presque tentée de se jeter aux pieds de son frère, de passer les bras autour de ses jambes comme une fillette et de le supplier de rester. De s'interposer entre Ash et elle pour l'empêcher d'orchestrer une seconde soirée aussi imprudente que la première. Tout ce qu'elle voulait, c'était qu'il voie que, malgré sa robe tachée, elle était une sœur digne de confiance,

Cependant, elle se retint et demeura immobile,

l'estomac dans les talons — dans ses baskets éclaboussées de café, elles aussi.

Ressaisis-toi. Tu es une grande fille, non ? Bientôt, tu seras même le Dr Essie Newbold, psychologue et experte en problèmes relationnels ; pas une pauvre chose minée par un sentiment d'insécurité et guidée par ses hormones.

Elle se redressa, prête à quitter le bureau à la suite de Ben qui s'éloignait déjà. Prête à tout, en fait, pour ne pas se retrouver seule avec Ash dans cette pièce devenue oppressante.

— Eh bien, on dirait que tu ne m'as pas parlé de tout, hier soir…

Elle fit volte-face et le dévisagea froidement.

Elle sentit ses cheveux se hérisser sur sa tête. En partant, Ben avait dû emporter le soleil, car le bureau devint immédiatement glacial. Ash et elle se regardèrent un long moment en silence.

— *Moi ?*

Il plaisantait !

— Et toi, alors ?

Avait-il déjà oublié son numéro de touriste charmeur qui allait quitter la ville quelques jours plus tard ? Il avait ri à ses anecdotes londoniennes et avait écouté patiemment ses quelques astuces pour survivre en ville alors qu'il connaissait probablement la capitale mieux qu'elle ! Si elle avait su, la veille, qu'il était propriétaire d'une bonne partie du quartier St James, elle aurait sans doute fait le rapprochement avant de déraper ou de le suivre à son hôtel.

À présent, M. Plein aux as et elle allaient devoir survivre à leur insoutenable relation de travail et sa seule présence dans les couloirs suffirait à rappeler à Essie son imprudence.

Elle sentit son téléphone vibrer dans son sac, lui signalant qu'il était temps de publier sur son blog l'article qu'elle avait écrit le matin. Quelle ironie ! Elle s'était copieusement épanchée sur les bienfaits du sexe sans attaches, ravie d'avoir enfin pénétré le club sélect des coups d'un soir ; et voilà que sa nouvelle autorité en la matière s'écroulait comme un château de cartes sous ses yeux.

Peut-être aurait-elle encore le temps de rédiger un nouvel article pour remplacer le premier : « Comment travailler avec les gens qu'on a envie de… sauter ? »

Non.

Pas sauter. Ignorer.

Ash se rapprocha dangereusement. Elle sentit la chaleur de son grand corps musclé qui caressait ses bras nus devenus aussi rouges que ses joues. De petites flammes bleues dansaient au fond de ses yeux dangereux.

— Je ne t'ai rien caché, dit-il d'un air tranquille. Je me suis contenté de ne rien te dire de personnel, c'est tout.

Sa phrase resta en suspens et elle put presque entendre les mots qu'il s'était retenu de prononcer : *contrairement à toi.*

Essie aurait voulu se rouler en boule, mais elle se força à garder la tête haute. Elle n'avait pas à avoir honte de son envie d'en apprendre plus sur les coups d'un soir.

— Si tu as tiré les mauvaises conclusions, c'est

ton problème, reprit-il, implacable. Pourquoi est-ce que tu es venue me jouer la scène du : « Mon téléphone m'a lâchée, vous pouvez prendre une photo pour moi ? » Pourquoi jouer les touristes puisque tu vis ici ?

Essie avait voulu cette photo pour illustrer un article : la roue serait devenue le symbole des émotions humaines et le soleil aurait représenté l'espoir d'un nouveau jour. Mais elle ne pouvait pas expliquer ça à Ash — elle ne voulait pas lui parler de son blog, alors que leur nuit folle à l'hôtel allait être le sujet de son article du jour ! Car elle allait bien le publier. Justement, ce qui venait de lui arriver donnerait plus de poids encore à son texte. Ce serait une mise en garde montrant que les gens sont capables de dire n'importe quoi pour obtenir ce qu'ils veulent. Et coucher.

« Les dangers du coup d'un soir… ».

— C'est toi qui as menti, Ash le Touriste ! répliqua-t-elle sèchement. D'après ce que Ben m'a dit, tu possèdes la moitié de Londres.

Typique. Elle avait décidément hérité du mauvais goût de sa mère en matière d'hommes…

Une soudaine vague de honte la traversa et elle dut se mordre la langue pour la réprimer. Sa mère était quelqu'un de bien : elle l'avait élevée toute seule, sans aide. Si Essie devait blâmer quelqu'un pour sa conduite inconsciente de la veille et les conséquences humiliantes qui en découlaient, c'était bien elle-même.

Où donc étaient passés les hommes fiables, honnêtes, francs ? Et pourquoi avait-elle le don d'attirer les autres ? Ceux qui fuyaient la vérité, comme Ash. Ceux qui prétendaient vouloir une vraie relation, mais qui prenaient toujours plus qu'ils ne donnaient, comme son ex. Ceux qui faisaient des promesses, les piétinaient, puis distribuaient leur argent à tout-va pour ne pas avoir à affronter la réalité de la vie, comme son père hypocrite…

Ash la dévisageait toujours, et son regard devenait presque oppressant.

— Et alors ? dit-il avec un petit sourire arrogant. Tu n'avais pas l'air de t'intéresser à qui je suis vraiment, hier. En fait, tout ce que tu voulais, c'était cocher la case « coup d'un soir », rien de plus. À moins que tu aies menti pour ça aussi…

Il s'avança, envahissant son espace personnel à tel point que son large torse emplit tout le champ de vision d'Essie.

Elle plaça sa main contre ses pectoraux pour l'arrêter, ignorant de son mieux la chaleur brûlante de son corps et le parfum si masculin qui émanait de sa chemise hors de prix.

— Je ne suis pas la seule à avoir tiré les mauvaises conclusions. Et avoue-le, maître Jacob, je t'ai fait perdre la tête, hier soir…

Elle aurait voulu le caresser, le griffer ; mais elle ne bougea pas un doigt. Le moment était venu de poser quelques règles. Leur brève aventure avait peut-être été fiévreuse et extraordinaire, la honte qui l'accompagnait et qui étouffait Essie à présent était trop cher payée — deuxième leçon à tirer du sexe sans attaches et à confier à ses lecteurs.

En face d'elle, Ash souriait toujours, lâchant un petit rire cynique.

— Et moi qui pensais que c'était *l'inverse*, murmura-t-il.

Tout le corps d'Essie se crispa au souvenir de son érection impressionnante. Elle éclata de rire et s'écarta de lui, de la tentation. D'un pas assuré, elle se dirigea vers la porte en faisant vaguement non de la tête. Cet homme avait un ego trop surdimensionné pour qu'elle puisse l'entamer ; mais elle préférait néanmoins ne rien dire, de peur que sa voix ne la trahisse.

— Non ? lança Ash dans son dos, l'arrêtant net dans sa lancée. Dans ce cas, nous pourrions rectifier la situation immédiatement…

Il accompagna sa proposition par un regard éloquent en direction d'une portion vide du bureau. Son sourire se fit sensuel et ses yeux brûlants.

Il la mettait au défi ?

L'espace d'un instant, Essie s'imagina allongée sur cette table, les jambes écartées face à un Ash bien décidé à lui prouver sa valeur. À en croire les frissons qui la parcoururent immédiatement, son corps était plutôt partant pour l'aventure… Elle sut instinctivement que coucher avec ce bel avocat sexy serait encore plus intense que tout ce qu'elle avait pu faire la veille avec Ash le Touriste. Et ce n'était pas peu dire !

Tentant.

Mentir allait peut-être avoir un avantage, finalement : ça permettrait à Essie de renforcer sa volonté faiblissante et de rabaisser un peu l'orgueil d'Ash.

— Rien ne se passera entre nous, répliqua-t-elle donc fermement. Je suis ici pour Ben, *mon frère*. Et, tu dois t'en douter après ce que je t'ai dit hier, je n'ai aucune confiance en les hommes de ton espèce.

Le petit sourire hautain d'Ash s'élargit davantage et Essie sentit ses propres épaules se crisper.

— Tu as raison, il ne se passera rien, répondit-il en s'avançant jusqu'à elle, la couvant d'un regard distant. Ben est mon ami, ce club fait partie de mes affaires, et je n'ai confiance en personne.

— Tant mieux. On est au moins d'accord sur un point.

Ce qui ne voulait pas dire qu'elle ne pouvait pas jouer avec lui comme il jouait avec elle… Le rendre fou de désir et lui refuser le moindre soulagement. C'était certes enfantin et mesquin, honteux à ses yeux, mais plus elle voyait son expression arrogante, plus elle voulait l'arracher de son visage. Et retrouver un peu de dignité après son comportement honteux de la veille…

Ash acquiesça.

— On dirait bien que oui. De toute manière, je crois avoir été clair, hier : avec moi, ce n'est jamais que pour un soir.

Essie serra les dents.

— Quel gentleman tu fais ! Les femmes doivent faire la queue pour t'avoir…

Elle ponctua sa remarque d'un reniflement méprisant, ignorant le parfum masculin et épicé qui lui parvint une nouvelle fois.

Ash parut surpris.

— Je n'ai pas à me plaindre, si tu veux tout savoir. D'ailleurs, tu ne m'as pas paru frustrée, hier.

Elle aurait voulu nier ses prouesses, lui dire qu'il avait été mauvais au lit, mais ça aurait été le mensonge de trop. Elle se rapprocha de lui, résistant au besoin de se frotter à lui comme un chat.

— Puisque tu as tant… d'expérience dans ce domaine, je suis sûre que tu sais déjà une chose essentielle, murmura-t-elle en lui jetant un petit regard en coin. Il n'y a absolument aucun point commun entre le sexe pour le sexe et l'intimité qu'on obtient dans une vraie relation humaine honnête et en confiance…

Elle rejeta sa tête en arrière avec un long soupir et feignit un gémissement d'extase en se caressant le cou, puis la gorge. Et, d'un seul coup, se redressa, laissant son bras retomber.

Elle gratifia alors Ash d'un regard froid, emplie d'une nouvelle sensation de pouvoir quand elle vit la flamme du désir se rallumer dans ses yeux et une bosse se former sous sa braguette.

— Et si tu n'as jamais connu de vraie relation, poursuivit-elle avec un grand sourire, j'ai pitié de toi. Passe une bonne journée.

Sur ce, elle tourna les talons de nouveau et quitta le bureau, droite comme un I, frissonnante et hantée par la musique de *Quand Harry rencontre Sally*.

3

Essie passa le reste de la journée enfermée dans le bureau de Ben, pendue au téléphone, pianotant des e-mails. Et se cachant d'Ash. En dépit de ses fanfaronnades, leur conversation du matin l'avait bouleversée. Pas parce que la certitude de ne plus jamais coucher avec lui la poussait à revivre encore et encore leur nuit folle et laissait son corps assoiffé de désir. Mais parce que son indignation morale l'avait poussée à publier sans réfléchir son article de blog — rebaptisé : « OMG ! Les pour et les contre du coup d'un soir » — alors que leur échange tendu résonnait encore à ses oreilles. À présent, sa mise en garde et son récit pince-sans-rire de cette première expérience sans lendemain se frayaient un chemin sur Internet jusqu'aux boîtes mail des milliers d'abonnés à son blog.

C'était stupide.

Imprudent.

Mais ça l'emplissait aussi d'une étrange satisfaction.

Soudain, son petit sourire songeur se mua en un mordillement nerveux de la lèvre.

Penser à son blog aurait dû l'emplir de fierté. En général, ses articles étaient surtout théoriques, fondés sur des éléments scientifiques et mentionnant les dernières études psychologiques en matière de relations, d'amour et d'interactions humaines complexes.

Mais, étouffée par la honte, la trahison d'Ash et le cocktail détonnant de ses hormones en folie, elle avait oublié sa prudence habituelle et ajouté à son premier jet des détails intimes concernant cette nuit explosive et insensée avec Ash. Elle s'était livrée à un récit édulcoré des exploits sexuels de la soirée et de leurs retrouvailles désastreuses du matin pour inciter ses lecteurs à la prudence.

Bien sûr, elle avait gardé l'anonymat sur son amant, le surnommant l'*Avocat Sexy*… Cependant, elle aurait mieux fait de ne pas le mentionner du tout. N'était-elle pas une professionnelle, forte d'une bonne réputation académique ? Rien à voir avec les simples blogueuses qui racontent leur vie en ligne !

Sa respiration s'accéléra et elle sentit son estomac se nouer. Un tourbillon d'émotions contradictoires l'emportait, lui donnait le vertige. Cet article personnel lui offrait finalement une certaine autorité qu'elle n'avait jamais ressentie ; comme si, au cours de la nuit, elle était soudain devenue experte dans son domaine.

Et c'était troublant…

Tout à coup, le premier commentaire s'afficha sur son téléphone et elle se mordit la lèvre de plus belle.

De toute évidence, BatS*#tCrazy avait aimé

l'article… Elle demandait même où trouver l'Avocat Sexy.

Merde ! Trop tard pour regretter, de toute manière.

Essie ferma violemment son ordinateur portable, au risque de le fendre. Après tout, Ash ne devait pas être un lecteur avide de psychologie populaire. Il n'entendrait jamais parler de l'article.

Tandis que son triomphe de courte durée faiblissait, sa nervosité et ses inquiétudes revinrent à la charge. Elle avait commencé son blog intitulé « Relations et autres expériences scientifiques » durant sa première année de psycho. À l'époque, elle se débattait toujours avec la réalité de la trahison de son père, isolée émotionnellement et géographiquement d'un demi-frère qu'elle n'avait jamais rencontré. Elle était en colère contre ce père lâche et menteur et avait décidé d'épancher ses sentiments complexes, étouffants, grâce à un journal en ligne. Peu de temps après, elle avait commis l'erreur de tomber amoureuse — en tout cas, de se *croire* amoureuse. Deux années agitées plus tard, l'ex sur lequel elle avait compté pour vivre un conte de fées l'avait quittée, brisant son estime d'elle-même en mille morceaux. À partir de là, elle s'était mise à douter de l'existence d'hommes honnêtes, fiables — et que l'on pouvait réellement aimer.

À peu près à la même époque, elle était tombée sous le charme de la psychologie sociale, et sa fascination pour la complexité des relations humaines était née, la poussant à écrire davantage et à choisir de passer un doctorat dans ce domaine.

Au départ, elle avait été agréablement surprise

de voir ses premiers abonnés se manifester sur son blog. Ils paraissaient amicaux, bourrés d'humour et appréciaient son point de vue sur les problèmes relationnels de tous les jours. Aucun sujet n'était tabou pour elle. Elle avait écrit sur les passagers impolis du métro, le champ de mines social quotidien qu'elle traversait à l'université, et toutes les interactions humaines imaginables, tout en s'appuyant sur de solides bases scientifiques pour les analyser.

À présent, elle venait de trouver une nouvelle source d'inspiration en dépeignant ce patron arrogant et sexy avec qui elle avait passé sans le savoir une nuit de rêve qui la mettait dans une situation intenable au boulot…

Lorsqu'elle eut un peu retrouvé son calme, elle rouvrit son ordinateur, bien décidée à ne pas négliger ses responsabilités envers Ben. Ayant placé sa liste de choses à faire pour le lendemain sur un Post-it imaginaire bien en vue dans sa tête, elle vérifia une dernière fois ses e-mails avant de rentrer chez elle.

Il y avait justement un message de l'architecte d'intérieur de Ben et un autre de son assistant qui lui demandait son RIB pour établir ses fiches de paie. Mais ce fut l'e-mail de son propre frère, intitulé « Petite faveur », qui retint son attention.

Essie,

J'ai laissé des documents dans le coffre pour qu'Ash les signe, mais je n'arrive pas à le joindre — sans doute la fatigue du décalage horaire, il a dû s'endormir. Est-ce que tu peux lui porter les documents et les scanner pour que la banque les ait avant 18 heures ?

P-S : Il y a une clé de l'appartement d'Ash dans le coffre, au cas où il serait sorti ou n'entendrait pas la sonnette.

Un numéro — le code du coffre, probablement — et une adresse accompagnaient le message.

Essie laissa tomber la tête dans ses mains pour ne pas se cogner le front contre le bureau, l'écran de l'ordinateur, n'importe quoi susceptible de lui faire oublier ce qu'elle venait de lire. La dernière chose dont elle avait besoin était bien un nouveau face-à-face avec Ash, après la passion de la nuit et l'humiliation du matin.

Les milliardaires n'avaient-ils donc pas des armées de laquais à leur service, prêts à tout pour leur faire plaisir et leur faciliter la vie ? Pourquoi fallait-il que ça tombe sur elle ?

Hélas, à cette heure-ci, Ben était sans doute déjà dans les airs, en route pour New York. Elle ne pourrait pas le contacter. De toute manière, elle n'avait qu'à rester concentrée sur ce qu'elle avait à faire et ne pas s'abandonner à son ex-amant, exaspérant et si sexy… C'était facile. Elle ne pouvait pas échouer.

Y aller. *Ne pas coucher avec lui.*

Le faire signer. *Ne pas coucher avec lui.*

Repartir. *Ne pas coucher avec lui.*

Rien de plus simple.

Ash ferma les yeux, appuya ses mains sur le carrelage mural et laissa l'eau chaude couler le long de sa tête. Peut-être qu'une bonne douche finirait par lui remettre les idées en place.

Stupide. Impulsif. Formidable coup d'un soir.

Il serra les poings à s'en faire blanchir les articulations.

Il s'était installé à Londres pour reprendre le contrôle de sa vie après ses plus récentes erreurs, pas pour s'enliser dans une nouvelle coulée de boue émotionnelle aux proportions gargantuesques ! Tout en léchant ses plaies en privé et en s'éloignant de l'intérêt soudain du public pour sa vie privée, il avait aussi espéré se frayer un nouveau chemin, loin des affaires de Jacob Holdings. Un nouveau départ. Quelque chose qu'il aurait construit lui-même, libre de l'influence de son père.

Coucher avec cette inconnue exotique et mystérieuse rencontrée dans le parc avait été plus qu'imprudent. Il aurait dû se renseigner sur elle au lieu de se laisser aveugler par ses sourires sensuels, son petit rire mutin et son corps de rêve. Hélas, il était tombé sous le charme de sa personnalité pétillante et ingénue, si différente des femmes cyniques et sophistiquées qu'il avait l'habitude de fréquenter.

Cyniques, comme lui.

Et elle avait attisé encore plus sa curiosité en lui avouant, les joues en feu, son inexpérience relative.

Merde.

Il rabattit une main pleine de shampoing sur sa tête. À présent qu'il savait qui elle était vraiment, il avait encore plus de questions qu'avant. Si Essie vivait à Londres, pourquoi donc avait-elle besoin d'une photo d'un de ses monuments les plus emblématiques ? Si elle avait un diplôme et un doctorat, pourquoi vouloir travailler dans un bar ? Et quelle était sa vraie relation avec Ben ?

Il se massa violemment le crâne, grimaçant quand il se griffait par mégarde. Non seulement il allait devoir travailler avec elle — et ça allait être une torture permanente —, mais en plus il allait devoir la regarder onduler dans la salle avec ces petites robes sexy qu'elle aimait porter, tout en tenant sa libido en laisse et en gardant les mains dans ses poches.

Tu es foutu, Ash…

Il se rinça la tête, appréciant presque le shampoing qui lui piquait les yeux.

Bien sûr, il l'avait ignoré sur le moment, mais coucher avec Essie lui avait fait briser l'une de ses règles les plus importantes : ne jamais draguer la sœur d'un ami. C'était la règle d'or des mecs que tous les hommes corrects appliquaient à la lettre.

Et il était un homme correct. Il ne manipulait pas les gens. Il ne trichait pas. Et il assumait les conséquences de ses actes.

En général.

Contrairement à son père qui mentait et piétinait les autres sans vergogne.

Son autre règle — jamais plus d'une nuit — tenait toujours bon… Pour le moment. Et pourtant, dans son bureau, il avait été tenté de la briser, elle aussi.

Oui, son séjour à Londres allait clairement mettre à rude épreuve ce self-control dont il s'enorgueillissait et qui lui était aussi nécessaire que l'air qu'il respirait. La tentation allait être plus forte que jamais. À l'instant où Essie avait quitté le bureau, il avait été envahi par un tel désir d'elle qu'il avait dû penser très fort à sa prof de musique de sixième à moustache, Mlle Lemon, pour éviter une nouvelle érection.

La nuit précédente, quand il s'était réveillé à 4 heures du matin et avait découvert sa chambre d'hôtel vide, il s'était affalé sur les oreillers, en partie soulagé. Il avait fait son travail. Il lui avait donné du plaisir — plus que ça, même.

Et elle avait compris ses règles sans qu'il ait à les expliquer : elle avait discrètement quitté la chambre au milieu de la nuit. Elle n'avait pas fait de scène au matin, ni laissé de mot en lui demandant de l'appeler. Elle n'avait pas non plus pris son téléphone. Cependant, son premier moment de soulagement ne l'avait pas réellement réconforté. Une partie de son esprit, celle qui avait été blessée par les trahisons et l'humiliation qu'il avait subies quelques mois plus tôt et qu'il avait espéré laisser derrière lui, à New York, s'était révoltée immédiatement. Pris de nausées, il avait fini par se lever avant l'aube, avait pris une douche froide et s'était immergé dans ses dossiers pendant plusieurs heures.

Certes, il avait pris ses distances avec Jacob Holdings, mais il lui restait quelques affaires à boucler pour la firme familiale — en particulier une négociation dans laquelle il avait un intérêt personnel en tant qu'actionnaire. Il avait peut-être envie d'abandonner son père pour se venger, mais il devait tout de même penser à l'avenir et à l'héritage de ses sœurs et protéger financièrement sa mère quand son divorce serait enfin prononcé. Ash pouvait au moins se faire pardonner d'avoir été la cause de ce scandale en lui recommandant un avocat de premier ordre capable de lui obtenir une bonne part du gâteau dans le divorce… Hélas, ce matin-là, même la rédaction d'un contrat long et complexe n'avait pas suffi à lui faire oublier la fascinante Essie.

Il soupira et se laissa aller à l'inévitable. Tous ses muscles se crispèrent et son sexe se redressa. Il le caressa paresseusement en se souvenant des soupirs et des gémissements de plaisir d'Essie, la veille…

Se reprenant soudain, il rouvrit les paupières et se retrouva face aux carreaux de la douche. Il était déjà en train de penser à d'autres manières de lui faire l'amour, alors qu'il n'y avait plus rien entre eux. Qu'il ne devait *plus jamais* rien y avoir entre eux !

Il avait décidé d'en finir avec les femmes avant même de poser un pied en Angleterre. Et puis, Essie était la sœur de Ben et la gérante temporaire de son club — une employée. Plus important encore : il ne pouvait pas avoir confiance en elle.

Pouvait-il la virer ? Prendre un autre gérant en remplacement avant le retour de Ben et lui dire que les choses ne s'étaient pas bien passées avec Essie ? Non. Ben ne tolérerait jamais ça, et il aurait raison. En plus, s'il apprenait un jour qu'Ash avait couché avec sa petite sœur et l'avait simplement renvoyée parce qu'elle l'avait humilié, leur longue amitié n'y survivrait pas. Et, en ce moment, Ash avait *besoin* de son ami — le seul qui ne savait pas depuis longtemps ce que sa fiancée manigançait en secret depuis des années.

Quand elle l'avait quitté, presque devant l'autel, il avait perdu toute confiance en les femmes ; mais les récentes révélations de son père et les violentes critiques qu'elles avaient soulevées dans les médias avaient fini de l'achever. Il avait été emporté dans la tourmente, sans plus savoir à qui se fier.

Bien sûr, Ben ne connaissait pas le dernier rebondissement de l'affaire, celui qui avait poussé Ash à quitter New York. Ash ne lui avait pas dit que le troisième élément de sa relation désastreuse, le collègue avec lequel sa fiancée l'avait trompé, n'était qu'une ruse de plus. Un leurre pour repousser un mariage dont elle ne voulait plus et lui cacher la vérité. Ash ferma de nouveau les yeux, incapable de supporter son propre reflet dans le miroir. Certaines choses étaient si honteuses qu'on ne pouvait se résoudre à en parler, même à son meilleur ami…

Il termina de se doucher sans le moindre plaisir. Une amertume lui montait à la bouche, étouffant la douceur que le souvenir d'Essie avait laissée derrière lui. Fasciné par ses yeux bleus brûlants d'indignation et son accent qui s'était durci dans la colère, il avait à la fois eu envie de l'embrasser et de la virer de son club pour regarder son derrière divin s'éloigner dans la rue.

Elle l'avait dupé alors que plus personne n'en était capable depuis longtemps. Il avait passé des années à peaufiner son image professionnelle, et sa réputation d'homme implacable était presque devenue légendaire.

Quant à sa vie privée… Dans ce domaine, il n'était plus qu'un pantin désarticulé. Mais il se ressaisirait — même s'il devait se vider de ses dernières forces pour ça. Il reprendrait le contrôle, à commencer par celui de sa libido et la tentation que présentait pour lui la silhouette délicate d'Essie Newbold.

De toute manière, quel choix avait-il ? Il allait devoir passer les deux prochains mois à l'éviter et à la surveiller en même temps, pour ne pas lui laisser la moindre faille dans laquelle se faufiler de nouveau. Et il allait aussi devoir cacher à Ben, son meilleur ami, qu'il avait couché avec elle tout en résistant à l'envie quasi irrépressible de recommencer.

« Salut, Ben, comment c'était, à New York ? Tu sais que je ne sors jamais avec des filles longtemps, hein ? Oui, et tu sais pourquoi… Eh bien, devine quoi ? J'ai couché avec ta jolie petite sœur toute neuve et ça ne me dérangerait pas d'y retourner — sans attaches, bien sûr. J'espère que ça ne te dérange pas. »

Pour un homme amoureux du droit, de la vérité et qui avait pour valeurs l'honnêteté et la loyauté, il s'était certainement aventuré en eaux troubles, dernièrement. Et ça lui donnait de sacrées migraines.

Il avait pensé qu'une nuit passée avec la charmante blonde rencontrée au parc saurait apaiser les blessures de son ego et le remettre un peu d'aplomb. Mais tout ce qu'il avait réussi à faire, c'était s'enfoncer un peu plus dans ce marais inextricable et avoir une preuve supplémentaire qu'il avait raison depuis le début en pensant qu'on ne pouvait se fier à personne.

Sortant enfin de la cabine de douche embuée, il jeta une serviette sur ses cheveux et se frotta vigoureusement la tête. Puis, gardant la serviette sur ses épaules, il en prit une deuxième pour s'essuyer rapidement les jambes et s'en faire un pagne improvisé.

Au moment même où il finissait de se brosser les dents, il perçut un bruit et se figea, les sens en alerte.

Quelqu'un était dans son appartement… Ce loft équipé de toute la sécurité dernier cri que l'on pouvait trouver.

— Euh… Salut ? lança timidement une voix féminine.

Jetant par terre la serviette qu'il avait sur les épaules, il sortit de la salle de bains, s'attendant à trouver la gérante de l'immeuble ou bien la femme de ménage qu'il avait embauchée pour préparer les lieux avant son arrivée. Mais à peine était-il entré dans la chambre qu'il se figea, abasourdi.

Essie était là, dans l'encadrement de la porte, les joues en feu comme si elle avait couru, et la bouche entrouverte. Elle le dévisagea lentement, examinant d'un regard sensuel son torse nu. Ses yeux s'attardèrent même quelques instants sur son entrejambe.

Il avait eu une érection presque toute la journée, chaque fois qu'il pensait à elle et à la nuit qu'ils avaient passée ensemble. Il en avait même eu une sous la douche et avait été tenté de se masturber pour soulager son corps, encore hanté par le souvenir de cette peau chaude contre lui. Et voilà qu'elle était là, avec ses grands yeux qui caressaient d'un regard sa chair nue, son sexe dressé sous sa serviette.

Il pouvait voir sa poitrine se soulever et retomber au rythme d'une respiration haletante, mettant en valeur ses seins ronds et fermes. Lorsqu'elle eut bien pris le temps d'examiner chaque parcelle de son corps, elle le regarda enfin dans les yeux.

Ash soutint son regard, un petit sourire aux lèvres, tenté de se débarrasser de sa serviette pour qu'elle puisse l'admirer à loisir.

— Tu veux quelque chose ?

Était-elle venue dans l'espoir de remettre le couvert ? Cette idée lui échauffa immédiatement les sangs.

Il n'avait pas l'habitude de faire ce genre de choses, mais pour une fois il était prêt à oublier ses règles d'or pour profiter un peu plus longtemps de ce corps parfait. Pour s'assurer aussi que le plaisir qu'il avait éprouvé la veille n'était pas qu'une illusion.

Non ! Jamais il ne passait plus d'une nuit avec une amante. De toute évidence, sa libido ne s'était pas encore remise du décalage horaire.

Finalement, Essie parut se reprendre et sortir de sa rêverie érotique.

— Je… je… Ben a besoin que tu signes ces documents pour la banque et il n'a pas réussi à te joindre, balbutia-t-elle.

Sa gorge rosit, ravissante, dévoilée par le décolleté plongeant de sa robe toujours tachée de café. Étonnamment, la tache ne gâchait en rien son élégance. Au contraire, elle soulignait sa beauté en lui donnant un air plus humain, maladroit. Essie n'était pas de ces vaniteuses qui se seraient précipitées chez elles pour se changer, sans se soucier de leur travail.

— J'ai fait un tour à la salle de sport et j'ai filé sous la douche, répondit-il avant de lui prendre son dossier des mains et de le jeter sur le lit. Comment es-tu entrée ?

Peut-être aurait-il dû lui proposer de glisser sa robe dans son lave-linge, histoire de voir une fois de plus ce corps exceptionnel.

Oublie-la, idiot !

Soudain, le téléphone qu'elle tenait à la main vibra et elle y jeta un coup d'œil rapide.

Ash en profita pour laisser tomber sa serviette, comme s'il était seul, et ouvrir sa commode pour en tirer un boxer noir propre. Si elle se permettait d'entrer chez lui sans y avoir été invitée…

— Seigneur ! Tu étais obligé de faire ça ?

Il la regarda par-dessus son épaule, tenant encore son boxer à la main. Après tout, pourquoi serait-il seul à étouffer d'un désir fiévreux et brûlant ? Il ne comptait pas se priver de jouer un peu avec elle.

— Hé, c'est toi qui es venue chez moi sans prévenir ! lança-t-il. Si tu ne veux pas tomber sur un homme tout nu dans sa chambre, je te conseille d'appeler ou de frapper avant d'entrer, la prochaine fois.

Il enfila son boxer, remarquant avec une pointe de satisfaction qu'elle ne détachait les yeux de son sexe nu qu'au dernier moment. Appréciait-elle de le voir si ferme, prêt à agir ? Ash était humain après tout, et elle était particulièrement séduisante. Mais ça ne voulait pas dire qu'il allait laisser son désir le guider. Son érection n'était qu'une réaction physique naturelle, rien de plus. S'il rêvait à nouveau de la coucher sur le lit et de lui faire l'amour jusqu'à être enfin rassasié, il n'en montrerait rien !

Elle rougit en surprenant son regard sur elle.

Son téléphone vibra de nouveau.

Quelqu'un devait avoir vraiment besoin de lui parler.

— En retard pour ton rendez-vous du soir ? lança Ash.

Elle lui jeta un regard assassin et laissa tomber son téléphone dans son sac avant de se camper devant lui, les poings sur les hanches, comme s'il avait fait preuve d'une audace à peine croyable.

Oh ! mais tu peux y croire, chérie…

— Ça ne te regarde pas.

Elle redressa le menton d'un air hautain et ses longs cheveux roux tombèrent en cascade sur ses épaules. À quoi ressemblerait cette crinière de feu étalée sur son dos nu, pendant qu'il la prendrait par-derrière ? Ou retombant sur ses tétons sensibles alors qu'il la plaquerait contre le mur et s'agenouillerait entre ses cuisses ? Ou encore étalée sur les draps blancs s'il la couchait d'un seul coup sur son lit ?

— D'abord, tu m'accuses de mentir, et maintenant tu forces l'entrée de mon appartement juste pour me regarder de haut ? répliqua-t-il.

Il aurait pu vivre avec son mépris, mais jamais il ne supporterait qu'elle mette son intégrité en question — pas après tout ce qu'il avait traversé, ces derniers mois.

Elle le dévisagea encore un instant, mais eut au moins la bonne grâce de rougir.

— Écoute, je... je suis désolée de t'avoir traité de menteur. Je sais que tu ne m'as pas vraiment menti. J'étais... j'étais juste sous le choc : je pensais qu'on ne se reverrait plus jamais.

— Excuses acceptées. Et on était deux à être choqués.

Il se glissa dans son dressing, toujours hanté par les images sensuelles de tout ce qu'il pourrait faire avec cette femme.

— Et je n'ai pas forcé ta porte ! lança-t-elle depuis la chambre. Ben m'a dit où trouver ta clé de secours. Et j'ai *frappé* !

— Ah, Ben... Un peu bizarre, non ?

Il attrapa un T-shirt noir et passa la tête par l'entrebâillement de la porte en l'enfilant. Comment pouvait-il avoir à ce point envie de la toucher, de plus en plus, malgré la robe tachée qui lui rappelait leur discussion pénible de la matinée ? S'il devait subir la torture sensuelle de sa présence dans son appartement, autant en profiter pour obtenir quelques réponses.

— Dis-moi, pourquoi est-ce qu'une doctorante diplômée comme toi décide soudain de travailler dans un bar ?

Elle était trop intelligente pour voir dans ce travail un projet de carrière, à moins que son diplôme ne concerne le management hôtelier.

— Je... je réfléchis à la carrière que je voudrais suivre. Ben s'est retrouvé en difficulté et nous avons pensé que travailler ensemble nous permettrait d'apprendre à mieux nous connaître.

Elle s'était donc donné pour mission de passer du temps avec Ben. Ça n'aidait en rien Ash et son combat intérieur désespéré, mais ça l'intriguait et inscrivait plus encore l'image d'Essie dans son esprit — comme s'il n'avait pas suffisamment pensé à elle depuis la veille !

Une nouvelle vibration se fit entendre dans son sac à main. Ne pouvait-elle pas éteindre cette chose ?

— Tu ne réponds pas ? demanda-t-il, un peu agacé.

Elle secoua la tête.

— Ce ne sont que des… notifications.

Puis, poussant un profond soupir, elle poursuivit :

— Écoute, on est tous les deux adultes, non ?

Elle ne le quittait pas des yeux, tout en jouant pensivement avec une mèche de ses longs cheveux, comme la veille. Peut-être résistait-elle comme lui à son désir, son esprit rationnel luttant contre les pulsions de son corps.

Ash avait appris depuis longtemps à ne plus regretter ses liaisons, quoi qu'il arrive. Et voilà où il en était, après son erreur de la veille ! Il était hors de question de laisser les choses empirer en écoutant la petite voix mielleuse qui lui murmurait de recommencer, de goûter une nouvelle fois les délices du corps d'Essie.

— Ce n'était que pour un soir, reprit-elle. Comme je te l'ai dit, contrairement à toi, je ne suis pas experte en la matière… Mais n'est-ce pas mieux de tourner la page dans ces cas-là ? D'oublier ce qui s'est passé ?

Est-ce qu'elle essaie de s'en convaincre ?

Elle avait raison, bien sûr. D'ailleurs, l'esprit d'Ash était très facilement passé à autre chose : c'était le résultat d'années d'entraînement. Mais son corps — et son sexe — était têtu. Sans doute était-ce à cause de ces fichues robes courtes qui épousaient les formes d'Essie comme une seconde peau. Ou bien de son parfum sensuel de cannelle qui envahissait la chambre. Ou de cette lèvre charnue que ses petites dents ne cessaient de mordiller…

— Je suis sûre que tu partages mon opinion. Après tout, nous allons devoir trouver un moyen de travailler ensemble.

Ash ressortit du dressing en refermant la braguette de son jean, emprisonnant son sexe toujours dressé derrière une rangée de boutons. Si seulement il avait pu aussi facilement étouffer ses pensées érotiques.

— Vraiment ? Tu ne pourrais pas démissionner ? Dire à Ben que tu as changé d'avis ?

Oui, écarter la tentation. Ben et elle pourraient très bien apprendre à se connaître pendant leurs loisirs. Il savait très bien ce qui se passait entre frère et sœur : ses sœurs le rendaient fou, parfois… Pourquoi Ben et Essie voulaient-ils donc passer autant de temps ensemble ?

Elle le regarda avec des yeux ronds, comme s'il venait de lui dire d'abandonner une portée de chatons sur le bord de la route.

— Il est hors de question que je laisse Ben tomber, comme ça ! s'écria-t-elle.

— Je suis sûr que ça ne le dérangera pas.

Elle pâlit immédiatement, comme s'il venait de la poignarder en plein cœur.

— Pourquoi dis-tu ça ? Il t'a parlé de quelque chose ?

Jusqu'à ce jour, Ash n'avait pas vraiment réfléchi à ce que Ben lui avait raconté en lui apprenant qu'il avait une demi-sœur à Londres, près d'un an plus tôt. Leur amitié durait depuis des années mais, depuis que leurs carrières avaient décollé, ils avaient à peine le temps de boire une bière ensemble après le travail ou de faire un tour à la salle de sport. Qu'elles étaient réellement les relations entre Ben et Essie ? Étaient-ils proches ? Pourquoi n'avait-elle pas fait partie de la vie de son frère en grandissant ?

Une chose était sûre : elle ne connaissait pas assez Ben pour être certaine de la réaction qu'il pourrait avoir si elle démissionnait. Intéressant…

Il haussa les épaules et répondit finalement :

— Je dis juste que je pourrais te trouver très vite un remplaçant. Ça ne poserait pas de problème au club.

Cette fois, son regard se fit brûlant.

— Oh ! je n'en doute pas ! Eh bien, tu sauras une chose : je ne suis pas si facilement remplaçable, Ash, et je n'ai pas l'intention de partir !

Elle s'approcha et son parfum échauffa dangereusement les sens d'Ash — un parfum d'été, de cannelle et de femme…

— Je n'ai pas l'intention de me laisser éloigner comme une gêne, ou de faire comme si je n'existais pas pour te faire plaisir.

Waouh, d'où sortait-elle tout ça ? Clairement, Ash ne s'était pas contenté de toucher un nerf sensible… Il avait rouvert une plaie ancienne et y avait jeté du sel.

Elle jeta un nouveau regard instinctif à son entrejambe avait de reprendre froidement :

— Et toi ? Tu ne pourrais pas simplement retourner à New York ?

Oh non ! Pas tant que les ragots et le scandale ne seraient pas éteints. Pas tant que sa vie privée ferait les gros titres. Mais il n'avait pas l'intention de le dire à cette fille. Pourquoi l'aurait-il fait ? Pour qu'elle n'ait plus honte de lui avoir parlé de son père pendant leur nuit de passion ? Il préféra se réfugier derrière l'humour, comme il le faisait si souvent.

— Si je partais, tu n'aurais plus rien à regarder.

— Pardon ?

— Tu en baves presque, chérie ! J'étais un peu crevé, hier, donc, si tu veux une deuxième chance de voir ce que je vaux vraiment…

Il indiqua d'un signe de tête son immense lit posé comme un éléphant au milieu de la pièce. Tous ses muscles se crispaient dans l'espoir de voir enfin son désir assouvi.

Essie se rapprocha davantage, le regard vide et les lèvres entrouvertes, comme si ses propres envies échappaient à son contrôle.

— Je suis tout à fait capable de faire la part des choses entre une partie de jambes en l'air sans conséquence et le travail que j'ai à faire au club, murmura-t-elle en baissant les yeux sur sa bouche.

Attendait-elle quelque chose ?

Espérait-elle qu'il lui réponde, ou bien qu'il l'embrasse ? L'esprit d'Ash s'embruma soudain, troublé par sa présence, son parfum, sa chaleur qui échauffaient son sang chargé de testostérone. Toute la journée, il était resté sur le fil, à cause de sa seule présence dans le bâtiment… Assez près d'elle pour entendre son petit rire de gorge quand elle parlait aux artisans et aux fournisseurs au téléphone, ou pour percevoir le cliquetis de son clavier d'ordinateur.

— Le travail que tu as à faire dans *mon* club, corrigea-t-il sèchement.

Il était temps de rappeler à Miss Je-compartimente-tout qui était le patron.

— Mais es-tu seulement capable de faire ce boulot ? Ben et moi avons besoin d'une personne honnête, fiable et engagée.

Il ignora l'éclair meurtrier qui traversa ses yeux et les palpitations de son propre désir qui faisaient trembler tous ses muscles.

— Dis-moi, qui es-tu aujourd'hui ?

— Qu'est-ce que ça veut dire ?

— Hier, tu étais une petite étudiante tête en l'air en voyage… Aujourd'hui, tu prétends être une femme professionnelle et compétente, responsable de *mon* club. Sache que je n'apprécie pas trop qu'on me mente, déclara-t-il en luttant pour conserver ce célèbre self-control qui lui servait d'armure depuis bien longtemps déjà. Je ne te fais pas confiance, Essie. Donc, tant que je ne serai pas certain que mon club est en de bonnes mains, nous allons travailler très étroitement ensemble, toi et moi. C'est clair ?

Elle plissa les yeux pour le dévisager et ses pupilles scintillèrent, animées par un feu qui rappela à Ash le fleuve incandescent qui coulait dans ses veines. Était-ce la solution ? Coucher ensemble jusqu'à ce que l'alchimie étrange qui les attirait s'épuise et que le feu s'éteigne ? Il avait garanti à Essie que ça n'arriverait jamais plus, mais c'était avant qu'elle ne s'invite dans sa chambre. Avant qu'elle lui parle de sexe sans attaches et de page tournée. Avant qu'elle bave devant son corps délibérément nu et continue à le dévisager d'un air affamé, comme si elle le déshabillait mentalement.

Finalement, sans le quitter des yeux pour autant, elle répondit :

— Je ne ferai jamais rien pour saborder les affaires de Ben. Tu es paranoïaque…

Elle lâcha son sac par terre et se campa de nouveau devant lui d'un air obstiné. Ash s'approcha et la toisa un instant.

— Oui, tu as raison, admit-il. Ça me réussit plutôt bien, en ce moment, d'ailleurs.

Essie le fusilla du regard.

— Je suis ici pour aider mon frère à ouvrir *son* club. Tu peux tenter de me faire partir autant que tu veux, je resterai tant que Ben ne me dira pas lui-même qu'il n'a plus besoin de moi. Tu ferait mieux de te faire à cette idée !

Elle redressa la tête et ses lèvres se trouvèrent à quelques centimètres à peine de celles d'Ash. Son souffle lui caressa le visage. Elle respirait vite, haletait presque, comme si elle était sur le point de jouir. Ses joues rouges et tout son corps tendu trahissaient la fermeté de ses paroles.

Ne la touche pas.

Recule.

Trop tard…

En un éclair, elle passa les mains dans ses cheveux encore mouillés et attira ses lèvres sur les siennes. Ce ne fut pas un grand effort : il bougeait déjà, lui aussi. Il l'enlaça et la hissa sur la pointe des pieds. Leurs bouches s'écrasèrent l'une contre l'autre et Essie poussa un petit gémissement, un cri de victoire, quand elle entrouvrit les lèvres sous les assauts furieux d'Ash.

Il perdit alors tout sens de la raison. Leurs langues s'effleurèrent dans une danse, un duel sensuel parfaitement équilibré. Le corps d'Essie se coulait contre le sien comme s'ils avaient été façonnés pour ça. Sa passion sincère enflammait davantage le désir qui couvait en lui depuis qu'elle avait quitté son bureau, le matin même, et il sentit ses jambes faiblir. Il n'était pas seul…

Qui était donc cette femme à laquelle il ne pouvait résister ? Sa détermination et son obstination l'excitaient autant qu'elles l'exaspéraient et sa sexualité débridée était… grandiose. Les premières impressions qu'il avait eues d'elle étaient complètement fausses. Essie vivait sa sexualité sans hésiter — c'était même un autre aspect fascinant de sa personnalité si complexe.

Comme l'eau et l'électricité, ils s'attiraient et créaient des étincelles brûlantes. Les doigts d'Essie se refermèrent sur ses cheveux et les tirèrent jusqu'à le faire gémir. Sa bouche vorace mordillait ses lèvres comme si elle voulait le dévorer et ses cuisses se nouèrent autour de ses hanches à l'instant où il la souleva de terre. Son sexe, plus ferme et palpitant que jamais, se pressa contre l'entrejambe chaud et humide d'Essie, assouvissant enfin un peu de ce désir qui les animait tous les deux.

Si Ash ne l'avait pas regardée dans les yeux pendant ce long baiser dans lequel leurs corps se consumaient, il n'aurait pu résister au besoin de fermer les paupières. Le corps de cette femme se fondait dans le sien et sa chaleur irradiait à travers son jean tandis qu'elle se frottait à lui, ses tétons pointés malgré les deux épaisseurs de vêtements qui les séparaient encore.

Un nouvel afflux de sang descendit à son sexe.

Oui.

Faire l'amour une fois de plus pour oublier enfin cette tigresse déguisée en chaton et reprendre le contrôle de la situation. Il n'avait pas besoin de lui faire confiance. Il fallait qu'il couche avec elle. Rien de plus. Une seconde nuit explosive pour exorciser son désir.

Un bras passé autour de son cou comme une amarre, elle glissa son autre main entre eux pour caresser Ash à travers son jean avant de défaire, impatiente, les boutons de sa braguette. Elle se tortillait dans ses bras et gémissait, le souffle court, plus sexy que jamais. Cette fille était un vrai fauve affamé… Impatiente, intrépide, sensuelle. Ash avait été condamné à l'instant même où il avait ouvert les yeux pour la regarder, dans le parc baigné de soleil.

Il écarta un peu les jambes pour assurer son équilibre avant d'explorer le corps d'Essie à son tour. Passant une main sous ses fesses pour la stabiliser, il glissa son autre main sous l'ourlet de sa robe. Ses doigts effleurèrent sa cuisse et se faufilèrent jusqu'au cœur humide et chaud de son corps, sous sa culotte. Ils s'embrassaient toujours, se regardaient toujours, et Ash glissa un doigt sous l'élastique, écartant le coton bordé de dentelle.

Sa chair était si chaude, si moite... Dès qu'il trouva son clitoris et le caressa, elle rejeta la tête en arrière pour pousser un gémissement. Son regard de velours — qui semblait à la fois dire « fais-moi l'amour » et « va te faire voir » — le défiait. Attisait sa passion. Non pas qu'il ait eu besoin d'encouragements...

En deux enjambées, il la percha sur le rebord de sa commode qui, comme le reste du mobilier, était fine, sobre et dépouillée. Elle écarta immédiatement les cuisses pour l'attirer à elle en tirant son T-shirt.

Tandis que ses doigts reprenaient leur va-et-vient érotique entre ses jambes, il referma son autre main sur son téton tendu et le caressa à travers ses vêtements. Mais ce n'était clairement pas assez pour elle. Elle lâcha ses épaules, juste assez longtemps pour défaire les premiers boutons de sa robe et la faire descendre sur ses épaules, avec son soutien-gorge, exposant la peau laiteuse de ses bras et un sein rond au téton rosé.

Bon sang...

Ash ne put réprimer un gémissement.

Elle était parfaite.

Il se pencha sur elle pour goûter ces fruits défendus.

Une dernière fois, avant de mettre fin à cette folie.

Mais Essie ne semblait pas prête à abandonner. L'une de ses mains retourna dans les cheveux d'Ash, autoritaire et ferme, tandis que l'autre achevait de le rendre fou en caressant son sexe à travers ses vêtements. Sa chair parfumée emplissait ses lèvres et il pinça, embrassa, lécha son téton, sans s'arrêter, guidé par ses gestes et ses soupirs. *Oui… Oui…* Son bassin se plaqua contre ses doigts, comme si elle avait besoin de soulager son désir au moins autant que lui.

Juste une fois de plus. Pour étouffer enfin ce besoin animal qui lui faisait perdre la raison. Cette fois, quand ils se sépareraient, Ash serait rassasié, paisible. Guéri.

Coinçant Essie sur la commode d'un coup de reins, il glissa deux doigts en elle et pressa son pouce contre son clitoris. Il l'embrassa de nouveau, remplaçant ses lèvres par sa main sur son sein encore humide.

Essie était toujours la même que la veille : elle lui griffa les épaules et gémit de plus en plus fort sous ses caresses.

— Dis-moi quand tu y seras presque, murmura-t-il contre ses lèvres, réticent à l'idée de les lâcher ne serait-ce qu'une seconde.

Elle acquiesça, les yeux sombres, ses cheveux décoiffés retombant glorieusement sur ses épaules. Les vêtements d'Ash lui coupaient presque la circulation, privant son sexe de ce dont il avait tant besoin. Mais il ne pouvait pas s'écarter. Même si on l'avait menacé de mort en cet instant, il n'aurait pas pu lâcher Essie.

Il abandonna son sein le temps de passer un bras autour de sa taille pour la rasseoir sur la commode, dans une position plus confortable.

À cet instant, elle poussa un cri et s'arracha à ses lèvres.

— Oui, maintenant… Je…

Il se jeta alors sur son téton découvert une fois de plus, le gobant comme un affamé ; plongea ses doigts plus encore en elle et caressa plus vite son clitoris gorgé de désir.

Elle cria de nouveau et son corps entier se crispa sous la vague de l'orgasme avant d'être parcouru par un violent spasme. Si Ash n'avait pas été là pour la retenir, elle serait sans doute tombée de son perchoir précaire. Il poursuivit ses caresses jusqu'à ce que les dernières vagues de plaisir se soient apaisées et que son corps se mette à trembler dans ses bras. Jusqu'à ce qu'elle repousse ses épaules au lieu de s'y agripper.

Sa tête retomba doucement contre le torse d'Ash.

— Oh ! waouh…

Le parfum d'Essie monta à ses narines et lui arracha un soupir inaudible. Heureusement pour lui, elle ne s'en rendit pas compte. Il se récita en silence une série des termes juridiques les plus ennuyeux auxquels il put penser pour ne pas enfouir le nez dans ses cheveux et s'enivrer de leur odeur. Il aurait été capable de s'endormir, bercé par ce parfum, comme la veille…

Non !

Son sang ne fit qu'un tour.

Qu'est-ce qu'il était en train de faire ?

Il ne pouvait pas avoir confiance en cette femme.

Il ne pouvait avoir confiance en personne.

Plus cette prise de conscience s'imposait à lui, plus ses muscles se crispaient.

Toute cette histoire allait tourner au désastre… Le club était son nouveau départ, le seul lieu où personne ne le connaissait, ne connaissait les déboires médiatiques de sa famille. Le seul qui pouvait lui offrir l'anonymat dont il avait besoin pour se recentrer et reprendre le contrôle de sa vie. Pourquoi était-il si fasciné par Essie ? Pourquoi était-il incapable de garder ses distances ?

Il recula d'un pas, arrachant sa main de sa culotte, et évita du mieux qu'il put son regard surpris, interrogateur. Il l'aida à se relever et la tint par les bras le temps qu'elle retrouve son équilibre avant de rajuster sa robe et son soutien-gorge.

Il était trop tard pour montrer un héroïsme de gentleman. De toute manière, il n'était pas ce genre d'homme — il ne l'était plus. La galanterie était un jeu de dupes.

Il ravala son amertume, et la petite voix qui lui rappelait pourquoi il aurait dû se méfier de cette nouvelle rencontre avec Essie. De nouveau, il éprouva la honte de la trahison, une trahison d'un genre nouveau pour lui, et l'étouffa également. C'était fini. Il ne se laisserait plus aller à faire confiance à la mauvaise personne.

Le souvenir de son humiliation dans les bureaux de la Jacob Holdings lui revint en mémoire. Il avait découvert que son père avait trompé sa mère et avait craché tout son venin au visage de l'homme auprès de qui il travaillait depuis dix ans. Il s'était attendu à le voir céder, se briser ou lui dire de s'occuper de ses affaires ; mais il n'avait pas anticipé un seul instant la salve de vérités cruelles que son père lui avait renvoyée.

Une vague de chaleur s'insinua dans ses veines gelées, lui rappelant le mal qu'il avait fait — surtout à sa mère, qu'il avait pourtant essayé de protéger.

Sans un mot, il se retourna et ajusta son sexe, qui se repliait rapidement sur lui-même dans son boxer au souvenir amer de sa dispute avec Hal. Il n'osait presque plus regarder la femme qui l'attendait, dans son dos, dont il ne pouvait déjà plus s'éloigner alors qu'il la connaissait à peine.

— Quoi ? C'est fini ?

Il acquiesça en se tournant à moitié, sans un mot d'explication. Il fallait qu'il arrête tout, maintenant. Tant que sa dignité et sa santé mentale restaient intactes. Il n'avait pas encore complètement piétiné ses principes et il lui restait une maigre chance de prendre tout de même ce nouveau départ auquel il aspirait tant.

Essie le dévisagea un long moment, imperturbable, les yeux noirs de colère. Sans un mot, elle l'évita comme elle aurait contourné un loup menaçant et ramassa le dossier qu'elle avait jeté sur le lit avant de revenir lui faire face.

— Eh bien, maître Jacob ? lâcha-t-elle avec un coup d'œil marqué en direction de la bosse plus modeste dans son boxer. Le plaidoyer est fini ?

Ash dut serrer les poings pour résister à l'envie d'embrasser une dernière fois ces lèvres insolentes. Encore troublée par l'orgasme et en colère comme elle l'était, elle lui parut plus séduisante que jamais…

Les dents serrées, il répondit à mi-voix :

— Ça vaut mieux, à mon avis.

Jamais encore il n'avait eu plus besoin de faire appel à son masque neutre d'avocat.

Essie eut un petit rire froid.

— Ne t'en fais pas. Je ne suis peut-être pas une experte en coups d'un soir, mais je suis passée maîtresse dans l'art de gérer le rejet.

Qu'est-ce qu'elle… ?

Sans lui laisser le temps de poser la moindre question, elle plaqua le dossier contre lui et le maintint en place jusqu'à ce qu'il le prenne.

— Il faut scanner ces documents avant 18 heures, déclara-t-elle avant de jeter un dernier regard sur son torse nu et son boxer encore un peu enflé. Passe une bonne soirée.

Et elle partit.

4

— Tout va très bien, répéta Essie à Ben.

Son associé voulait la virer comme si elle était une… gêne. Elle s'était jetée dans les bras d'un homme qui avait eu assez de bon sens pour lui résister. Et elle ne savait absolument pas ce que Ben pensait réellement d'elle, tout en ayant trop peur de lui poser la question. Oui, tout allait *très* bien…

Essie se tassa un peu plus derrière son bureau et frotta nerveusement une irritation imaginaire sur son bras. Peut-être était-ce pour tout cela qu'elle était si peu heureuse d'entendre la voix de son frère au téléphone. Elle craignait qu'il ne soit d'accord avec Ash et ne la renvoie, avant de disparaître de sa vie aussi brutalement qu'il y était entré.

— Tu es sûre ? demanda Ben.

Elle appuya le combiné contre sa joue en priant pour qu'il ne puisse pas entendre la pulsation de son sang sous sa tempe. Elle n'aurait pas dû perdre son temps à s'apitoyer sur son sort — elle avait du travail à faire.

— Mais oui ! Les décorateurs ont fini aujourd'hui et je vais bientôt avoir un entretien avec le barman.

Ben lui avait confié son club et elle ne laisserait certainement pas son attirance fiévreuse pour Ash gâcher cette unique chance de prouver sa valeur à son frère.

Non. Ash et elle, c'était terminé.

Hélas, sa vie hantée par le doute et l'inquiétude minait son nouveau départ avec Ben. Toutes ses déceptions enfantines, tous les départs de son père et toutes les critiques cruelles de son ex résonnaient dans sa tête à lui en donner la nausée.

Et si Ash avait raison ? Si elle devait partir ?

Non. Elle voulait se construire un avenir où elle aurait une place dans la vie de Ben. Son père lui avait déjà volé son frère pendant toute son enfance, c'était assez !

— Comment ça se passe à New York ?

Est-ce qu'il avait vu leur père ? Frank Newbold avait-il posé des questions au sujet de sa fille ? Elle n'aurait pas dû s'en soucier, mais la petite fille en elle, qui avait adulé son papa et s'était jetée dans ses bras chaque fois qu'il avait passé le seuil de la maison, avait encore besoin de son attention — même si elle n'hésitait pas à clamer haut et fort qu'elle avait définitivement tourné la page de cette relation empoisonnée.

— Quelqu'un avait pris l'habitude de piocher dans la caisse.

Essie étouffa un hoquet de surprise.

— Oh non, Ben ! C'est terrible.

Une soudaine culpabilité l'envahit. Avec tous

ses problèmes, Ben n'avait certainement pas plus besoin d'un drame à The Yard qu'elle n'avait besoin d'une nouvelle rebuffade d'Ash.

— Je vais régler le problème, ne t'en fais pas. La banque a reçu son papier dans les temps ?

Essie sentit ses joues s'empourprer au souvenir de ce qu'elle avait fait la veille.

— Oui.

En dépit de tout ce que lui murmurait sa conscience et de la résistance d'Ash, une part d'elle avait envie de renouveler l'expérience qu'il lui avait refusée la veille.

Il avait envie d'elle : la preuve de son désir, ferme et chaude contre son bassin, était irréfutable. Pourtant, jamais elle n'aurait pensé qu'un homme aussi sensuel que lui était capable d'une telle maîtrise sur son corps. Ou qu'elle en aurait si peu sur le sien…

Seulement, il ne pouvait pas y avoir de confiance entre Ash et elle. Il semblait la prendre pour une sorte d'espionne industrielle embauchée pour saborder son investissement et rien ne lui garantissait qu'il ne la virerait pas sans prévenir, en dépit de ses liens avec Ben. Mais elle avait tout de même envie de lui. Physiquement. Et c'était une autre expérience nouvelle pour elle.

Elle avait eu une confiance aveugle en son ex et ça avait failli la détruire. Elle avait tellement voulu faire fonctionner cette relation, envers et contre tout, qu'elle avait ignoré tous les signaux d'alarme : les critiques, les techniques d'intimidation, la prise de contrôle. Quand son ex avait fini par s'ennuyer d'elle et l'avait quittée sous prétexte qu'il la trouvait trop collante, quand elle avait enfin vu clairement à quel point leur relation était bancale, elle s'était juré de ne plus jamais donner à qui que ce soit ce genre de pouvoir sur elle.

Et elle n'allait certainement pas le donner à Ash !

Mais, à l'instant même où il était sorti de sa salle de bains, presque nu et encore mouillé, ne portant que sa serviette et sa moue arrogante en guise de costume, elle avait su qu'elle était prête à mettre en pratique son plan de séduction avant de le laisser sur le carreau. C'était le seul moyen de prendre clairement les commandes de leur attirance mutuelle quasiment incontrôlable.

Hélas, cette alchimie brûlante était devenue un champ de force qui l'avait entraînée dans son tourbillon, et sa stratégie avait fini par se retourner contre elle. Elle avait séduit Ash, en effet, mais ensuite elle avait tout gâché. Elle n'avait pas su mettre un terme à leurs baisers fiévreux, à leurs caresses, et elle avait joui dans ses bras, lui prouvant malgré elle qu'il avait plus de maîtrise qu'elle dans cette relation.

— Vous commencez à faire connaissance, Ash et toi ? demanda soudain Ben, la tirant de ses rêveries éveillées et de ses fantasmes débridés.

Non.

Ash, lui, commençait à savoir avec quelle facilité il pouvait l'entraîner jusqu'à la combustion spontanée. Il savait aussi avec quelle facilité elle se soumettait à ses désirs, comme un savant fou se soumet à ses délires. Il savait que son corps était traître et soupirait après le plaisir qu'il lui donnait sans le moindre effort.

Le seul point positif de tout ça, à part les orgasmes merveilleux qu'elle avait éprouvés, était que son article au sujet des coups d'un soir avait été cité par l'un des plus grands magazines féminins en ligne du Royaume-Uni et reposté partout sur les réseaux sociaux. Apparemment, tout le monde adorait l'« Avocat Sexy ». Le pic d'abonnés et de commentaires de ce matin avait même poussé Essie à publier un autre article le mettant en scène, un article intitulé « Provocations, désastres et faux pas », décrivant ces relations dont nous savons qu'elles sont mauvaises pour nous, mais dont nous avons tout de même envie… et inspiré par l'échec décevant de la veille. C'était comme si une part d'elle pensait que purger ses obsessions, ses craintes et ses doutes en les envoyant sur la Toile suffirait à la guérir de son attirance irrésistible — et clairement pas réciproque — pour Ash Jacob.

Ce n'était pas bien, mais elle ne pouvait pas ignorer l'excitation provoquée par cette popularité soudaine. Elle avait toujours considéré son blog comme une sorte de passe-temps mais, à présent, son doctorat lui donnait peut-être l'élan de crédibilité dont elle avait besoin pour prendre son travail d'écriture plus au sérieux. Elle pourrait même commencer à afficher quelques publicités payantes sur sa page, ou inviter des experts dans son domaine à partager leurs opinions… Elle griffonna rapidement quelques idées tout en essayant de se concentrer à nouveau sur sa conversation avec son frère.

— Non, on n'a pas vraiment parlé, pour le moment.

À l'exception des talents hors du commun d'Ash au lit et de son extraordinaire don pour le contrôle, elle ne savait rien de lui ; et son cerveau analytique ne supportait pas cette ignorance.

— Qu'est-ce qu'il a ? demanda-t-elle. Il m'a semblé un peu… crispé.

Et il la haïssait. Il voulait la virer et il ne lui faisait pas confiance.

— Il t'a contrariée ?

Les instincts protecteurs de Ben la firent fondre de l'intérieur. Mais la seule chose contre laquelle elle avait besoin qu'on la protège était sa libido débridée… En un éclair, elle sentit tout son corps se changer en pierre.

— Non ! Bien sûr que non !

Un autre mensonge. Bien sûr qu'elle était *contrariée.* Contrariée d'avoir cédé à son attirance pour cet homme exaspérant qui avait pourtant envoyé suffisamment de signaux d'alerte pour justifier une fuite en courant. Et furieuse de ne pas savoir si elle saurait lui résister ou non, quand la prochaine occasion se présenterait.

— Il… il m'a dit qu'il n'avait confiance en personne, balbutia-t-elle au téléphone.

De qui avait-il parlé ? D'elle ? des femmes en général ? du monde entier ?

— Oui, il est un peu refermé sur lui-même…

Un petit soupir accompagna cette constatation.

Un peu ? C'était un euphémisme ! Si elle voulait découvrir le fond de la pensée d'Ash, elle allait devoir l'attaquer à la pioche !

Ne te soucie pas de ses pensées. Concentre-toi sur le sexe. C'est ça que tu dois contrôler.

Non, sûrement pas !

Plus de sexe.

La gorge nouée, elle parvint néanmoins à articuler une autre question qui la tourmentait :

— Comment est-ce que vous êtes devenus amis ? Tu es si gentil et chaleureux…

Ben et Ash se connaissaient depuis longtemps, songea-t-elle amèrement, et son flirt absurde menaçait cette amitié. Mais heureusement tout était fini à présent.

Ben gloussa, puis se tut un instant.

— Il n'a pas toujours été aussi… intransigeant, expliqua-t-il enfin. Ce n'est pas à moi d'en parler, mais disons simplement que son ex lui a fait beaucoup de mal.

Dans ce cas, ils avaient au moins cela en commun…

— Cette épreuve a mis à mal sa confiance et l'a rendu un peu cynique.

Cynique. Et sous contrôle au point d'étouffer tous ses sentiments.

Les déceptions sentimentales avaient souvent ce résultat. Essie savait, personnellement et professionnellement, à quel point les histoires d'amour pouvaient détruire quelqu'un. La psychologue en elle voulut soudain explorer tous les secrets d'Ash à la lumière de cette révélation, et la promesse qu'elle s'était faite de l'ignorer vacilla dangereusement.

Le moins qu'elle pouvait faire, par égard pour Ben, était essayer d'accorder à son ami insupportable le bénéfice du doute au travail — tout en gardant ses distances en dehors. Ben ne méritait pas de rentrer de son voyage d'affaires pour retrouver son associé et sa gérante sur le point de s'égorger…

Peut-être même qu'en creusant un peu elle saurait aider Ash à régler les problèmes qui lui pesaient tant. Si ses études lui avaient au moins appris une chose, c'était qu'Ash Jacob fuyait quelque chose. Pas un crime, non. Plutôt une blessure au cœur. Elle connaissait ces symptômes pour avoir passé des années à les voir dans son miroir ; et elle préférait prendre du temps pour réparer les relations dysfonctionnelles des autres plutôt que de se concentrer sur les siennes.

Cependant, l'idée qu'Ash puisse souffrir de l'amour qu'il portait à une autre femme lui laissait un goût amer en bouche, sans raison. Elle préféra donc changer de sujet.

— Il va falloir que je raccroche, Ben. Josh, ton barman devrait arriver d'un instant à l'autre.

Se répétant vaguement des promesses rassurantes et hantée par les aveux énigmatiques de Ben, elle raccrocha au moment où un texto arrivait sur son portable.

Josh était là.

Essie se précipita à la porte arrière pour accueillir le jeune étudiant de vingt et un ans. Ils se dirigèrent ensemble vers le bar et Essie ne lui avait encore donné que la moitié de ses instructions quand Ash les rejoignit sans y avoir été convié.

Essie se figea au beau milieu d'une phrase. En un éclair, son corps détendu se crispa.

Josh était un beau jeune homme, très à la mode

avec son combiné barbe-lunettes. Mais la simple présence d'Ash — sa taille imposante, son regard d'azur intense et son assurance autoritaire —, suffit à rendre l'atmosphère de la pièce étouffante. Essie n'eut même pas le temps de mettre son désir sous clé avant qu'il lui monte à la tête et lui donne envie d'arracher le costume sur mesure d'Ash.

Avant même qu'elle ait pu faire la moindre remarque, le nouveau venu tendit la main à Josh et se présenta.

— Bonjour, je suis Ash Jacob, copropriétaire du club.

Il eut un petit signe de tête en direction d'Essie avant de s'asseoir au bar.

— Continue, je t'en prie.

Continuer ? Vraiment ? Et comment était-elle censée poursuivre, quand sa simple présence, dans ce costume d'avocat hors de prix, suffisait à griller ses neurones et l'empêchait même de saliver correctement ?

Et puis, comment osait-il assister à son entretien avec Josh ? De toute évidence il était sérieux, la veille, quand il lui avait dit qu'il n'avait pas confiance en elle. Il avait réellement l'intention de surveiller ses faits et gestes, guettant le moindre faux pas, la première erreur qui justifierait un renvoi. Elle tressaillit. Comme si elle avait *l'intention* de mettre en difficulté l'entreprise de son frère ! Pensait-il donc qu'elle allait piocher dans la caisse ou voler des bouteilles de vodka ?

Connard.

En un éclair, toutes ses bonnes intentions, toutes

ses promesses d'enterrer la hache de guerre ou de l'aider s'évanouirent. Elle allait lui prouver non seulement qu'elle était investie à cent pour cent dans le club, mais aussi qu'elle savait se maîtriser aussi bien que lui !

Si elle avait vraiment pensé un instant qu'ils pouvaient devenir amis, elle avait rêvé ! La barrière de leur désir les séparait, aussi lourde que les pierres de Stonehenge. Mais ça ne voulait pas dire qu'Essie allait devoir écouter ses… envies. Jamais.

Elle entraîna Josh derrière le bar, cherchant un brin d'inspiration ou au moins une distraction qui lui ferait oublier la chaleur intenable, entre ses cuisses. Comment la sensualité d'Ash Jacob pouvait-elle être aussi addictive ? Elle n'avait pourtant eu qu'un aperçu de ce qu'il savait faire — ou plutôt un et demi. Les orgasmes que cet homme lui avait donnés étaient une drogue, et son pauvre cerveau mal préparé en avait reçu une trop grosse dose d'un coup. Pas étonnant qu'elle soit sens dessus dessous…

— Ben m'a dit que tu avais déjà de l'expérience. Je te laisse donc organiser le bar de la manière qui te semblera la plus efficace, parvint-elle à dire en dépit du nœud qui lui serrait la gorge.

Elle se pencha pour écarter une caisse de bouteilles.

Josh, lui, se mit à étaler fièrement son expérience professionnelle, remplissant le lourd silence de son bavardage et de ses idées d'agencement du bar.

Essie en entendit à peine la moitié. Elle était trop troublée par le regard insistant d'Ash et son petit sourire en coin pour rester attentive.

Ces lèvres avaient un tel talent ! Il s'était fourvoyé en devenant avocat : ses dons oraux étaient gâchés au tribunal. Jamais, avant lui, Essie n'avait été embrassée, léchée, mordillée comme ça… Ses tétons se mirent à pointer sous son soutien-gorge et ses jambes s'agitèrent. Elle dut s'empêcher de frotter les cuisses l'une contre l'autre pour apaiser son excitation grimpante.

Percevant une courte pause au milieu du discours de Josh, Essie s'efforça de quitter Ash Jacob des yeux et de revenir à son entretien.

— Et les cocktails ? Tu pourrais peut-être créer un cocktail maison, un mélange unique qu'on ne retrouverait qu'ici.

Elle avait proposé ça instinctivement, sans réfléchir. Elle avait déjà vu ce genre de choses dans d'autres clubs et ça correspondait assez bien à l'atmosphère que Ben voulait insuffler à The Yard.

Josh lui répondit et Essie l'écouta, occupée à replacer une rangée de verres parfaitement alignés pour se distraire de la présence de plus en plus intimidante d'Ash. Les yeux toujours fixés sur elle, il se frottait à présent la lèvre avec son pouce et son index tout en suivant attentivement l'entretien.

Non, plus de distractions ! Essie eut soudain terriblement envie de voir Josh partir et de sauter sur Ash, là où il était assis. Ou de s'agenouiller devant lui, d'ouvrir la braguette de son élégant pantalon et de le gober comme une friandise. N'importe quoi, pour effacer ce sourire satisfait de son visage. Oui, elle voulait lui montrer enfin qu'elle avait le pouvoir de le faire sortir de ses gonds avec la même facilité qu'il l'avait fait pour elle, la veille.

Non, non et non… Ils avaient déjà commis cette erreur. Il était hors de question qu'ils couchent ensemble de nouveau : Essie s'était déjà bien assez humiliée comme ça.

Il était grand temps qu'elle se concentre sur son travail et sur Ben.

Voilà la relation qu'elle devait privilégier, à laquelle elle devait consacrer toute son énergie. Une relation fraternelle positive qui lui donnerait enfin l'impression d'avoir une vraie famille, rassurante — chose qu'elle avait désirée toute sa vie. Après tout, n'avait-elle pas mis son cher blog et sa carrière à venir entre parenthèses pour travailler avec son frère ? Qui savait combien de temps il resterait à Londres ? Si jamais il retournait vivre à New York, leur chance de construire un semblant de lien serait compromise…

Son estomac se noua soudain, comme si elle venait d'avaler un des citrons posés sur le bar, dans un bocal.

— Bien, je vais te laisser t'installer et te familiariser avec tout ça, lança-t-elle.

Josh sourit et entreprit immédiatement de déballer la caisse d'alcool qu'elle avait repoussée.

Essie contourna de nouveau le bar. Au même instant, Ash pivota sur son tabouret, faisant grincer le cuir, et elle le vit écarter un peu plus les cuisses.

Manspreading, vraiment ?

Que voulait-il faire ? S'imposer comme mâle dominant dans la pièce ?

Quand Essie releva les yeux, elle croisa son regard. Il avait l'air presque moqueur, avec un sourcil dressé, comme s'il avait deviné le tour classé X qu'avaient pris ses pensées depuis son arrivée dans la salle.

Ce n'était plus possible. Comment pouvait-elle accomplir quoi que ce soit, s'il restait là à l'épier comme un oiseau de proie, à surveiller tous ses faits et gestes et à la pousser dans des affres de frustration sexuelle d'un seul coup d'œil ? Ses connaissances en psychologie et en langage corporel auraient pourtant dû la protéger contre ces tactiques grossières.

Elle le gratifia finalement de son plus beau sourire de façade.

— Monsieur Jacob, des questions pour Josh, peut-être ?

— Non, répondit Ash en se levant. Mais je souhaite te voir dans mon bureau dès que tu seras libre.

Dès qu'il eut passé la porte réservée au personnel, Essie s'agita dans le bar, arrangeant tables et chaises le temps de laisser retomber le maelström émotionnel dans lequel la présence d'Ash l'avait plongée.

Puis, après avoir pris une profonde inspiration, elle le suivit. Elle le trouva installé à son bureau et préféra laisser la porte ouverte en entrant. Hors de question de se retrouver de nouveau en tête à tête avec lui dans un endroit clos.

— Tu peux me dire ce que tu essayais de faire, là-bas ? lâcha-t-elle sans préambule.

Il haussa les épaules et se leva pour venir se camper à quelques centimètres d'elle.

— Quel est le problème ? Je t'avais prévenue :

tant que je ne serai pas sûr que ma petite entreprise flambant neuve est en de bonnes mains, j'ai l'intention de te surveiller de près.

Essie étouffa, agacée, les images salaces que ces derniers mots firent naître dans son esprit. Le corps en sueur d'Ash. Le sien, fiévreux. Encore d'autres orgasmes bouleversants…

Oh oui !

— Je ne peux pas faire mon travail si tu restes là, à regarder par-dessus mon épaule, répliqua-t-elle. Et puis, tu n'as rien à faire ? Préparer des rendez-vous personnels… ou autres ?

Son expression mal choisie la mit encore plus en colère. Il avait été si fascinant, la veille, pendant leur « rendez-vous personnel » dans sa chambre, si viril et si sûr de lui. Elle revoyait encore ses membres musclés, sa peau dorée et douce, le duvet sombre sur son torse, aussi noir que ses cheveux. Il n'avait aucun complexe — et n'avait pas de raisons d'en avoir.

Il n'était peut-être que partiellement excité à ce moment-là, quand il avait enfilé son boxer et son jean, mais Essie, elle, avait perdu tout contrôle de ses désirs rien qu'en le voyant faire. *Impressionnant.*

Qu'est-ce qui ne tournait pas rond, chez elle ? Elle ne se laissait jamais obnubiler par les hommes, physiquement ou émotionnellement. En tout cas, pas depuis son ex. Essie Newbold, psychologue et apprentie experte en relations — sur le papier, du moins —, en savait trop long pour se laisser aveugler par les petits jeux de séduction menés au nom d'une liaison ou d'un flirt. Ash pouvait bien faire tout ce qu'il voulait, il n'avait aucun pouvoir sur elle. Elle souffrait simplement d'un désir mal placé et ça… elle pouvait le contrôler. D'ailleurs, écrire l'aidait beaucoup.

— En fait, j'avais des instructions à te donner, déclara-t-il avec un sourire de rapace.

Essie manqua de s'étrangler.

— Tu… Quoi ?

Ses genoux se mirent à trembler et elle imagina déjà le genre d'instructions qu'elle aurait aimé recevoir venant de lui.

Déshabille-toi. Écarte les jambes. Penche-toi en avant… Stop.

Il la dévisageait toujours. Moqueur. Provocateur.

— Tu travailles ici, non ?

— Oui, mais…

— Très bien. Dans ce cas, je veux que tu rentres chez toi pour récupérer un sac de week-end. Tu habites où ?

Est-ce qu'il plaisantait ?

Où donc pensait-il l'envoyer ?

Avait-il trouvé une ruse pour l'éloigner du club ? L'envoyer mener à bien une mission sans intérêt et engager son remplaçant pendant son absence ?

— J'habite à New Cross.

Comme il ne paraissait pas situer, elle précisa :

— Dans le sud de Londres. Où veux-tu que j'aille ?

Essayait-il de l'épuiser au travail pour la pousser à la démission ? S'attendait-il à ce qu'elle enchaîne par une nuit au club après sa journée déjà chargée ? Non, The Yard n'était même pas encore ouvert !

— Tu viens avec moi à Paris. Est-ce que tu as

quelqu'un qui pourrait faire ton sac à ta place ? Nous partons à 18 heures.

À Paris ?

Avec lui ?

Hors de question !

— J'ai… j'ai une colocataire. Mais je ne peux pas aller à Paris avec toi, protesta-t-elle.

À peine avait-elle prononcé ces mots que la pulsation du désir revint entre ses cuisses. Deux fois plus intense qu'avant.

Lui.

Elle.

Seuls dans la ville de l'amour.

Du calme ! Ne te laisse pas emporter : tu es dans la vraie vie, là. Pas dans un des articles à l'eau de rose que tu écris pour ton blog. Il a couché une fois avec toi et ça lui suffit. Il ne te fait même pas confiance. Et toi… Tu t'es seulement servi de ses prouesses au lit pour donner plus d'autorité à tes conseils matrimoniaux en ligne.

Elle sentit le feu lui monter aux joues. Pourquoi avait-elle fait *ça* ?

Face à elle, Ash se fendit d'un de ses sourires félins et irrésistibles.

— Tu as peur de ne pas savoir te contrôler ? murmura-t-il en se rapprochant encore un peu, les yeux fixés sur ses lèvres.

C'est ça… Essie sentit sa poitrine se contracter. Il était si près d'elle. Une aura de chaleur émanait de lui, porteuse du parfum de son savon et de son shampoing.

Il se pencha plus encore et son souffle vint caresser le lobe de son oreille, envoyant une nuée de petits frissons dans le creux de son cou nu, jusqu'à ses tétons sensibles.

— Tu ne crois pas que tu te flattes un peu ? dit-elle.

Immédiatement, Ash se redressa. Il avait retrouvé tout son sérieux, sa gravité et son intransigeance. Il était redevenu professionnel.

Ordure.

— Nous avons du travail, Essie. Ben ne t'a pas parlé de ce voyage ?

Elle fit lentement non de la tête, soudain trop faible pour parler, maintenant que le flot d'adrénaline retombait.

— Nous voulions jeter un coup d'œil à un club, là-bas. C'est le meilleur de France, peut-être même d'Europe.

Il glissa nonchalamment les mains dans les poches de son pantalon, ce qui tendit le tissu au niveau de sa braguette. Essie s'arracha à sa contemplation. Elle avait absolument besoin d'un peu de solitude pour se recentrer, améliorer ses défenses spéciales « anti-Ash » et calmer ses hormones incontrôlables.

— Je ne suis pas arrivé là où j'en suis aujourd'hui en me contentant de la seconde place, reprit-il. The Yard deviendra numéro un. C'est pour ça que nous allons à Paris examiner la concurrence…

Il tapota son bureau du bout des doigts, puis pointa son index dans sa direction.

— Appelle ta colocataire. Mon chauffeur passera prendre ton sac dans — il vérifia sa montre — trente minutes !

Le corps d'Essie passa en un éclair de l'explosion solaire au gel du pôle Nord. Très vite, elle se creusa la tête à la recherche d'une bonne excuse. *Pas de passeport… Ongle incarné… Allergie à la France…*

Comment allait-elle survivre à une virée à Paris en compagnie de M. Prise-de-contrôle ? Jamais elle ne pourrait résister à la tentation pendant le trajet, enfermée dans un véhicule avec pour seules distractions son profil à couper le souffle, son parfum envoûtant et son magnétisme sensuel. Son pauvre corps n'aurait pas la force de lutter.

Elle redressa la tête d'un petit air de défi.

— Et je serai payée en heures sup' ?

S'il l'obligeait à traverser une telle épreuve, autant le faire souffrir un peu financièrement — même si son salaire ne devait pas peser bien lourd aux yeux de M. Plein-aux-as…

— Bien sûr, répondit-il sans hésiter.

— On aura des chambres d'hôtel séparées ?

Elle ne pouvait certes pas refuser cette excursion, que Ben avait approuvée, mais il lui restait encore une chance d'échapper au plus gros de la tentation une fois que leur visite du club serait faite.

Ash eut une petite grimace de surprise et haussa les épaules.

— Si tu veux, oui. Même si on a déjà franchi cette étape…

Salaud.

Pourquoi donc la regardait-il comme s'il se souvenait en détail de son corps nu ? Il s'était détourné d'elle, la veille, et avait brutalement mis fin au plaisir qu'elle aurait voulu faire durer jusqu'au bout. Était-il encore attiré par elle, en dépit de sa manie du contrôle ? Ça expliquerait très certainement ses regards lascifs. À cette idée, ses cuisses s'échauffèrent et ses tétons se durcirent dans son soutien-gorge.

C'était possible, mais qu'est-ce que ça lui apportait, à elle et à ses bonnes intentions déjà fragilisées ? Peut-être aurait-elle une chance de lui rendre la monnaie de sa pièce en reprenant le contrôle de cette attirance physique qui ne semblait pas vouloir s'étouffer chez l'un comme chez l'autre. Lui rappeler ce qu'il avait refusé, la nuit d'avant. Elle hésita encore un instant. Si elle devait affronter la frustration qui découlerait forcément de ce voyage, autant le prendre à son propre jeu !

Son téléphone, réglé pour lui envoyer une notification chaque fois que quelqu'un commentait son blog, vibra soudain dans sa poche. Juste à temps pour lui remettre les idées en place.

Tu veux quoi ? Jouer avec lui pour écrire un autre article ? Ton Avocat Sexy est une vraie personne !

Elle ravala sa salive et s'efforça de trouver un moyen pour ne pas revivre le rejet humiliant de la veille. Il lui avait résisté une fois, soit. Il voulait faire comme si l'alchimie folle qui existait entre eux allait simplement disparaître, très bien. Il était grand temps d'augmenter la mise. De sortir l'artillerie lourde. Elle fouilla mentalement son tiroir à sous-vêtements à la recherche de l'ensemble le plus sexy qu'elle possédait — un petit cadeau qu'elle s'était fait pour fêter son diplôme de psychologie. Certaines femmes aiment les chaussures. Essie, elle, raffolait des dessous à frous-frous…

Une chance que sa colocataire soit à la maison, en

train de réviser ses examens. Elle lui rapporterait quelque chose de beau pour la remercier. Un petit sourire inconscient se forma au coin de ses lèvres. Pourquoi souffrir toute seule ? Le moins qu'elle pouvait faire était bien d'entraîner Ash avec elle.

— Très bien, finit-elle par dire. J'insiste pour qu'on ait des chambres séparées.

Elle se dirigea vers la porte et ne s'arrêta que lorsque Ash la rappela de sa voix sensuelle.

— Oh… Essie ! N'oublie pas ton passeport, dit-il avec un clin d'œil qui lui coupa le souffle.

Sur ce, il la laissa sortir et referma la porte du bureau derrière elle.

À elle seule, la voiture devait coûter plus cher que l'appartement qu'Essie louait dans le sud de Londres : sièges en cuir souple, carrosserie impeccable et brillante, chauffeur privé… Il y avait même une vitre dépolie entre le conducteur et les passagers — même s'il n'était pas question qu'Essie et Ash en aient besoin. À peine ce dernier lui avait-il ouvert la portière pour la laisser s'installer qu'il s'était plongé dans son téléphone, et il n'avait pas levé le nez de son écran depuis.

De manière générale, Essie aimait le silence. On en apprenait toujours beaucoup sur quelqu'un en l'observant : ses tics, ses habitudes, son langage corporel. Mais tout ce qu'elle avait perçu chez Ash, en plus de l'aura sexy et irrésistible qui l'entourait en permanence, c'est qu'elle voulait en savoir plus !

Ben lui avait dit qu'il venait de l'une des plus

importantes familles de New York et que son arbre généalogique remontait à une vague d'immigration du XIXe siècle. Il avait travaillé pour Jacob Holdings, l'entreprise immobilière familiale, depuis sa sortie de l'université. Il était passé par Harvard, et son compte en banque avait de quoi faire pâlir d'envie n'importe qui. Mais pourquoi avait-il soudain décidé de s'installer à Londres ? Qui donc lui avait brisé le cœur ? Et pourquoi était-il si beau qu'Essie avait sans arrêt envie de lui sauter dessus ?

— Excuse-moi, dit-il tout à coup, la tirant brutalement de ses pensées. Les décalages horaires sont un enfer à gérer. J'avais des choses à boucler avec New York, aujourd'hui.

Il rangea son téléphone et tourna toute son attention vers elle.

Essie frissonna, de chaud, puis de froid, en glissant également son portable dans sa poche. Elle préférait presque qu'il l'ignore, tant son regard était hypnotique.

À peine eut-elle lâché son téléphone qu'il vibra, interrompant Ash avant même qu'il puisse dire un mot.

— Dis donc, il sonne souvent. Tu fais des paris ? Ou tu mises en Bourse ? demanda-t-il en la dévisageant d'un air mutin.

Hélas, Essie ne se sentait pas d'humeur à plaisanter et son estomac se noua. Ses abonnés adoraient l'Avocat Sexy, et ils en voulaient plus. Comme elle les comprenait !

Si seulement ils avaient pu le voir en ce moment, appétissant dans son costume sur mesure, un peu décoiffé et portant une barbe naissante qui rappela à Essie les frottements de sa joue contre la sienne quand il l'embrassait…

— Oui, quelque chose comme ça, répondit-elle évasivement, les joues en feu.

Elle n'aurait jamais dû se lancer dans sa saga de l'Avocat Sexy ! Vite, changer de sujet de conversation avant de se trahir.

— Dis-moi, ce club que nous allons voir… Il y a un *dress code* ?

Elle ne possédait qu'une seule petite robe noire — et elle avait demandé à Sarah de la mettre dans son sac avec le reste de ses affaires. En faisant des recherches sur Ash, elle avait trouvé des dizaines de photos de lui en compagnie de femmes de rêve, des mannequins, des actrices, des héritières. Comparée à elles, Essie allait certainement passer pour une pouilleuse.

Quelle importance ? Ce n'était pas un rencard ! Pourquoi se souciait-elle de sa robe ? D'ailleurs, elle aurait mieux fait d'emporter quelque chose de moche, pour limiter les risques de dérapage.

Ash l'examina de la tête aux pieds, lentement, jusqu'à ce qu'elle sente une flamme se réveiller entre ses cuisses et qu'elle se mette à gigoter, mal à l'aise.

— Quelle que soit ta tenue, tout ira bien, dit-il nonchalamment. Je connais le propriétaire.

Certes, ce n'était pas un rendez-vous ; mais ça ne voulait pas dire qu'elle ne pourrait pas le tourmenter un peu, puisqu'il la torturait par sa seule présence. Il avait peut-être un don extraordinaire pour maîtriser ses émotions, cependant, il la regardait toujours comme s'il l'imaginait nue. Ses yeux la désiraient, même si le reste de son corps parvenait à résister.

— Tu pourras te changer dans l'avion. On ira directement au club après l'atterrissage.

Ils étaient donc si pressés ? Quel dommage. Pour une fois qu'il semblait d'humeur bavarde, elle aurait aimé lui tirer les vers du nez et apprendre quelques détails croustillants sur sa vie pour remplir les blancs. Par exemple, pourquoi il avait quitté sa vie new-yorkaise, l'entreprise familiale et une carrière qui devait pourtant être des plus lucratives. Et pourquoi un homme de sa classe, aussi beau et doué au lit, était toujours célibataire. Pas de mauvaise haleine, pas de calvitie naissante, et pas de perversion quelle qu'elle soit…

— Ce n'est pas vraiment mon domaine, mais Josh me semble assez compétent, non ? demanda-t-il soudain en se frottant pensivement la lèvre, ce qui attira immédiatement le regard d'Essie.

Elle aurait sans doute été prête à répondre oui à n'importe quelle question, sous l'intensité de ce regard et pour calmer les battements affolés de son cœur. Jamais elle ne survivrait à ce voyage ! Tous ses nerfs s'échauffaient dès qu'elle posait les yeux sur cet homme et elle avait désespérément envie de lui faire perdre ce self-control qu'il portait comme une seconde peau. Le lui faire perdre… dans ses bras.

— Oui, plutôt. Je ne suis pas non plus spécialiste, bien que je sache servir une pinte correctement, répondit-elle, les joues brûlantes.

Elle se souvint soudain de leur rencontre dans

le parc et préféra changer de sujet pour ne pas trop penser à l'audace dont elle avait fait preuve en l'abordant.

— Le DJ a appelé. Il voulait parler à Ben. Tu connais un peu le *tech house* ?

Ash se frotta de nouveau la lèvre et le menton, comme si sa barbe l'irritait, et Essie tressaillit une nouvelle fois. Ce frottement avait été si excitant, sur ses tétons sensibles, la veille. Qu'est-ce que ce serait, sur la peau tendre de sa cuisse ?

Oh non ! Arrête tout de suite…

La maigre expérience qu'elle avait du cunnilingus avait malheureusement été très frustrante. Son ex avait prétendu ne pas aimer ça — bien qu'il ait toujours apprécié l'inverse. Comme souvent, elle eut honte de la femme qu'elle avait été avec lui. Il était très économe en matière de préliminaires et d'énergie au lit ; ce qui expliquait sans doute la fascination qu'Essie avait pour Ash. Instinctivement, elle sut qu'il devait exceller dans ce domaine. Ne l'avait-elle pas embrassé, après tout ? Et senti ce dont sa bouche était capable sur ses seins ? Elle souffla discrètement pour chasser les quelques cheveux qui venaient se coller à son front en sueur. La liste des tentations qui venaient la hanter ne faisait que s'allonger.

Assis à côté d'elle, Ash lui lança son sourire sincère et charmant, celui qui la faisait fondre chaque fois.

— Je ne suis pas fan des pistes de danse, dit-il. Et toi ?

Elle secoua la tête. Elle aimait beaucoup danser, mais ses années de boîte de nuit étaient déjà loin derrière elle. Ses longues études intensives l'avaient contrainte à tirer une croix sur les sorties nocturnes… Et elle avait cessé d'être intéressée par l'aspect drague des soirées en boîte après avoir eu le cœur brisé par son ex.

— Nous pouvons peut-être attendre le retour de Ben et le laisser s'occuper de ça, suggéra Ash.

Il s'installa plus confortablement sur la banquette et regarda défiler les immeubles le long de la Tamise.

— Parle-moi un peu de Ben et toi. Vous n'avez pas grandi ensemble ? reprit-il.

Il lui lança un petit regard en coin.

Super. Voilà qu'il voulait bavarder et qu'il avait choisi le seul sujet de conversation qui mettait Essie mal à l'aise. Sa relation avec son frère était encore très fragile et le simple fait d'y penser réveillait son sentiment d'insécurité.

Ben et Ash étaient amis certes, mais Ash avait à peine entendu parler d'elle… Ben avait-il honte de ses liens avec une demi-sœur illégitime ? À moins qu'elle ne pèse vraiment pas lourd dans sa liste de priorités… Comme pour son père.

Elle soupira, décidée à en finir au plus vite.

— Nous avons le même père, mais j'ai grandi ici et Ben à New York, comme tu le sais.

Elle n'aurait pas dû être vexée de savoir que son frère n'avait pas suffisamment parlé d'elle à son meilleur ami pour qu'il mémorise au moins son nom. C'est lui qui avait pris contact quand il avait appris la vérité au sujet de Frank Newbold et de sa double vie ; mais il regrettait peut-être cette décision. Trouvait-il Essie trop collante ? gênante ? La considérait-il comme un problème ?

Et Essie pouvait-elle réellement lui en vouloir d'avoir honte de s'afficher avec une petite sœur dont il ne savait presque rien, fruit du secret sordide de leur père ? Toute l'amertume de son enfance, des constantes absences de Frank et de ses excuses lamentables, revint la prendre à la gorge. Avait-elle le droit de critiquer Ben, quand son propre père ne l'avait pas assez aimée pour rester avec elle ?

Elle ravala la peur familière qui montait en elle.

— Et toi, quelle est ta relation avec Ben ? Il m'a dit que vous étiez ami depuis l'école primaire.

Ash acquiesça et détourna le regard.

— Ben est un de mes meilleurs amis.

Clairement, il n'avait pas l'intention d'en dire plus.

— Tu ne te dévoiles pas beaucoup, hein ? Est-ce à cause des problèmes de confiance dont Ben m'a parlé ?

— Si tu as des questions à poser, vas-y, je t'écoute, répliqua-t-il en lui lançant un petit regard de défi.

C'était si tentant… Mais elle ne voulait pas le pousser dans ses retranchements — et le voir retrouver son silence obstiné. Mieux valait s'attaquer à un sujet moins risqué.

— Tu as une sœur ?

— Deux. Des jumelles. Plus jeunes que moi. Et ce sont de vraies enquiquineuses, répondit-il avec un sourire amusé.

— Et une petite amie ? Est-ce que quelqu'un se morfond en t'attendant à New York ? demanda-t-elle encore, la gorge soudain nouée.

Pourquoi avait-elle posé cette question ?

— Non, lâcha Ash dans un haussement d'épaules. Les petites amies, ce n'est pas mon truc.

— Tu n'en as jamais eu ?

Il secoua lentement la tête, dans un geste mesuré, pesé, qui lui laissa amplement le temps de contempler les joues en feu d'Essie.

— Pas depuis des années.

Ainsi, l'ex de Ash ne lui avait pas juste fendu le cœur. Elle l'avait brisé. Il était vraiment aussi renfermé qu'Essie l'avait soupçonné. D'un seul coup, elle eut pitié de lui et eut envie d'effacer la tension qui entachait son beau visage.

— Les relations humaines sont… complexes.

Y compris les siennes. Tout ce qu'elle savait du sexe opposé, au-delà de la théorie qu'elle avait puisée dans ses lectures et ses cours, elle l'avait appris avec son père absent, égoïste et son ex cruel et manipulateur… Elle ravala la boule qui se formait dans sa gorge, comme chaque fois qu'elle pensait à son passé, et changea brusquement de sujet.

— Dis-moi, savais-tu qu'avoir un grand frère ou une grande sœur pouvait considérablement améliorer la santé mentale ?

Ash fronça les sourcils, comme si elle s'était soudain mise à lui parler en russe.

Ignorant sa réaction, elle poursuivit, emportée par son sujet favori :

— C'est… Ça a été prouvé scientifiquement. Ben et moi ne nous sommes retrouvés qu'il y a peu de temps, mais…

Elle haussa les épaules, laissant sa phrase en

suspens. Pourvu que ce soit vrai. Pourvu que la relation qu'elle allait construire avec Ben ait le pouvoir d'illuminer leur vie, durant les années à venir.

Ash fronça légèrement les sourcils, comme s'il la voyait pour la première fois.

— Frank Newbold et ta mère ont eu une liaison ? demanda-t-il, les lèvres pincées, sans prendre la peine de cacher son dédain.

Essie sentit un goût acide lui remonter dans la bouche et se crispa. Pour une fois, elle refusait de se rouler en boule en attendant la fin de la tempête : elle allait se défendre.

— Pas vraiment, dit-elle sèchement. Toutes les relations ne sont pas forcément des affaires sordides. Parfois, les gens sont dupés, manipulés, et ils se laissent aveugler par des mensonges.

Les excuses s'empilaient, libérées d'un seul coup après des années de silence pesant.

— Ma mère n'a appris l'existence de Ben et de sa mère qu'après ma naissance. Frank a répondu à ses accusations en prétendant que son mariage battait de l'aile et qu'il quitterait sa femme quand ce serait le moment… Le baratin habituel…

Essie elle-même n'avait su la vérité qu'à l'âge de quinze ans.

— J'ai longtemps été la petite fille à son papa et ma mère ne voulait pas me briser le cœur en me disant que Frank ne s'était sans doute jamais vraiment attaché à nous. Je suppose qu'une part d'elle a toujours espéré pouvoir nous construire une vraie famille un jour.

La tristesse et la honte la faisaient tant souffrir que le simple fait d'arriver à parler tenait du miracle.

— Tu n'avais donc jamais entendu parler de Ben ?

Elle soupira.

— J'avais quinze ans quand j'ai tout découvert.

Ash ne dit rien et elle poursuivit :

— Mon père était à l'étranger et j'étais en colère parce qu'il ne s'était pas déplacé pour assister à mon anniversaire, une fois de plus.

La sensation de brûlure monta à ses paupières. Pourquoi lui disait-elle tout ça ? Prononcer ces mots à voix haute ne suffirait pas à refermer les plaies qui lui restaient de cette époque…

— Je suis restée debout jusqu'au milieu de la nuit et je suis montée à l'étage en catimini pour l'appeler au bureau. Il n'y était pas, mais on m'a donné un autre numéro et j'ai supposé que c'était celui de son hôtel. Une femme a répondu, la mère de Ben, et j'ai dit que j'étais la fille de Frank. Je ne sais pas laquelle de nous deux a été le plus choquée.

Ash étouffa un hoquet incrédule.

— C'est comme *ça* que tu as découvert que tu avais un frère ?

Essie acquiesça, le visage en feu. Ce n'était pas une belle histoire et, visiblement, Ben n'avait pas osé la raconter à son ami… Rien d'étonnant à ça. Pourquoi aurait-il voulu rendre une chose aussi humiliante publique ?

Ash pâlit et pinça les lèvres. Était-il à ce point effaré par son passé si glauque ? Et puis, de quel droit se permettait-il de la… juger ?

Ignorant son propre malaise, elle osa enfin lui poser la question qui lui brûlait les lèvres :

— Est-ce que Ben t'a déjà… parlé de moi ?

Ash soupira.

— Pas beaucoup. Il t'a mentionnée une fois ou deux. Mais j'étais… occupé… par mon boulot, à l'époque, répondit-il d'un air songeur avant de se tourner une fois de plus vers la fenêtre. Si j'en avais su un peu plus long sur toi, nous aurions peut-être pu éviter ce… problème.

Il parlait à mi-voix, presque pour lui-même. Hélas, cela ne rendit pas ses paroles moins cruelles aux oreilles d'Essie.

Voilà qu'elle devenait un *problème*, maintenant ? Elle n'était pourtant pas la seule responsable de ce qui s'était passé entre eux !

— Tu as l'habitude de mener des recherches sur toutes les femmes avec lesquelles tu couches ?

À en croire le portrait que Ben avait fait de lui — et ce qu'elle avait vu elle-même —, Ash n'aurait jamais eu assez de temps libre pour une telle démarche.

Il la regarda d'un air trouble, puis ses yeux se firent plus sombres.

— Non, dit-il sèchement. Et tu n'as pas fait de recherches sur moi non plus, alors que j'étais ton *premier* coup d'un soir. Peut-être devrions-nous tous les deux nous montrer plus prudents, à l'avenir.

Essie releva le menton, aiguillonnée par l'amertume de son humiliation.

— C'est-à-dire la prochaine fois que tu rencontreras une gentille inconnue dans un parc ?

Elle avait du mal à affronter son regard, mais ne parvenait pas non plus à détourner les yeux.

— Hé, c'est toi qui es venue ! Je ne suis coupable que de m'être assis tranquillement dans un lieu public ! répliqua-t-il, toujours aussi froidement.

Qu'est-ce qui ne tournait pas rond, chez lui ? L'instant d'avant, il était aimable, amical, et voilà qu'il déchargeait toute sa colère sur elle, sans prévenir.

Et pourquoi avait-elle posé tant de questions, si elle ne supportait pas d'entendre les réponses ?

— La seule erreur que j'ai faite, *moi*, ça a été de coucher avec une sorte de… Dr Jeckyll et Mr Hyde !

Comment faisait-il pour lui envoyer sans cesse des signaux contraires ? C'était un ballet permanent, aussi perturbant que celui des excuses et des justifications qui dansaient dans sa tête au risque de la rendre malade.

Emportés par leur colère, ils s'étaient jeté ces dernières phrases au visage, s'approchant de plus en plus jusqu'à ne plus être qu'à quelques centimètres l'un de l'autre.

Le souffle chaud d'Ash caressait à présent les lèvres entrouvertes d'Essie.

Chaque inspiration saccadée soulevait sa poitrine, la faisant presque effleurer le torse d'Ash.

Il baissa les yeux sur sa bouche.

Elle crispa les doigts sur le cuir de la banquette.

Et se pencha…

— Nous sommes arrivés, monsieur, lança le chauffeur.

Essie se rejeta brutalement en arrière, le cœur battant. Ça ne pouvait pas continuer comme ça.

Jamais ils ne survivraient à leur collaboration forcée, avec cette tension sexuelle qui envoyait des étincelles chaque fois qu'ils se croisaient. Dès son retour, Ben verrait clair dans leur petit jeu — et qui s'en serait étonné, quand tous leurs efforts ne suffisaient pas à masquer leur animosité. Peut-être même Ash finirait-il par obtenir gain de cause. Peut-être Ben allait-il la virer.

Aux grands maux, les grands remèdes…

Bon sang ! Qu'est-ce qu'elle allait faire ?

5

— Dis-moi que je rêve…

Essie se figea à l'instant même où elle posa un pied à bord du beau petit Learjet qu'Ash avait loué pour se rendre à Paris. Tous ses complexes d'enfance se réveillèrent tandis qu'elle examinait la cabine, abasourdie.

— Qu'est-ce qu'il y a ?

Ash avait l'habitude de voir les femmes impressionnées par sa fortune. Mais Essie… Qu'est-ce qui se passait dans la tête de cette fille ?

Elle embrassa d'un regard le somptueux intérieur d'un blanc immaculé, de la moquette moelleuse aux sièges de cuir.

— Tout ça ? balbutia-t-elle sans quitter le décor luxueux qui s'étalait sous ses yeux et en fronçant le nez comme si Ash venait de la faire monter dans une benne à ordures. Tu as déjà entendu parler du réchauffement climatique ? de l'empreinte carbone ? des vols commerciaux ? de l'Eurostar ?

Sérieusement ?

Il traversa la cabine en dénouant machinalement

sa cravate avant d'étaler sa veste sur le dossier d'un des sièges en cuir qui semblaient tant la perturber.

— Je te promets de planter une forêt à notre retour, lâcha-t-il. Assieds-toi.

Qu'est-ce qu'elle pouvait l'agacer ! Pétillante et joueuse pendant un moment, puis hésitante et vulnérable l'instant suivant… Et finalement, elle se changeait en harpie et sortait les griffes dès qu'il dépassait une limite qu'il ne voyait même pas. Son sexe se gonfla pour la centième fois de la journée. Il était grand temps de mettre fin à cette torture. D'une manière ou d'une autre.

Quand elle avait quitté son appartement, la veille, il était tellement excité qu'il avait dû retourner prendre une douche froide et se masturber jusqu'au soulagement divin qu'elle lui avait refusé. Il avait ensuite passé le reste de la soirée à envoyer des e-mails pour savoir si certains de ses collègues, avocats au Royaume-Uni, étaient à la recherche d'un nouveau partenaire. Dès que Ben serait de retour, il prendrait ses distances avec la gestion quotidienne de The Yard. De toute manière, il avait toujours prévu de se limiter à une participation financière — et éventuellement un peu de conseils juridiques bénévoles.

Quand il était entré dans le bar, ce matin, et avait vu Essie sourire à Josh, il avait soudain ressenti un tel besoin d'assouvir son désir pour elle que son esprit, embrumé par les hormones, lui avait même soufflé de vendre ses parts de l'affaire pour se débarrasser de ce visage lumineux et du rire pétillant qu'il aimait déjà tant ; ou bien de se jeter sur elle une nouvelle fois. Qu'est-ce qu'elle avait de si spécial ? Et qui pourrait bien le guérir de cette addiction ?

Hélas, plus il en apprenait sur elle, plus il découvrait ce paradoxe vivant qu'était Essie Newbold comme un archéologue découvrait les ruines d'une cité enfouie dans la terre… et plus il voulait tout savoir d'elle. Qui donc était cette femme qui l'intriguait tant ?

Il avait déjà obtenu quelques réponses ; et ce n'était pas étonnant que travailler pour Ben soit si important pour elle, même si elle était surqualifiée pour le poste ! On devinait son besoin de se lier à son frère à l'air vulnérable qu'elle avait quand elle parlait de lui. Et elle n'était pas sûre d'avoir acquis l'affection de Ben, à en croire sa réaction brutale aux commentaires maladroits d'Ash…

Qu'est-ce que Frank Newbold avait bien pu lui faire, pour la rendre si fragile ? Qu'avait-elle voulu dire quand elle lui avait jeté qu'elle était passée maîtresse dans l'art de gérer le rejet ?

Ils avaient une heure, à présent, pour éclaircir certaines zones d'ombre. Ce serait bien suffisant. Ash attendit donc qu'elle se soit installée dans le fauteuil d'en face pour prendre deux verres dans le bar et une bouteille de vin blanc frais. Une petite table les séparait, mais elle n'apportait pas plus de protection qu'une toile d'araignée… Et Ash avait besoin de tous les obstacles possibles, s'il voulait se retenir de toucher Essie. Ses désirs devenaient plus pressants à chaque seconde passée en présence de cette femme si séduisante et exaspérante à la fois.

Il remplit les deux verres, tandis que le pilote et le copilote se préparaient au décollage. S'il ne s'occupait pas les mains et la bouche, d'une manière ou d'une autre, il finirait par écarter ses cuisses et tomber à genoux devant elle pour goûter enfin autre chose que sa bouche insolente.

Empreinte carbone…

Le trajet en voiture avait déjà été une épreuve insoutenable de chasteté pour lui : il méritait une médaille ! Jamais encore il n'avait dû faire autant d'efforts pour résister à une femme. Et c'était un exercice épuisant, qu'il préférait ne pas pratiquer trop souvent. Encore une heure de voyage avant Paris… Une heure à devoir regarder Essie sans la toucher. Bon sang, il était encore plus perdu à présent que lorsqu'il avait quitté New York, ses valises remplies de trahison et d'indignation, avec une horde de paparazzis sur ses talons. Heureusement, leur conversation l'avait aidé. Il voulait savoir ce qui intéressait Essie presque autant qu'il voulait l'embrasser et l'allonger sur cette petite table, à neuf mille mètres d'altitude.

Merde…

Quand Ben lui avait suggéré d'emmener sa sœur à Paris, il avait commencé par dire non. Mais l'idée de Ben était logique. Après tout, elle était leur gérante temporaire et ce voyage d'études était le meilleur moyen d'identifier les problèmes potentiels avant l'ouverture. Ils n'auraient qu'une chance de faire une première bonne impression…

Professionnellement parlant, toutes les affaires auxquelles Ash touchait devenaient des succès —

et The Yard ne serait pas différent. Il ne laisserait jamais ses échecs personnels entacher son travail. De plus, retourner à la Jacob Holdings la queue entre les jambes, après sa dispute publique avec son père, n'était pas une option. D'ailleurs, son père avait de la chance qu'Ash ne l'ait pas assommé d'un coup de poing, ce jour-là.

Il but une gorgée de vin, regrettant que l'avion ne soit pas fourni en whisky. Il lui fallait à tout prix une distraction des pensées néfastes qui le hantaient et de son désir dangereux d'enfouir son visage entre les cuisses sublimes d'Essie.

— Dis-moi, quel est ton domaine d'études ? demanda-t-il, se raccrochant au sujet le plus facile à aborder.

Son doctorat ne concernait certainement pas l'hôtellerie…

Elle parut surprise par sa question — tant mieux. S'il devait se sentir si perturbé avec elle, pourquoi ne pas lui rendre la pareille ?

— Tu as dit que tu ne travaillais pas dans un bar.

Il se lécha la lèvre pour capter une goutte de vin égarée et les pupilles d'Essie se dilatèrent.

Ses grands yeux le dévoraient de la tête aux pieds. Elle aussi avait envie de lui.

— J'ai un diplôme en psychologie et je viens tout juste de terminer mon doctorat.

Ash fronça instinctivement les sourcils. De la psychologie ? Logique : elle était intelligente, elle se souciait des gens, et elle était sans doute capable de flairer un mensonge à trois kilomètres. L'espace d'un instant, sa gorge se noua.

Et son estomac aussi, quand elle demanda, l'air curieux :

— Pourquoi as-tu quitté New York ?

Touché.

Il n'avait aucune envie de s'aventurer sur ce terrain-là. Un voile de sueur perla sur son front. New York était remplie de fantômes qui lui rappelaient son aveuglement, ses échecs et sa culpabilité. Et aussi de ragots concernant l'explosion de sa famille et la destruction homérique de sa vie sentimentale passée.

Tout en attendant sa réponse, Essie sirota son vin. Ses lèvres caressèrent le bord du verre et elle poussa un soupir d'appréciation — distraction idéale qui fit frissonner Ash de la tête aux…

Comme il ne disait toujours rien, elle finit par reposer son verre et le regarda avec une ironie un peu amère.

— Dois-je comprendre que tu t'arroges le droit de fouiner dans la vie de mon père infidèle et dans le passé sordide de ma famille, mais que tu refuses de répondre à une simple question ? Intéressant…

Elle haussa les sourcils. Son regard azur se fit plus perçant.

Oh non, il n'avait certainement pas besoin qu'elle commence à l'analyser. Il préféra lui confier un bout d'information, dans l'espoir de la satisfaire.

— Est-ce que ça te rassurerait de savoir que mon père aussi était infidèle ?

Elle le dévisageait toujours, mais cette fois elle était bouche bée.

— Et que ma sœur Harley a grandi en sachant

qu'il trompait ma mère avec une vieille amie de la famille, ce dont elle ne nous a parlé que très récemment ?

Ash avait justement tenté de défendre Harley et sa mère, quand il avait affronté Hal dans le bureau, ce jour-là. Mais tout ce que l'arrogant Hal Jacob avait entendu, c'étaient les critiques — et un mégalomane comme lui ne les supportait pas, bien sûr.

Essie était pendue à ses lèvres, attendant sans doute la suite de ses confidences. À quoi bon ? Partager ses blessures émotionnelles ne changerait rien à ce qui s'était passé. Elle n'était pas la seule avec une figure paternelle déviante.

Quand il avait découvert que son père avait trompé sa mère et qu'il avait obligé Harley à garder le silence pendant toutes ces années, Ash en avait été malade. Mais le pire n'était pas encore arrivé et la fin inéluctable de sa relation avec l'homme pour qui il avait travaillé toute sa vie — un homme censé l'aimer — n'avait pas encore été scellée.

Essie se pencha en avant et posa sa main à plat sur la table, comme si elle lui offrait une ancre à laquelle se raccrocher. Mais il n'osa pas la prendre.

— Est-ce que ta mère est au courant ? C'est pour ça que tu ne fais pas confiance aux gens ?

Ash s'obligea à boire une nouvelle gorgée de vin. Toutes ces questions lui retournaient l'estomac. La vérité était trop honteuse pour qu'il ose l'avouer à voix haute.

Il n'y arriverait pas.

— Oui, elle sait.

C'est lui qui avait répété à sa mère ce que Hal

lui avait lâché au visage pendant cette terrible dispute. La fiancée d'Ash, qui avait prétendu avoir une liaison avec un de ses collègues, avait menti ; l'homme avec qui elle l'avait réellement trompé était son propre père…

— Tout va bien, murmura Essie en le couvant d'un regard plein de compassion. Je comprends. Quand quelqu'un trahit notre confiance, nous cherchons simplement à nous protéger.

Oui, Ash avait lutté contre ce sentiment de trahison. Sa fiancée avait préféré le père au fils. Peut-être même espérait-elle secrètement que Hal finirait par quitter sa femme. Mais ce qui avait le plus blessé Ash avait été la découverte que sa vie entière était un mensonge.

Il ravala péniblement son amertume.

— Tes parents sont toujours ensemble ? demanda encore Essie avec douceur.

Ash aurait dû changer de sujet. Elle avait su déterrer la vérité aussi facilement que si elle l'avait déshabillé… Néanmoins, il se surprit à vouloir répondre honnêtement — bien qu'il soit décidé à garder pour lui certains détails de la catastrophe finale qui l'avait poussé à quitter New York et son passé sans se retourner.

— Non, répondit-il.

Que pouvait-il dire de plus ? Il n'avait pas encore envisagé toutes les conséquences que cette histoire allait avoir. La dispute avec son père avait été photographiée par un employé de la Jacob Holdings, qui s'était empressé de vendre les images à la presse à scandale. Ash avait immédiatement tout fait pour que sa mère ne soit pas la dernière au courant de l'affaire…

Il eut soudain envie de se pelotonner et de disparaître dans son siège. Sa mère n'avait pas été prévenue de la dernière aventure de Hal avec la fiancée de son fils.

Il se détourna, honteux. Essie était trop intelligente et trop compatissante. Elle comprenait trop de choses. Et le fond de son âme, qui hébergeait un marasme de culpabilité, n'était pas beau à voir.

Désemparé, il se raccrocha à ce qu'il put, à la première idée qui lui passa par la tête.

— Parle-moi un peu de ton doctorat.

Essie le contempla un instant. Évidemment, elle voyait clair dans sa pathétique tentative de détournement — sans doute avait-elle appris ça dès son premier cours de psychologie.

Oui, la vie d'Ash était devenue complètement incontrôlable. Mieux valait se concentrer sur l'alchimie qui existait entre lui et cette femme, même pendant une discussion aussi calme, et qui l'entraînait au bord d'un gouffre inconnu. De plus, ça lui permettrait d'en savoir plus au sujet de celle qui occupait toutes ses pensées et tous ses fantasmes, depuis quelques jours.

Envisageait-il réellement de passer une deuxième nuit avec elle ? Une seconde chance d'oublier ses malheurs dans les bras de la fascinante Essie ?

Ses belles lèvres charnues laissèrent échapper un petit soupir, comme si elle acceptait de le laisser en paix. Oh ! ces lèvres… en train de gober sa… Discrètement, il se rajusta sous la table. Heureusement, le revirement subit de leur conversation l'aida à retrouver son calme.

— J'ai un doctorat en relations humaines. En fait, je viens à peine de le finir.

Nouvelle sensation désagréable, comme si le col de sa chemise se resserrait soudain autour de son cou.

Il eut du mal à respirer. Absolument parfait ! L'unique femme qui avait remis en question sa règle des coups d'un soir, encore jamais menacée jusque-là, était une sorte de… gourou du « heureux-pour-toujours » ! C'était compréhensible, d'un autre côté, étant donné la relation déplorable qu'elle avait eue avec Frank. Sauf qu'Ash n'était pas du genre « heureux-pour-toujours ».

Elle ne parut pas remarquer à quel point il était bouleversé et fit machinalement tourner le pied de son verre entre ses doigts, tout en expliquant :

— Ma thèse s'intéressait aux interactions dans les familles modernes de notre modèle occidental en les comparant à celles des autres cultures où l'on rencontre de forts liens multigénérationnels et où les gens vivent encore très proches les uns des autres.

C'était déjà mieux : plus scientifique et moins courrier du cœur… Ash put recommencer à respirer normalement.

Mais il avait encore du mal à se faire à l'idée.

— Du coup, tu es une sorte de… d'experte en relations humaines ?

Bientôt, elle allait lui dire qu'elle tenait une rubrique dans un magazine. Oh ! bon sang, dans quoi s'était-il fourré ? Et pourquoi était-il encore plus intrigué par elle ? Une telle révélation aurait pourtant dû suffire à apaiser son désir… Même la tour de Londres ne proposait pas de telles tortures !

Au lieu du regard choqué auquel il s'attendait, Essie rejeta la tête en arrière et éclata de rire. Le corps d'Ash réagit immédiatement de manière tristement prévisible. Il était bien placé pour savoir à quel point la peau de cette gorge était soyeuse. Il entendait encore son petit gémissement, quand sa langue atteignait ce point spécial, juste au-dessous de l'oreille…

Elle plaqua une main contre sa poitrine et soupira, encore secouée par son rire :

— Tu verrais ton visage…

Avec un grand sourire, elle reprit son verre et but une nouvelle gorgée.

Ces moqueries avaient au moins eu le don de briser la tension qui s'était peu à peu installée entre eux… Merci. De rien.

— Ne t'en fais pas, maître Jacob, je n'essaie pas de te piéger pour te passer la bague au doigt !

— Qu'est-ce que tu veux dire ?

Était-il *à ce point* transparent ? Pouvait-elle voir la sueur qui commençait à perler à son front ? Entendre son instinct de séducteur hurler de terreur au fond de lui ? Percevoir la perte de contrôle imminente qui menaçait ?

— Tu as l'air d'un chevreuil pris dans les phares d'une voiture, dit Essie d'un air de triomphe. Je connais bien ce regard, crois-moi. Mon père, le père de Ben, faisait exactement la même grimace chaque fois que je lui demandais s'il serait là pour mes spectacles d'école ou mes fêtes d'anniversaire. Chaque Noël aussi, ce même regard — à tel point qu'il faisait partie du rituel, comme les chants à la radio ou le discours de la reine…

Elle cligna soudain des yeux très vite et baissa le regard sur le fond de son verre. Ash regretta de ne pas s'être agenouillé entre ses jambes au lieu de commencer à parler avec elle. Au moins, il aurait eu une chance de voir le bonheur illuminer son beau visage.

— Il faisait la même tête, en me regardant par en dessous et en murmurant une excuse bidon… et je savais qu'il ne serait pas là pour les fêtes, une fois encore. Je savais que je n'avais pas assez d'importance à ses yeux…

Ses yeux humides se fixèrent quelque part dans le lointain. Si jamais elle se mettait à pleurer, Ash était fichu.

Mais elle renifla et redressa son petit menton volontaire.

— Désolée, dit-elle. C'est juste un peu tôt pour le vin.

Bon sang… Donc, non seulement Frank Newbold avait eu deux familles, avec deux femmes qu'il avait fait souffrir, mais il avait aussi brisé l'estime que sa fille avait d'elle-même. Essie, pourtant futée et émotionnellement stable, avait été abandonnée en permanence. Elle avait passé son enfance à attendre son père, à se poser des questions, et à douter de sa valeur. En un éclair, Ash sentit tout l'effet du vin se dissiper.

— Je… je suis désolé, murmura-t-il.

Il avait souvent rencontré son père. Frank ne paraissait pas aussi mauvais qu'elle le disait — mais il avait tout de même réussi à garder le secret pendant plus de quinze ans sur sa liaison et l'existence de sa fille.

Pas étonnant que Ben n'ait jamais voulu s'étendre sur le sujet ! Il devait avoir peur de la réaction d'Ash s'il apprenait la vérité…

Mais qu'est-ce qu'Ash lui-même savait du rôle de père ? Il s'était trompé du tout au tout concernant le sien. Il n'avait pas su voir ce qui se passait sous son nez, dans la vie des deux personnes qui auraient dû l'aimer d'un amour inconditionnel.

Essie était donc aussi paumée que lui… Elle était belle, intelligente, empathique et drôle ; mais elle ne devait voir aucune de ces qualités quand elle se regardait dans la glace.

Elle but une nouvelle gorgée de vin et parut reprendre un peu le contrôle de ses émotions.

— Je suis désolée. Tu m'as posé une simple question et tu ne devais pas t'attendre à cette réponse…

C'était vrai. Mais, d'un autre côté, leur rencontre avait été un tel bouleversement dans la vie d'Ash… Un bouleversement pas forcément malvenu, même s'il avait mis à mal son âme déjà bien abîmée. À présent, il voulait en savoir plus et consoler Essie. Lui dire qu'elle avait de l'importance. Lui dire qu'elle était exceptionnelle et qu'il savait ce que signifiait grandir avec un parent égoïste. Mais ça l'aurait obligé à s'ouvrir à elle à son tour, à lui montrer sa douleur et ses faiblesses.

Non. Impossible.

Sa main voulut prendre celle d'Essie et il s'en empêcha au dernier moment. S'il la touchait maintenant, il ne pourrait pas se séparer d'elle avant d'avoir assouvi tous les désirs qui brûlaient en lui.

Contrôle-toi un peu, mec !

Elle se leva brusquement, les joues pâles après tous ces aveux intimes. En fait, elle avait l'air aussi mal en point que lui.

— Écoute…

Elle s'appuya sur la table de manière à lui laisser une vue dégagée sur son magnifique décolleté — vue dont il profita un instant, saisi de vertige.

— Je comprends que tu aies… des problèmes, Ash. Mais ça — elle indiqua l'espace entre eux, comme si leur désir électrique, brûlant, était une chose palpable — ne changera pas. Je ne laisserai pas tomber mon frère parce que *tu* ne sais pas séparer le sexe de ton travail.

Ash manqua de s'étouffer avec son vin. Et elle ? Elle savait séparer les deux ? Un petit sourire cynique flotta sur ses lèvres, pendant une seconde. Ça faisait très, très longtemps que personne n'avait su le surprendre à ce point. Bon sang. Un autre avantage de taille pour elle. En quelques mots, elle avait réussi à attirer de nouveau son attention sur la raison qui les poussait à se dévorer des yeux depuis le début. Pourquoi n'avait-il pas pensé à ça ?

— Du coup, je pense que nous ferions mieux de trouver un moyen de passer le cap et de nous débarrasser de ça, reprit-elle en avalant un peu plus de vin. Maintenant, dis-moi où je peux me changer. Il faut que j'enfile quelque chose de plus approprié pour aller au club.

Se changer ?... Hors de question !

Il examina vivement sa tenue pudique et suffisamment couvrante. Si jamais elle enfilait une de ses robes courtes et sensuelles, qui embrassaient ses courbes à la perfection, il serait...

Fichu.

Une fois de plus, les longues jambes d'Essie se dessinèrent devant lui, dans une position équivoque — nues, nouées autour de son cou, tandis que ses talons hauts lui éraflaient le dos... S'il finissait par trahir sa règle d'or et passait une deuxième nuit avec elle, ce ne serait que du sexe — rien de plus — jusqu'à ce que les flammes du désir s'éteignent enfin.

Avec un soupir résigné, il lui indiqua les sanitaires, à l'arrière de l'avion. Comment lutter contre la logique dont elle avait fait preuve ? Ils étaient trop attirés l'un par l'autre, trop ivres d'excitation. Quel choix avaient-ils ?

— Jacob ! Ça fait du bien de te voir !

Son vieil ami Lucas lui donna une tape dans le dos et son sourire ravi passa lentement d'Ash à Essie. Il avait eu raison de craindre son changement de tenue...

Elle avait émergé des toilettes de l'avion dans une petite robe de soie noire qui embrassait sa poitrine et ses hanches comme une seconde peau tout en dénudant entièrement son dos. Pour compléter le tableau, elle avait enfilé une paire d'escarpins aux talons vertigineux et avait rassemblé ses longs cheveux dorés en une coiffure floue qui exposait la peau laiteuse de son cou, de ses épaules et de son dos. Il n'arrivait pas à détacher ses regards d'elle…

Puis elle s'était assise en face de lui pendant le reste du vol, plongée dans son téléphone envahissant, tandis qu'Ash s'était laissé aller à fantasmer en silence.

Il était hors de question de parler davantage. Non pas parce que sa curiosité au sujet du passé d'Essie avait été assouvie — son enfance la hantait toujours et avait certainement inspiré son choix de carrière —, mais parce qu'il avait peur de se retrouver sur la sellette. Il ne voulait pas que cet esprit de psychologue analytique et pointu vienne décortiquer ses récentes blessures.

Il avait finalement tenté de travailler un peu, mais les mots se brouillaient sur son écran, illisibles. Son cerveau refusait de fonctionner, enivré par le parfum d'Essie. Chaque fois qu'elle bougeait sur son siège, il voyait un peu de sa cuisse et devait s'agripper aux accoudoirs de cuir blanc pour s'empêcher de lui arracher cette robe — cet instrument de torture.

Lucas, qui jouissait de ce charme français typique et naturel, était en train de détailler Essie comme s'il pouvait voir à travers ses vêtements et deviner les délices que sa robe dissimulait à peine. Eh bien, qu'il arrête ! Tant qu'Ash n'aurait pas réussi à apaiser son désir brûlant — il devait y avoir quelque chose dans l'eau qu'on buvait en Angleterre… —, lui seul aurait le droit de goûter aux charmes d'Essie.

Oui, il avait passé le reste du trajet à se poser des milliers de questions, à se torturer à grands coups de confiance, de règles et de contrôle ; mais la réponse était là, devant lui, depuis le début. Jamais il n'avait mieux maîtrisé une situation que dans la chambre à coucher… Essie avait prétendu pouvoir séparer le sexe de son travail ? Il était temps de mettre sa théorie à l'épreuve. Ce serait gagnant-gagnant…

Il posa alors la main au creux de son dos et elle lui jeta un petit regard noir, sans doute sous le coup de la surprise. Peu importait. Il n'avait pas à s'expliquer et il en avait marre de lutter pour étouffer le feu de son désir. De toute manière, Essie n'avait-elle pas suggéré qu'il prenne les commandes ? Accrochez-vous bien, Miss Newbold !

— Lucas, je te présente Essie Newbold, ma gérante. Je lui ai beaucoup parlé de La Voûte, et je te remercie de nous accueillir.

Si seulement il était venu anonymement, sans s'annoncer… Tout ce qu'il voulait, à présent, c'était se débarrasser de son ami et entraîner Essie sur la piste de danse bondée pour pouvoir la toucher légitimement et l'attirer contre lui, assez près pour sentir la caresse de ses tétons sur son torse.

Lucas rit, prit la main d'Essie et y pressa ses lèvres.

Fichu dragueur.

Finalement, il leur montra le bar d'un geste de seigneur.

— Le meilleur moyen de connaître La Voûte, c'est d'en profiter.

Le barman avait clairement reçu des instructions, car, dès qu'il vit son patron, il apporta un plateau de shots colorés qui brillaient comme des substances radioactives dans la lumière des néons.

— Spécialité de la maison. Servez-vous, annonça Lucas.

Il tendit un verre à Essie et, sans la quitter des yeux, but le second.

— Je vous ai réservé une alcôve VIP, à l'étage, reprit-il en reposant le verre avait de faire un petit signe de tête au barman. Faites comme chez vous, buvez ce que vous voulez et, si vous avez des questions, vous savez où me trouver.

Il serra la main d'Ash, qui se crispa quand il le vit ensuite se tourner vers Essie pour l'embrasser sur les deux joues.

Il s'efforça néanmoins de sourire, sentant une tension douloureuse s'installer dans sa mâchoire. Il but son shot d'une traite et fit signe au barman de leur servir une deuxième tournée. Peu à peu, il reprenait le contrôle — tant mieux... Jamais encore il n'avait éprouvé quelque chose d'aussi puéril qu'un accès de jalousie. Qu'est-ce qu'Essie était en train de lui faire ? Peut-être commençait-il à perdre l'esprit à force de se retenir et de réprimer ses envies.

— C'est vraiment un endroit fantastique ! s'écria Essie, en marquant le rythme de la musique du menton.

Elle avait dû se hisser sur la pointe des pieds et lui hurler dans l'oreille pour se faire entendre, mais elle ne l'avait pas touché pour autant.

Ash acquiesça, admirant la manière dont ce corps sublime suivait inconsciemment la musique.

— Tu as demandé à Josh de créer un cocktail

maison. J'aime bien cette idée. Qu'est-ce que tu veux faire d'autre, pour The Yard ?

Ce simple compliment fit pétiller les yeux d'Essie.

— J'aime bien les graffs qu'il y a ici, répondit-elle avec un signe de tête en direction d'un pan de mur recouvert de tags artistiques. On pourrait faire ça dans le sous-sol en engageant un artiste. Peut-être de la peinture néon, qui brillerait sous la lumière noire.

Ash acquiesça et se pencha davantage, même s'il l'entendait parfaitement bien. Ses lèvres n'étaient plus qu'à quelques millimètres de l'oreille d'Essie, et son parfum délicieux l'enveloppait comme une brume aphrodisiaque.

— Il a raison, dit-il en montrant la silhouette de Lucas, plus loin. Ce genre de clubs, il faut en profiter pour l'apprécier. On devrait peut-être s'immerger dans l'ambiance, tant qu'on est là.

Il tendit son deuxième verre à Essie et but le sien d'un air de défi.

— Viens danser !

Elle le dévisagea, tout en portant lentement son verre à ses lèvres. Son geste resta en suspens pendant une éternité tandis que son regard brûlant prenait Ash en otage. Finalement, au dernier moment, le bout de sa langue pointa pour laper l'alcool bleu ; puis elle renversa la tête en arrière et but avant de plaquer son verre à l'envers sur le bar. Sans un mot, elle se dirigea vers la piste de danse en ondulant comme une sirène.

Ash étouffa un gémissement et ajouta « mortellement sexy » à la liste grandissante des qualités de cette fille. Il lui emboîta le pas, docilement, incapable de résister au désir qui gonflait son sexe dans son pantalon. Pour ne pas la perdre de vue au milieu de la foule, il lui prit le bras. Il y avait tant de monde, entassé sous les stroboscopes, qu'ils se retrouvèrent bientôt plaqués l'un contre l'autre. Cette petite bulle qui les enveloppa alors qu'ils se mettaient à danser convenait très bien à Ash…

Essie le dévisagea d'un air surpris quand il lui prit les hanches pour l'attirer à lui. Était-elle étonnée de son changement de comportement brutal ? Mieux valait adopter une nouvelle tactique plutôt que se noyer dans les négociations, non ? De toute manière, cette femme avait le don d'affaiblir à la fois son corps, son esprit et sa volonté.

Il la dévora du regard tout en glissant les mains jusqu'à sa taille. Leurs deux corps s'animaient l'un contre l'autre, au rythme sourd de la musique. Essie effleura ses bras du bout des doigts et ferma les yeux, la tête rejetée en arrière, enivrée de musique — et, visiblement, de plaisir sensuel.

Ash laissa alors ses mains se hasarder au creux de ses reins pour la serrer un peu plus. Elle eut un petit hoquet de surprise et rouvrit les yeux, le couvant d'un regard excité. Le sexe dressé d'Ash se pressait contre son ventre. Elle avait clairement conscience de l'effet qu'elle avait sur lui et qu'il n'avait pas su cacher dès le premier jour.

Elle s'accrocha à ses épaules, se mordit la lèvre, et se frotta contre lui, langoureusement, en le dévisageant de ses yeux ivres de désir. Ils dansèrent encore pendant la moitié du morceau, perdus dans la chaleur qui les enveloppait, leurs corps collés l'un à l'autre et leurs mains se livrant à une torture exquise.

Ash oublia tout : son projet et le club avec. S'il ne faisait pas très vite l'amour à Essie, il aurait bientôt besoin d'une seconde douche froide ! Et il en avait assez de se faire plaisir tout seul, en pensant à elle. Surtout maintenant qu'il la tenait contre lui. Si elle avait été une propriété à acheter, il aurait signé sans la moindre hésitation.

Il se pencha vers elle, caressant son oreille délicate du bout des lèvres. Une cascade de frissons la parcourut sous ses mains. Il aurait voulu lui parler, lui exposer tous les arguments qui lui venaient en tête mais, avant qu'il ait pu dire quoi que ce soit, elle redressa la tête et l'embrassa furtivement.

Elle le regarda un instant avant de plonger de nouveau sur ses lèvres.

Il la serra un peu plus fort.

— Tu as suggéré qu'on règle le problème, dit-il. Nous allons le faire… dans mon lit.

Elle le dévisagea d'un air surpris.

— Vraiment ?

Ash haussa les épaules.

— Ou dans le tien. Sur le canapé. N'importe où tant qu'on fait l'amour, reprit-il en entortillant une de ses mèches de cheveux autour de son doigt.

— Je croyais que tu ne passais jamais deux nuits avec la même femme…

Lui expliquer cette décision soudaine lui était aussi impossible que de s'éloigner d'elle. Et c'était une situation particulièrement surprenante pour un homme dont le gagne-pain était la négociation.

S'agrippant à son épaule nue, il laissa ses doigts glisser le long de son omoplate.

— Je fais une exception avec toi. En plus, j'ai cru comprendre que tu voulais combler un certain manque d'expérience…

Son pouce caressait sa clavicule, réveillant de nouveaux frissons sur son passage.

Elle pinça les lèvres, comme si elle réfléchissait sérieusement à sa proposition. Si Ash avait eu un ego moins solide, il se serait jeté à ses pieds pour la supplier ! Mais il n'était pas devenu l'un des meilleurs avocats de New York en se trompant sur les intentions de son adversaire. Il n'avait pas changé de point de vue concernant les relations amoureuses ; ce qui ne l'empêcherait pas de prendre un peu de bon temps avec Essie.

— Dis-moi ce que j'ai besoin d'entendre, lui glissa-t-il à l'oreille.

Elle hésita un instant, en se mordillant la lèvre, puis répondit :

— Juste du sexe.

Il acquiesça, le cœur battant.

— Je suis d'accord.

Il lui prit le menton, libérant sa lèvre. Une seule pensée le hantait, oblitérant tout le reste : mordiller à son tour cette chair rosée et délicieuse.

Essie s'approcha, jusqu'à ce que son corps entier soit plaqué contre lui. Ses tétons se pressèrent sur son torse et la chaleur, entre ses jambes, lui brûla la cuisse.

Il lui redressa la tête, pour plonger son regard dans le sien.

— Si c'est une vraie relation que tu cherches, tu n'as pas choisi le bon amant, tu sais.

Mieux valait souligner les choses très clairement, surtout maintenant qu'il était au courant de son passé et de son métier… Il n'avait jamais été fait pour les histoires au long cours — encore moins aujourd'hui.

Elle baissa la tête et goba son pouce entre ses lèvres, aspirant, léchant sa peau avant de le libérer.

— Je ne veux pas une vraie relation. Et si c'était le cas, ne t'inquiète pas : ce n'est pas vers toi que je me tournerais.

Ash ravala un gémissement de plaisir et frotta son bassin contre l'arrondi délicat de son ventre.

— Nous sommes d'accord : tu ne feras que cocher quelques cases de plus dans ta liste de plaisirs sans lendemain et nous en profiterons pour éteindre complètement ce feu entre nous. Dès que ce sera fait, on se dira au revoir.

Elle se hissa sur la pointe des pieds et Ash se pencha vers elle. Ses lèvres douces effleurèrent son cou tandis qu'elle lui répondait :

— Oui, on va s'amuser et, quand ce ne sera plus un plaisir, on arrêtera, c'est tout.

Elle recula la tête pour guetter sa réponse d'un air de défi qui l'envoûta.

— Oh ! m'amuser, je sais faire…

Mais cette fois, il allait prendre son temps et savourer chaque parcelle sexy de son corps. Il allait assouvir ses désirs jusqu'à plus soif, jusqu'à ce que son esprit enfin rassasié retrouve son état normal.

Elle acquiesça puis, après un court silence, demanda :

— Et notre visite du club ?

— J'en ai assez vu, répondit-il en lui prenant les hanches.

La soie de sa robe se froissa sous ses doigts.

Son corps était si brûlant, si fiévreux, qu'il aurait pu déchirer le morceau de tissu là, au milieu de la piste de danse…

Jamais encore il n'avait conclu de fusion aussi satisfaisante et, comme avec les meilleurs accords signés dans sa carrière, il s'assurerait qu'ils aient tous les deux ce qu'ils voulaient. Il se redressa et la suivit hors de la foule.

Il sentait qu'il était sur le point de franchir une limite absolue, palpable, qu'il s'était juré de ne jamais dépasser des années plus tôt. D'ailleurs, une part de lui avait envie de la franchir en courant, sans regarder en arrière…

6

Essie s'arrêta un instant au pied de l'escalier qui menait à la zone VIP, obligeant Ash à se figer à son tour. Il fronça les sourcils en la voyant muette, les mains jointes entre eux.

— Des scrupules ?

Il lui caressa la joue, repoussant ses cheveux en désordre.

Ce n'est que du sexe. Pour s'amuser.

Elle lutta contre une vague de tremblements qui la traversa et secoua énergiquement la tête. Finalement, elle indiqua d'un signe du menton le videur qui surveillait l'étage.

— Lucas a dit que nous avions une alcôve VIP, murmura-t-elle en se mordillant la lèvre.

Le souffle court, elle attendit qu'Ash comprenne ce qu'elle voulait dire. Tout son corps le désirait : ses cuisses étaient humides, ses reins se crispaient d'impatience et ses tétons frottaient la soie de sa robe à chaque inspiration. Jamais elle ne pourrait tenir jusqu'à l'hôtel sans lui sauter dessus et exiger ce qu'il lui avait déjà trop longtemps refusé.

— Je n'ai encore jamais fait l'amour dans un lieu public… Ça pourrait être… amusant, suggéra-t-elle d'une petite voix.

Son cœur tambourinait dans sa poitrine. Ils pouvaient conclure leur nouvel arrangement, soit dans la limousine qu'Ash avait louée en arrivant à Paris, soit ici dans l'intimité de leur alcôve VIP, à l'étage de ce club si élégant et sophistiqué… Elle retint son souffle. Quand donc était-elle devenue si intrépide et exhibitionniste ? Qu'est-ce que cet homme sexy mais renfermé lui faisait ? Cet homme qui, à première vue, avait tout pour lui.

Le regard enflammé d'Ash ne la quittait pas.

— Tu veux que je couche avec toi ici ? À l'étage ?

Elle se mordilla plus sauvagement la lèvre, les joues en feu. Heureusement, les lumières de la piste de danse devaient cacher sa rougeur. Ne lui avait-il pas suggéré d'agrandir son horizon ? Apparemment, ça avait convaincu sa libido. Et puis, quelle meilleure conclusion trouver à son premier coup d'un soir que cette soirée érotique ? Oui, elle voulait continuer à s'amuser avec lui — et à prendre des risques excitants. Elle voulait s'abandonner à la fièvre qui la submergeait à chacun de leurs rendez-vous. Au moins, en se concentrant sur le sexe, elle ne risquait pas de penser au reste… À ses doutes, à son passé, à ses mauvaises décisions.

Elle répondit donc par un petit hochement de tête pressé, l'estomac délicieusement noué.

Ash ne la quittait pas du regard, réfléchissant manifestement à sa proposition. Pour être honnête, Essie n'avait pas l'habitude de ce genre de suggestions osées. C'était cet homme qui lui faisait ça, qui faisait naître une nouvelle femme en elle. Pourvu qu'il accepte, soupira-t-elle, désespérée. Elle avait été excitée toute la journée. Toute la semaine. Et c'était la faute d'Ash… Il était temps qu'il assume !

D'ailleurs, en cet instant, elle reconnaissait à peine la femme libertine qu'elle devenait avec lui. Elle ne contrôlait plus ses désirs et serra un instant les cuisses dans l'espoir vain d'apaiser les pulsations qui traversaient son sexe.

Enfin, sans un mot, Ash passa un bras autour de ses épaules et, faisant un petit signe de tête au videur, l'escorta à l'étage. Essie le suivit, frissonnante et impatiente, adaptant ses pas maladroits à ses grandes enjambées.

Heureusement, il semblait voir aussi les avantages de sa proposition osée.

Arrivé en haut de l'escalier, il la serra contre lui, le bras passé à sa taille, et l'embrassa fiévreusement. Essie s'agrippa à lui, abandonnée, cédant aux assauts de sa langue et à la puissance de ses bras qui la plaquaient contre son corps. Un vertige la saisit. Ce qu'elle avait voulu allait enfin arriver !

Ash la relâcha un instant.

— Tu es sûre de toi ?

Trop excitée pour répondre, elle se contenta de hocher la tête. De toute manière, ses derniers doutes s'étaient envolés depuis qu'ils avaient dansé ensemble.

Ash s'engagea alors dans le couloir en l'entraînant avec lui. À présent qu'ils avaient posé leurs règles, il n'était plus qu'action — et c'était exactement ce qu'Essie voulait. Elle avait un instant eu peur de devoir le supplier et de se donner en spectacle…

Le balcon de l'étage surplombait la salle remplie de monde et la piste de danse. Sur la gauche, on voyait une file d'alcôves pudiquement fermées par des rideaux, meublées de divans et de tables basses à éclairage LED intégré. Ash conduisit Essie jusqu'à la dernière alcôve, près de ce qui semblait être la sortie de secours.

Un flot d'adrénaline monta en elle, envoyant un regain d'énergie dans tout son corps. Elle sentait son sang pulser sous sa peau. Sa peau frissonner sous sa robe. Tous ses sens se développaient soudain. La musique qui faisait vibrer le sol tambourinait en elle. Et son champ de vision se limitait à la silhouette imposante de l'homme qui ouvrait la voie, devant elle.

La prenant par la main, il la fit entrer dans l'alcôve et referma les rideaux de voile léger derrière eux. Si jamais quelqu'un passait devant, il verrait sans doute tout à travers cette barrière translucide. Mais, d'en bas, on ne risquait pas de les surprendre ; et Essie n'avait pas à craindre que les regards des autres clients freinent ses pulsions irréfléchies.

Ash ne lâcha pas immédiatement sa main, l'attirant près de lui, dans son aura d'énergie brûlante.

— Tu es incroyable, tu le sais ? murmura-t-il en la couvant d'un regard hanté.

Elle hocha la tête, la gorge nouée. S'il ne la touchait pas très vite, ou s'il ne la laissait pas le toucher, elle allait finir par exploser.

Ash prit une brève inspiration et dit :

— Enlève ta culotte.

C'était un ordre… Il tendit la main, attendant son offrande. S'il avait cette voix-là lorsqu'il plaidait au tribunal, il n'était pas près de perdre un procès.

Essie sentit son sang bouillonner. Ignorant le feu du désir qui la consumait, elle redressa la tête et le dévisagea. Qui aurait pu deviner qu'une telle femme se cachait en elle ? Néanmoins, cet homme ne pouvait pas toujours obtenir ce qu'il voulait — même quand ça l'arrangeait, elle…

— Tu n'es pas à la barre, maître Jacob, remarqua-t-elle avec un petit sourire.

Elle lui obéit pourtant, car c'était elle qui lui avait proposé de monter. Il était trop tard pour se montrer timide — d'autant plus qu'elle allait enfin avoir ce qu'elle attendait depuis le lendemain de leur rencontre et son premier article secret au sujet de l'Avocat Sexy… Il était temps de montrer son jeu !

Prenant appui sur son bras, elle fit glisser son string le long de ses cuisses et s'en débarrassa, un pied après l'autre.

Puis, soutenant le regard satisfait d'Ash, elle lâcha le morceau de tissu humide dans sa paume avec un sourire qu'elle espérait séduisant. Pourquoi nier l'effet que cet homme avait sur elle ? Le simple fait qu'il soit là, dans cette alcôve avec elle, était bien la preuve qu'il avait aussi un faible pour elle.

Ils n'avaient peut-être pas beaucoup de points communs, mais, au lit, ils étaient plus qu'assortis.

Ash jeta un petit coup d'œil à la dentelle fine et sourit. Il glissa le string dans la poche arrière de son jean. Puis, d'un geste, il attira de nouveau Essie contre son corps brûlant et l'embrassa.

Redressant finalement la tête, il lui prit le visage et la contempla un instant.

— Ça fait des jours que tu me rends fou…

Il saisit sa main et la plaqua contre son sexe dressé pour qu'elle le caresse à travers son jean, guidant ses mouvements.

— Je pourrais dire la même chose, tu sais.

Il était si dur. Elle serra de nouveau les cuisses, dans l'espoir vain d'obtenir un semblant de soulagement.

— À l'exception de ce petit jeu peu orthodoxe en public, on va prendre notre temps, murmura-t-il. J'ai l'intention de profiter de toi tout mon soûl, de savourer tout ton corps jusqu'à ce que nous ne puissions plus marcher.

— Encore une nouvelle expérience pour moi. J'ai hâte, souffla-t-elle, incapable d'apaiser les battements de son cœur. Je croyais que tu ne céderais jamais !

Elle passa les bras autour de son cou et attira sa bouche vers la sienne tout en le repoussant sur les coussins bas du divan.

Entre deux baisers, elle déboutonna fiévreusement sa braguette et libéra son sexe brûlant. Ash prit une inspiration soudaine et posa sa main sur les siennes pour l'arrêter.

— Cette fois, c'est ton rodéo, dit-il en caressant ses seins à travers sa robe de soie. Mais les prochaines fois, c'est moi qui mènerai la danse. C'est compris ?

Elle acquiesça, prête à lui promettre n'importe

quoi pour obtenir ce qu'elle voulait : lui en elle, lâchant enfin prise sur son self-control exaspérant.

Ash piocha un préservatif dans sa poche avec un petit sourire en coin.

— Je t'ai dit que j'étais boy-scout, autrefois ? Toujours prêt !

Il lui tendit la pochette et s'installa au fond de la banquette, les bras étirés sur le dossier. Ses regards passaient des jambes nues d'Essie à ses tétons tendus, puis à son visage.

Elle se mit à saliver, gourmande de cet homme qui s'offrait à elle, assis en face, le sexe dressé. Prêt pour elle et impatient.

S'obligeant à approcher lentement, sensuellement, quand elle aurait voulu le chevaucher sans attendre, avec une hâte un peu gênante, elle se glissa entre ses cuisses. Il avait écarté les jambes pour la laisser venir, exposant son érection comme un sceptre viril.

Essie déposa le préservatif sur le divan, à côté d'eux, et souleva sa robe au-dessus de ses genoux. Quand le regard d'Ash se mit à suivre son geste, elle ralentit. Il respirait de plus en plus vite et elle contempla avec joie les mouvements saccadés de son torse musclé.

Il l'avait torturée de plaisir, avec son énergie inépuisable. À présent, c'était son tour : elle arrêta de retrousser sa robe juste avant de tout lui montrer. Puisque Ash semblait habitué à toujours avoir ce qu'il voulait, tôt ou tard, autant le faire attendre un peu… Titiller son impatience. Attiser son désir jusqu'à ce qu'il craque et prenne tout ce dont il avait envie.

Enfermant ses cuisses entre ses jambes, elle le chevaucha, s'agenouillant au bord du divan pour l'obliger à pencher la tête en arrière quand elle l'embrassa — un baiser qu'elle attendait depuis le matin.

Elle goûta langoureusement ses lèvres, puis les effleura du bout de la langue. Prenant le visage d'Ash dans ses mains, elle l'obligea à se pencher davantage pour un nouveau baiser, plus fiévreux, une danse passionnée de leurs langues qui les laissa pantelants.

Il poussa un gémissement contre ses lèvres. Un de ses bras se referma comme un étau autour de sa taille tandis que son autre main se glissait le long de sa cuisse pour se faufiler entre ses jambes.

— Mais tu es toute mouillée, lâcha-t-il dans un souffle.

Ses doigts explorèrent son sexe et ses lèvres se pressèrent sur l'un de ses tétons avec une sauvagerie sensuelle.

— Oui, répondit-elle, et c'est ta faute…

Quand il mordilla son téton à travers sa robe de soie, elle ne put réprimer un petit gémissement.

Lâchant les cheveux d'Ash, qu'elle avait empoignés sans s'en rendre compte, elle dénoua les bretelles de son dos-nu, passées sur sa nuque. Elle voulait sentir la peau de son amant contre la sienne. Elle voulait ressentir de nouveau les chatouillis de sa barbe de trois jours sur ses seins.

Il comprit immédiatement et, d'un geste impatient, fit tomber le haut de sa robe pour libérer sa poitrine lourde et frissonnante.

Il referma la main sur l'un de ses seins et son pouce vint caresser le téton qu'il avait mordillé. Les yeux fixés sur elle, il la tortura ainsi pendant quelques secondes, avant de murmurer :

— Ils sont si beaux.

Soudain, sans prévenir, il plongea sur elle et goba son téton entre ses lèvres pour le lécher.

Essie rejeta la tête en arrière, trop surprise pour réprimer le petit cri de plaisir provoqué par ses lèvres et ses doigts en elle.

Ash se redressa immédiatement.

— Il va falloir que tu te taises, Essie. Je n'ai pas envie que les gens viennent voir ce qui se passe…

Qu'elle se taise ? Est-ce qu'il savait au moins ce qu'il lui faisait ressentir ? Elle se moquait complètement que tout Paris vienne les regarder ! Mais, comme elle ne voulait pas qu'Ash s'arrête, elle préféra se mordre la lèvre et se concentrer sur les motifs du papier peint argenté, derrière lui, pour résister aux sensations délicieuses qu'il faisait naître dans sa chair impatiente.

Il se pencha de nouveau, pour s'occuper de son deuxième sein, et elle s'efforça de ne pas bouger. Cette fois, les éclairs de plaisir qui jaillirent en elle descendirent jusqu'à son sexe brûlant.

Ça suffit.

Elle tira un petit coup sur son T-shirt et s'écroula contre lui, le visage enfoui dans le creux de son cou. Son parfum divin l'enveloppa. Quand elle eut de nouveau tiré impatiemment deux ou trois fois sur son T-shirt, Ash la relâcha et se mit torse nu.

Il jeta le T-shirt à côté de lui et Essie le contempla un instant, de près.

Son travail le poussait peut-être à passer de nombreuses heures assis à son bureau ou dans les salles d'audience, mais il trouvait tout de même le temps de maintenir son impressionnante musculature. Elle caressa lentement la peau lisse et tannée de son torse, glissant les doigts dans le duvet sombre qui recouvrait ses pectoraux.

Ash referma les mains sur ses hanches, froissant le tissu de sa robe, la relâcha, l'agrippa de nouveau tandis qu'elle prenait le temps de l'explorer. Elle déposa une série de baisers dans son cou, laissant sa barbe se frotter contre ses lèvres sensibles.

Un chemin de poils noirs traçait une ligne de son nombril jusqu'à son boxer, tendu par son sexe dressé. D'un seul coup, Essie céda enfin à son désir. Elle attrapa le préservatif et déchira l'emballage. Ash, visiblement aussi pressé qu'elle, fit descendre son jean et son boxer sur ses cuisses pour libérer enfin complètement son sexe qui palpitait contre ses abdominaux bien dessinés.

Essie passa la langue sur ses lèvres, gourmande. Elle voulait goûter son corps… Mais ils n'avaient pas le temps. Et si elle ne le sentait pas en elle très vite, ses désirs frustrés risquaient de la faire exploser.

Ash lui sourit, comme s'il avait lu dans ses pensées.

— Plus tard, promit-il.

Sa voix grave avait des accents inconnus. D'ailleurs, Ash était à peine plus qu'un étranger pour elle…

Seulement, comme le premier soir, elle ne s'en souciait pas. Elle avait tout de même envie de lui.

— Ne t'en fais pas, ajouta-t-il d'un air mutin. Je compte bien te dévorer aussi.

Ainsi, elle avait eu raison au sujet des talents cachés de sa langue — et elle avait hâte de les découvrir. Elle lui enfila le préservatif. Le feu infernal qui brûlait en elle la rendait maladroite ; tout comme les caresses incessantes d'Ash sur ses seins et ses tétons électrisés.

Finalement, elle put se redresser, se placer au-dessus de lui et attraper son sexe pour le guider. Ash s'installa plus confortablement, la laissant prendre appui sur son épaule.

Elle redescendit sur lui et le sentit la pénétrer si bien qu'un cri lui échappa. Ash plaqua une main sur ses lèvres pour étouffer sa voix, lui rappelant qu'ils étaient toujours dans un lieu public. Néanmoins, à en croire l'expression qui se peignait sur son visage, sa mâchoire serrée et ses yeux sombres, lui aussi devait lutter pour contenir le flot du plaisir.

Elle avait tellement eu envie de ça — depuis ce matin fatidique où elle était entrée dans son bureau pour la première fois ! Elle voulait le voir céder à l'alchimie explosive qui la rendait, elle, impuissante. Pour la première fois, elle avait la preuve qu'elle n'était pas seule : les émotions d'Ash étaient gravées sur son visage crispé.

Sans lutter contre cette grande main d'homme toujours plaquée contre sa bouche, elle se mit en mouvement, d'avant en arrière sur ses cuisses. Dans cette position, chaque geste venait exciter son point le plus sensible. Elle accéléra le rythme, gagnée par une énergie nouvelle, pressée de sentir enfin la jouissance dont ils avaient tous les deux besoin.

Ash resta appuyé contre le dossier du divan, la laissant décider de leurs mouvements — mais pas longtemps. D'un seul coup, il referma une main sur son sein et joua à pincer son téton jusqu'à ce qu'un éclair de plaisir la traverse de part en part. Son autre main plongea de nouveau entre ses cuisses et son pouce trouva rapidement son clitoris, qu'il avait négligé jusque-là, pour le tourmenter délicieusement à son tour.

— Oh oui, lâcha-t-elle dans un soupir.

Comment aurait-elle pu rester complètement silencieuse, alors que cet homme était là, entre ses jambes, plus sexy que tout ce qu'elle avait vu de sa vie ? Comment se taire, quand son sexe l'emplissait ainsi et qu'il la caressait si bien ?

Lorsqu'il commença à donner des coups de reins répétés sous elle, accompagnant chaque geste d'un gémissement rauque, alors que ses mains se refermaient sur ses hanches pour la tenir en place, elle sentit tout son corps fondre. Appuyée sur son torse humide de sueur, elle pencha la tête, laissant ses cheveux retomber comme un voile sur son visage.

— Tu es si serrée… Juste ce qu'il faut…

Elle gémit de plus belle. Les encouragements de son amant, ses coups de reins sauvages et son pouce qui avait retrouvé le chemin de son clitoris semblaient lui avoir jeté un sort, la privant de la parole.

Dans un soupir de plaisir, elle rejeta ses cheveux en arrière et se cambra un peu plus.

— Oh oui, chevauche-moi, murmura Ash de sa voix basse et autoritaire. Je vais te faire jouir comme jamais…

En effet, il ne fallut qu'une caresse de plus sur son clitoris et quelques puissants coups de reins pour que l'orgasme la traverse, vague par vague, et qu'elle s'agrippe à Ash, les yeux fermés. Ses cris résonnèrent dans l'alcôve, mais ils s'en moquaient tous les deux, à présent.

Ash se redressa, enfouit le visage dans sa poitrine et la serra contre lui tandis qu'il jouissait à son tour, traversé de spasmes de plaisir.

Essie ravala ses émotions et enlaça son amant le temps que leurs corps se détendent et que son cœur ralentisse.

Un voile de sueur recouvrait leurs corps. Finalement, Essie parvint à reprendre son souffle et à murmurer :

— C'était amusant…

Dans un petit rire, elle enfouit le visage dans les cheveux d'Ash qui déposa un petit baiser dans le creux de sa gorge, entre ses seins.

— Oh oui, on peut dire ça.

Cette fois, elle éclata franchement de rire et Ash l'imita.

7

Ash fut réveillé par la mélodie d'un clocher, au loin.

Il ouvrit les yeux pour découvrir sa chambre d'hôtel du huitième arrondissement baignée de soleil. Il était allongé au milieu du lit, enlaçant une Essie douce, chaude et endormie. Son sexe déjà réveillé était confortablement niché contre ses fesses. Il se frotta un peu à elle, savourant la pointe de plaisir qui vint apaiser sa soudaine panique à l'idée de se réveiller aux côtés d'une femme.

Jamais il ne faisait ça. Il passait d'ailleurs rarement une nuit entière avec ses conquêtes, préférant partir dès que la soirée s'achevait.

Se crispant un instant, il attendit que l'angoisse passe et que sa main glacée cesse de lui comprimer la poitrine.

Ils s'étaient mis d'accord.

Rien que du sexe.

Du plaisir.

Un plaisir inégalé.

Essie devait vouloir mettre sa volonté à l'épreuve en

prétendant avoir envie d'expérimenter de nouvelles choses, osées et aventureuses. Allait-il y survivre ? Elle avait été fascinante, la veille…

Elle avait commencé par accepter ses nouvelles conditions, puis elle avait exposé les siennes qui s'accordaient parfaitement avec la philosophie d'Ash. Dans de telles circonstances, passer outre sa règle d'or avait été facile. Pour la bonne personne. Qui avait les bons… arguments.

Elle lui avait fait perdre la tête en lui proposant de faire l'amour au sein même de la boîte de nuit qu'ils étaient venus visiter. Qui aurait pu deviner qu'Essie, l'experte en relations studieuse et pétillante, cachait une amante insatiable ?

Une chance pour lui.

Il était prêt à lui faire goûter bon nombre d'expériences qu'elle n'avait jamais tentées — une mission aussi fatigante qu'agréable. Oui, c'était la solution idéale : continuer à entretenir une liaison sans attaches, avec des limites bien définies, lui permettrait de garder le contrôle dont il avait tant besoin. Et ça lui offrirait aussi une porte de sortie toute trouvée, bientôt. En effet, tôt ou tard, ils cesseraient de s'amuser et ils se sépareraient. Sans larmes. Après avoir passé un peu de bon temps ensemble — et rien de plus.

Il prit une profonde inspiration et se prépara comme il le faisait pour ses plaidoiries. Reprendre le contrôle, penser à toutes les réactions possibles et, si tout le reste échouait, forcer la main à l'opposition. Une fois qu'il eut établi sa stratégie, Ash chassa ses derniers doutes et s'écarta doucement d'Essie sans la réveiller.

À leur retour à l'hôtel, au petit matin, ils étaient tous les deux épuisés. Ils avaient partagé une rapide douche et s'étaient écroulés sur le lit.

Mais, maintenant, Ash voulait son petit déjeuner.

Il plongea lentement, prudemment, sous le drap et se faufila entre les jambes d'Essie. Elle dormait à poings fermés et ne se réveilla pas quand il lui écarta les cuisses pour les faire passer sur ses épaules.

Finalement, elle s'étira et souleva un peu la tête de son oreiller pour le regarder d'un air encore ensommeillé. Un regard qui comprit peu à peu ce qui se passait.

Une pointe de désir aiguillonna Ash et son sexe se pressa davantage contre le matelas.

— Bonjour… Tu as déjà testé le réveil coquin, comme ça ?

Elle secoua la tête, les yeux écarquillés.

— Alors, laisse-moi faire…

Il sentait l'excitation monter en la voyant aussi vulnérable dans son demi-réveil, les cheveux en désordre mais le sexe déjà humide, offert.

Les derniers limbes s'effacèrent peu à peu de ses regards, remplacés par une flamme naissante. Elle acquiesça sans le quitter des yeux. Dans l'attente.

Ash s'humecta les lèvres et surprit un éclat sans les yeux d'Essie. Sa respiration s'accéléra. Il était enveloppé par son parfum délicieux. Sans un mot, il lui souleva les jambes et les déplaça, pour être plus à l'aise.

Son sexe était parfait, rose et doux. Une bande

de duvet flamboyant, bien délimitée, encadrait cette vision exquise. Oh oui, ce spectacle méritait bien ses efforts et sa patience. Qui avait besoin des chefs-d'œuvre du Louvre, quand on avait une Essie nue dans son lit ?

— Tu veux regarder ?

Elle poussa un petit gémissement et laissa retomber sa tête sur l'oreiller, provoquant un afflux de sang entre les jambes d'Ash.

— Je ne sais pas si j'en serai capable…

Il fit une moue faussement déçue.

— Comme tu veux. Mais, à ta place, je regarderais… C'est une expérience que je te recommande.

Elle le dévisagea de nouveau, les joues en feu.

— Je… je n'ai jamais joui comme ça, avant.

Le feu qui rongeait Ash s'échauffa de plus belle. Il avait toujours aimé les défis.

— Avec moi, tu jouiras.

Il se pencha en avant et écarta les chairs délicatement pour effleurer son clitoris du bout de la langue. Essie sursauta et ses cuisses se refermèrent autour de sa tête. Il sentit sa main se glisser dans ses cheveux pour l'empêcher de bouger. Non pas qu'il ait eu envie de s'en aller. Il comptait bien rester là jusqu'à ce que ses désirs soient enfin satisfaits et qu'Essie le supplie d'arrêter. Jusqu'à ce qu'elle n'ait plus envie d'aucun autre homme tant il l'aurait comblée.

Il l'avait prévenue, la veille, et il tenait toujours parole : aucun d'eux ne quitterait cette chambre d'hôtel tant qu'ils auraient la force de marcher…

Après avoir gobé la petite perle de son clitoris

entre ses lèvres, il lécha longuement sa chair, encore et encore. Il guettait la moindre de ses réactions : la manière dont elle empoignait ses cheveux ou dont, en dépit de ses protestations, elle soulevait la tête sans arrêt pour voir ce qui se passait entre ses cuisses. Et la manière, aussi, dont elle l'attirait de plus en plus contre elle en redressant les jambes, en plantant les talons dans son dos — comme une supplique silencieuse et impatiente.

Il sentit sa chair s'échauffer sous ses lèvres. Son souffle se faisait de plus en plus saccadé.

— Oui… Oh oui… C'est si bon…

Un petit gémissement aigu l'interrompit. Elle tira nerveusement les cheveux d'Ash, qui s'écarta un instant — juste le temps de glisser deux doigts en elle, savourant sa chaleur humide.

— Alors ? Tu t'amuses ? demanda-t-il en lui mordillant l'intérieur de la cuisse.

Une pluie de frissons la parcourut.

— Oui. Oui. Ne t'arrête pas.

— Je n'ai pas l'intention d'arrêter, rassure-toi. C'est le meilleur petit déjeuner de ma vie !

Il replongea entre ses jambes, léchant son clitoris en cadence tout en faisant des va-et-vient plus rapides avec ses doigts qu'il pliait un peu.

Quand Essie lâcha enfin ses cheveux, il se redressa et embrassa ses tétons rosés. Elle gardait la tête levée, tendue, pour observer chacun de ses mouvements. En croisant son regard, Ash sut qu'elle allait jouir. Il lui donna alors tout, la léchant, la mordillant, la caressant jusqu'à ce qu'elle pousse un cri rauque qui le fit frissonner de la tête aux pieds.

Il poursuivit son œuvre tant qu'elle s'agrippa à lui et, quand elle le repoussa enfin, il la laissa s'écrouler sur le matelas.

— Waouh, murmura-t-elle avec un petit éclat de rire. C'était vraiment bien…

Ash s'allongea à côté d'elle.

— Ravi d'avoir pu te faire plaisir, répondit-il en écartant une mèche de cheveux de son beau visage. Tes ex n'étaient pas doués pour ça ?

Si c'était le cas, cette pauvre Essie pourtant si sensuelle n'avait pas eu ce qu'elle méritait…

Elle se retourna et se redressa en s'appuyant sur un coude.

— Mon ex. Au singulier. Et il n'aimait pas faire ça.

Son regard s'assombrit brusquement et Ash regretta sa curiosité.

Son ex était une ordure, visiblement… Certains hommes sont incapables de voir ce qu'ils ont sous le nez !

Essie glissa pensivement les doigts sur son torse, pour le caresser lentement, en petits cercles.

— De toute manière, il n'aimait pas non plus la manière dont je m'habillais, dont je riais, ou les amis que j'avais.

De nouveau, un petit rire — fragile et peu convaincant, cette fois.

Ainsi, outre les absences de son père, elle avait dû supporter un petit ami manipulateur et agressif ? Ash ravala la colère qui monta en lui. Il fut un instant tenté de lui demander l'adresse de ce type pour voir s'il aimerait se prendre un poing dans la figure, au risque de gâcher toute leur matinée ensemble…

— Est-ce qu'il t'a… frappée ?

Elle secoua la tête vivement et détourna le regard, les joues en feu.

— Il existe d'autres moyens d'humilier quelqu'un, par les mots, les émotions… J'avoue que je suis restée avec lui bien plus longtemps que je l'aurais dû.

Ash sentit un poids se former dans sa poitrine.

— Je comprends.

Il posa sa main sur la sienne, avec douceur.

— Parfois, il est difficile d'apprécier ce qu'on possède…

Essie, si intelligente, si ouverte aux besoins des autres, devait avoir honte d'avoir eu une liaison aussi nocive. Tout comme Ash avait honte de son propre aveuglement et de la confiance qu'il avait accordée aux mauvaises personnes.

Quand elle leva les yeux sur lui, d'un air presque inquiet, il s'efforça de sourire.

— Tu sais, dit-il en soulevant sa main pour y déposer un baiser, ce gars n'était même pas digne d'avoir le bout de ton doigt. Et encore moins le reste…

Ne voyait-elle donc pas ça ? Ne comprenait-elle pas que c'était une chance inouïe, pour un homme, d'être choisi par une femme comme elle ? Il aurait aimé être cet homme… autrefois.

Elle le tira soudain de ses pensées par un baiser inattendu et énergique, en s'accrochant à sa nuque pour le chevaucher. Assise au-dessus de lui, elle le regarda un instant, avec un mélange de désir et de doute.

Ash lui prit la taille, n'osant plus lui poser d'autres questions douloureuses.

— Nous devons rentrer à Londres, aujourd'hui, dit-elle d'un air qui semblait vouloir ajouter : « retour à la réalité ».

En effet, ils devaient rentrer. Et Ben allait revenir de New York. Est-ce que toutes ces choses allaient bouleverser leur nouvel accord ?

— Je sais, répondit Ash. Mais nous avons encore le temps de partager quelques nouvelles expériences...

Oui, il aurait le temps d'attiser le désir d'Essie et de bannir le doute qu'il lisait dans ses yeux. S'amuser ensemble, rien de plus.

Elle sourit et prit son sexe dans sa main douce pour le caresser pensivement, avec une maîtrise parfaite.

— Tu es déjà venue à Paris ? demanda-t-il.

Il était si pressé de lui faire connaître de nouvelles expériences sexuelles qu'il en avait la chair de poule. Si seulement ils avaient pu rester là une semaine entière. Si seulement il avait pu la séduire, lui offrir du vin et des restaurants haut de gamme, comme elle le méritait. Si seulement il avait pu passer ses journées à lui faire découvrir tous les trésors de cette ville et ses nuits à l'entendre gémir sous lui... Juste pour s'amuser, bien sûr.

Le pouce d'Essie effleura un point sensible et il leva la main pour lui caresser le sein, le cœur battant. Elle rejeta la tête en arrière en poussant un petit gémissement qui l'excita de plus belle.

— On n'aura pas le temps de tout voir, mais j'ai

prévu quelques visites, si tu as envie de faire un peu de tourisme.

Il était prêt à tout pour retrouver l'étincelle qui pétillait habituellement dans ses yeux.

Elle jeta un coup d'œil par la fenêtre qui offrait une belle vue de la ville.

— Je peux déjà voir la tour Eiffel, d'ici, dit-elle tout en poursuivant ses caresses douces et sensuelles.

Soudain, ses yeux s'illuminèrent à une nouvelle idée :

— Tu crois qu'on pourrait avoir de vrais croissants ?

À peine eut-elle demandé ça qu'elle se mordit la lèvre — son petit tic quand elle se sentait gênée, et l'une de ses manies les plus sexy...

Ash acquiesça, ému par la simplicité de ses désirs. Cette femme se moquait des jets privés et des diamants de chez Tiffany.

— Super ! s'écria-t-elle en bondissant du lit.

Sans sa main pour le caresser, Ash se sentit soudain abandonné. Tous ses muscles s'étaient tendus, emplis d'énergie. Il eut soudain envie de l'attirer de nouveau à lui et de se perdre entre ses cuisses.

— Il est temps de prendre une douche, alors, reprit Essie. Je meurs de faim !

Au lieu de se diriger tout de suite vers la salle de bains, elle resta un instant devant lui, les yeux sur son sexe toujours dressé, en tortillant ses cheveux entre ses doigts.

— Je n'ai jamais essayé le petit déjeuner dans la douche...

Il n'en fallut pas plus pour Ash. En quelques secondes, il l'avait entraînée dans la salle de bains et faisait couler l'eau. Dans un éclat de rire, Essie le précéda dans la cabine de verre, bien assez grande pour deux.

Elle l'embrassa, sans se départir de son petit sourire mutin.

— Je voulais faire ça hier soir, mais j'étais trop fatiguée… Désolée…

Sans autre préambule, elle s'agenouilla sur les carreaux et empoigna son sexe d'une main assurée.

Il aurait voulu fermer les yeux, en dépit du spectacle qui s'offrait à lui. Mais il fit l'effort de la regarder. Il se campa plus solidement dans la douche, sous l'eau chaude qui dégoulinait dans son dos. Essie le gratifia d'un sourire sensuel et lécha son sexe de la base au sommet, langoureusement. Ash dut s'appuyer à la vitre, de peur que ses jambes mal assurées le trahissent avant la fin.

Les lèvres chaudes d'Essie se refermèrent sur lui, le gobant avec gourmandise. Il poussa un gémissement sauvage, animal, d'une voix qu'il ne se connaissait pas, et prit son visage entre ses mains, glissant les doigts dans ses cheveux emmêlés et mouillés. Pour s'ancrer.

Elle le lécha et le suça, jouant du bout de la langue à réveiller tous ses points sensibles et s'attardant sur ceux qui le faisaient gémir le plus, murmurer son nom et serrer les dents si fort qu'il craignait presque de s'en casser une.

Cette petite diablesse avait même le front de sourire en faisant ça et, quand elle rejetait la tête en arrière sans le lâcher pour autant, son regard pétillait. Bientôt, elle poussa de petits soupirs de plaisir, elle aussi. Et Ash s'abandonna à elle. De toute manière, il ne pourrait jamais gagner une lutte pareille. Le simple fait de la voir là, à genoux, avec son sexe dans sa bouche, serait un souvenir gravé à jamais dans sa mémoire. Elle poursuivit ses caresses gourmandes jusqu'à ce que tous ses muscles hurlent de plaisir.

C'était si bon… Pourquoi avait-il tant lutté contre son attirance pour elle ? Soudain, ses testicules se gonflèrent et une flamme monta en lui léchant les reins.

— Essie…

Il ne put en dire plus, mais elle dut comprendre rien qu'en voyant ses traits crispés.

Murmurant un vague encouragement étouffé, elle hocha la tête. C'était la seule permission dont il avait besoin. Le feu monta encore, électrique, et Ash s'abandonna à sa jouissance avec un cri de plaisir, toujours appuyé aux carreaux de la douche.

Essie ne le lâcha que lorsque les spasmes qui le parcouraient se furent apaisés et le gratifia d'un petit sourire satisfait. Il l'aida à se relever et l'enlaça fiévreusement, tandis qu'elle plaquait les mains sur ses fesses nues.

S'écartant un peu, il déposa une série de baisers sur ses lèvres si expertes.

— Meilleure…

Baiser.

— … Douche…

Baiser.

— … De ma vie.

Essie pointa son téléphone sur les flèches gothiques majestueuses de Notre-Dame pour prendre quelques photos. Le petit bateau de plaisance qu'Ash avait loué pour eux les conduisit de la tour Eiffel au pont de Sully et retour. C'était le moyen idéal pour voir une bonne partie des plus grands monuments de la ville et apprécier l'architecture fascinante de Paris.

Dès qu'ils s'étaient habillés, ils avaient quitté l'hôtel à la recherche d'un café accueillant à la terrasse duquel ils s'étaient installés pour savourer des croissants encore chauds qui fondaient dans la bouche. Ce petit jeu de « nouvelles expériences » faisait flotter Essie sur un nuage. Elle avait même repoussé sa publication quotidienne sur son blog et avait éteint son téléphone pour ne pas être détournée du souvenir de leur premier orgasme oral, ou de sa première découverte de Paris.

Ash la rejoignit avec deux flûtes de ce qui devait être du vrai champagne — elle n'osa pas demander. La journée avait déjà eu des allures de conte de fées sans cela et l'avait laissée dans un état de douce fascination.

Elle s'était réveillée en plein cœur de Paris à côté d'un homme splendide, digne des fantasmes les plus érotiques, habitué à un train de vie qu'elle ne comprenait pas et dont elle aurait peut-être pu avoir un aperçu si ses parents s'étaient mariés, si elle avait grandi avec Ben… Quoi qu'il en soit, cette escapade n'était pas *sa* réalité.

Sa réalité, ça avait été d'être la gamine un peu à l'écart, pas tout à fait comme les enfants de parents séparés qu'elle rencontrait, et pas non plus comme ceux dont les parents étaient encore ensemble. Sa réalité, ça avait été des années de solitude, de doute et d'attente tandis que son père n'était jamais là pour elle. Certes, il lui avait toujours envoyé de beaux cadeaux et elle n'avait jamais eu faim ou froid ; mais tout cela n'en était pas moins qu'une illusion. Tout comme cette promenade sur la Seine avec Ash, un verre de champagne à la main.

— Tu as l'air triste, remarqua-t-il. Paris n'est pas à la hauteur de tes attentes ?

Elle se secoua.

— Non, c'est magnifique, répondit-elle en se mordillant violemment la lèvre dans l'espoir de dompter ses émotions. Dis-moi, est-ce que tes parents ont… divorcé quand tu étais petit ?

Ash renifla, comme si la chaleur lui devenait soudain insupportable.

— Ils sont en train de se séparer, en fait. Apparemment, ma mère avait la force de tolérer une infidélité, mais pas deux. Pourquoi ?

Essie sirota pensivement son champagne.

— J'essayais juste d'imaginer à quoi avait pu ressembler ton enfance.

Il détourna les yeux, haussa les épaules et glissa nonchalamment un bras derrière le dossier de son siège.

— C'était assez normal, j'imagine.

— Tu es déjà venu ici, avec ta famille ?

Elle avait conscience de retourner le couteau dans la plaie, mais elle ne pouvait s'empêcher d'imaginer les vacances heureuses et animées de la famille Jacob. Tous les cinq ensemble.

Il acquiesça, d'un air un peu nerveux.

Essie, la gorge nouée, regarda de nouveau le décor qui défilait devant elle.

— Je ne me souviens que d'une sortie en famille, avec mes deux parents, quand j'avais dix ans, soupira-t-elle, hantée par de vieux souvenirs. J'avais supplié mon père de me laisser l'accompagner dans un de ses voyages d'affaires à New York, en lui promettant d'être bien sage et de ne pas le déranger. Il m'a apaisée en m'emmenant au zoo de Chester.

Elle gratta le siège et en arracha une paillette de peinture argentée.

— J'étais contente, tu vois : c'était une sortie extraordinaire. Mon père m'a offert un éléphant en peluche, on s'est fait maquiller et il m'a appris à jouer aux échecs, à l'hôtel.

La main d'Ash glissa le long de son dos et elle sentit la chaleur de sa paume entre ses omoplates. Son pouce la caressait lentement, en rythme — étrangement insupportable.

— Tu ne voyais pas souvent Frank ?

Elle secoua la tête, les joues en feu. Pourquoi avait-elle ressenti le besoin de lui confier un souvenir aussi intime, capable de la briser s'il tombait en de mauvaises mains ? Quand elle repensait à ce qu'elle avait fait à ce pauvre éléphant en peluche, cinq ans plus tard, après avoir découvert la vérité, elle sentait encore la honte l'étouffer.

— Quand j'ai su ce qui se passait vraiment… Quand j'ai appris que mon père avait menti à tout le monde : moi, ma mère, son autre famille, reprit-elle en croisant le regard d'Ash, sans chercher à réprimer ses émotions plus longtemps, j'ai… j'ai fait un grand feu dans le jardin. Ça ne s'est pas bien terminé pour l'éléphant…

Ash l'attira contre lui et déposa un petit baiser sur son front. C'était un geste qui dépassait le stade du simple flirt. Cependant, Essie n'était pas assez naïve pour voir autre chose dans les preuves d'affection ou de romantisme d'Ash que de bonnes manières et un désir de canaliser leur excitation insatiable pour en profiter le plus longtemps possible.

Elle but une autre gorgée de champagne frais, chassant ses souvenirs sombres et pénibles. Mieux valait se concentrer sur le paysage plutôt que de replonger dans ses douloureuses obsessions… Le problème n'était pas seulement qu'Ash n'était pas à sa portée. Il était intelligent, vif. La sensualité personnifiée. Il avait un bon sens de l'humour et perçait à jour sa cuirasse, ses petits mensonges. Tout cela formait un ensemble enivrant pour une fille comme elle, qui n'avait jamais connu de relation solide et saine — ni dans sa vie ni avec ses parents…

Elle avait promis à Ash qu'elle ne voulait que du sexe.

Mais si elle finissait par changer d'avis et envisager une liaison sérieuse, fondée sur la confiance — comme dans les théories étalées sur son blog —,

Ash était exactement le genre d'homme qu'elle aurait voulu.

Quel dommage que ça ne puisse pas arriver ! C'était un amant extraordinaire, et il venait de lui prouver qu'il était également capable de douceur et de romantisme. Hélas, quand il avait imposé ses règles d'or avant de l'emmener au lit, il avait été sérieux… Il ne renoncerait pas à sa liberté.

L'ex que Ben avait mentionnée l'avait visiblement blessé au point qu'il ne croyait plus à l'amour. Ce sont toujours les gens auxquels on tient le plus qui ont le pouvoir de nous faire souffrir le plus longtemps.

Elle en savait quelque chose, songea-t-elle avec un frisson. Elle n'avait jamais remis les pieds dans un zoo…

— Oh ! regarde !

Profitant de la première distraction qu'elle trouva, elle pointa du doigt deux jeunes mariés qui se faisaient prendre en photo sur le quai.

Ash suivit son geste du regard et ils observèrent le couple un long moment en silence. Finalement, mal à l'aise, Essie remplit le silence par un bavardage aussi nerveux qu'incontrôlable :

— Ah, la ville de l'amour… D'ailleurs, tu savais que tomber amoureux a le même effet sur ton cerveau qu'un rail de cocaïne ?

Elle ne cherchait pas à provoquer quoi que ce soit, mais elle n'était pas non plus taillée dans la pierre, comme les gargouilles de Notre-Dame. Ce n'était pas parce que l'amour n'avait pas fonctionné pour ses parents, pour elle ou peut-être pour Ash, que d'autres ne pouvaient pas le trouver…

À côté d'elle, Ash se détourna bien vite du couple souriant, regardant dans le vague — et surtout pas dans la direction d'Essie.

— Les dernières études montrent que le taux de divorce dans les pays occidentaux atteint presque cinquante pour cent, de nos jours, dit-il froidement avant de boire une gorgée de champagne.

Essie le dévisagea stupéfaite. Elle n'était pas vraiment surprise, au fond : si la plupart des hommes étaient comme son père ou son ex… ou le père d'Ash… Le cynisme de son amant dépassait ce que l'on pouvait attendre d'un avocat chevronné — ce devait être à cause de cette femme !

Les lèvres pincées d'Ash lui firent rapidement comprendre que ce n'était pas le moment de poser des questions. Il était temps de retrouver une conversation plus légère.

— J'ignorais ça, mais je trouve que tu gâches un peu l'ambiancc, maître Jacob…

Il haussa les épaules avec un petit sourire qui, hélas, n'atteignit pas tout à fait ses yeux.

Essie leva les yeux au ciel d'un air faussement exaspéré.

— Ne t'en fais pas, je ne cherche pas à te faire passer un message, dit-elle en lui donnant un petit coup de coude pour dissiper la tension. D'un point de vue scientifique, je trouve ça fascinant qu'une chose aussi floue que — elle dessina des guillemets en l'air — « l'amour » ait assez de pouvoir pour nous apporter une telle euphorie au niveau neuronal.

Ash la dévisagea quelques secondes.

Essie fit de son mieux pour paraître détendue, mais elle eut soudain envie de se cacher, roulée en boule dans un coin.

— Tu crois vraiment à tous ces bla-bla relationnels ?

Elle tressaillit. Venait-il de ridiculiser en quelques mots la base de toutes les recherches pour son doctorat ? Le fondement même de son précieux blog de plus en plus populaire ? La doctrine qui allait guider toute sa vie et, avec un peu de chance, lui faire connaître bonheur ou contentement dès qu'elle retrouverait le courage de construire une histoire avec un homme ? Grâce à Ash, au moins, elle aurait une bonne base pour juger des talents sexuels de ses prétendants, à l'avenir…

Pour la première fois de sa vie, elle savait enfin pourquoi on en faisait tout un plat !

— Je n'ai pas besoin d'y croire, répondit-elle simplement. Ce n'est pas parce qu'on n'a pas connu quelque chose que ça n'existe pas : il faut se fier à la science.

— C'est n'importe quoi, lâcha Ash, visiblement exaspéré. C'est peut-être scientifique, mais la science n'est pas pour tout le monde ! En tout cas, pas pour moi.

Essie sentit son cœur battre plus fort. Il s'ouvrait enfin un peu. Est-ce que ses propres confessions avaient fini par l'influencer ?

— Tu ne me feras pas changer d'avis, mais ça ne signifie pas que je ne pensais pas ce que j'ai dit hier : toi et moi, c'est juste pour s'amuser. Pourquoi être aussi cynique, d'un coup ?

Elle avala une nouvelle gorgée de champagne, au cas où cette conversation tendue finirait par lui revenir en plein visage. La psychologue en elle ne pouvait pas s'empêcher de se poser des questions. Et la femme qui avait couché avec cet amant formidable était curieuse, elle aussi…

Mieux valait ne pas trop chercher pourquoi. Si elle était aussi intriguée, c'était certainement à cause du plaisir qu'Ash lui donnait, ou de son instinct professionnel qui la poussait toujours à vouloir aider les autres.

Le regard protégé par ses lunettes de soleil, elle guettait l'homme assis près d'elle, mais il ne laissait rien transparaître de ses émotions. Il restait simplement là, immobile comme une statue.

— J'avais une fiancée, il y a des années, finit-il par dire. Je me croyais amoureux ; le genre d'amour dont tu penses avoir des preuves scientifiques.

La gorge d'Essie se noua et elle eut peur de laisser échapper des bruits étranglés, si elle parlait. Elle serra donc les lèvres, attendant qu'il continue. Qu'allait lui avouer cet homme fermé sur lui-même qui avait encore tant à offrir ? Qu'est-ce qui avait fait de lui celui qu'il était à présent ?

— Mais, à une semaine du mariage, j'ai découvert qu'elle me trompait…

Cette fois, Essie ne put rester impassible. Sa bouche s'ouvrit toute grande sous le choc.

Comment pouvait-on tromper Ash ?

Son verre trembla dans sa main, laissant couler

un peu de champagne glacé sur sa robe. Elle entreprit bien vite de s'essuyer avec l'ourlet de sa jupe, à la fois pour se reprendre et pour laisser à Ash le temps de se remettre de cette étonnante confession.

Que dire à un amant de passage, quand on apprenait qu'il avait eu le cœur brisé et que ça avait entaché toutes ses aventures depuis ? Essie savait très bien ce qu'une psychologue professionnelle aurait dû répondre — ou ce que la blogueuse en elle aurait écrit pour conseiller un lecteur. Mais en tant que femme qui avait passé la nuit avec lui et qui luttait déjà avec les règles qu'ils s'étaient tous les deux imposées ? Elle se sentait plus perdue que jamais.

— Est-ce que tu as… eu une histoire sérieuse, depuis ?

Ash secoua la tête, confirmant toutes ses hypothèses.

— Les flirts sans lendemain sont plus à mon goût.

Une part d'Essie était heureuse de constater qu'Ash et elle étaient sur la même longueur d'onde, qu'ils avaient le même genre de raisons de ne pas vouloir de liaison sérieuse à ce moment de leur vie ; mais les paroles de son amant lui laissèrent néanmoins un petit goût amer dans la bouche.

Il était sincère. Il pensait réellement ce qu'il disait.

— Je suis désolée que tu aies tant souffert. Ton ex devait avoir un sacré grain, si tu veux mon avis.

Mieux valait se réfugier dans l'humour, pour retrouver un peu de ce bien-être parisien qui avait coloré le début de leur week-end. Hélas, ça ne suffit pas à faire disparaître le malaise qu'elle ressentait, au fond d'elle, ou l'agitation qu'elle avait éprouvée un peu plus tôt. Pas plus que ça ne faisait taire son instinct qui la pressait de réconforter Ash. Seulement, il aurait eu horreur de ça… Essie s'obligea donc à rester de marbre.

Sans la regarder, Ash haussa les épaules.

— C'était il y a longtemps, dit-il. J'ai dépassé ce stade, maintenant.

Oh non, il n'avait pas l'air d'avoir dépassé ça. Il était pâle et serrait les dents…

— Je pense juste que ces émotions, quelles qu'elles soient, passent vite ; comme une drogue. Et après ? Qu'est-ce qu'il en reste ?

Essie avait une foule de réponses à lui donner, mais aucune qu'il aurait aimé entendre, sans doute. Peut-être avait-il raison, au fond. Qu'en savait-elle vraiment ? Tout ce qu'elle connaissait des hommes lui venait de son ex, un homme pathétique qui trouvait sans cesse des prétextes pour la rabaisser, et de son père/courant d'air qui ne faisait partie de sa vie que trente pour cent du temps et n'était jamais là aux moments importants. Si elle avait grandi avec Ben, elle aurait au moins eu un modèle masculin stable dans sa vie, un grand frère qui l'aurait défendue, qui aurait surveillé ses petits amis et qui lui aurait montré qu'elle était digne d'amour… Mais Frank lui avait aussi volé ça.

— L'amour n'a pas vraiment fonctionné, entre toi et ton sale flemmard manipulateur…

Tout en parlant, Ash se mit à jouer avec une mèche de ses cheveux, sans la quitter des yeux.

— Non, dit-elle simplement.

En ce qui concernait les relations sentimentales, elle avait en effet commis de graves erreurs de jugement. Elle s'était contentée de ramasser les miettes, tout comme sa mère.

— C'était ma faute. Si les gens te traitent mal, c'est parce que tu les laisses faire, non ?

Elle connaissait les théories de l'amour sur le bout des doigts, mais les mettre en pratique dans sa propre vie… C'était une autre paire de manches.

À côté d'elle, Ash acquiesça en tournant de nouveau le regard vers le paysage.

— Mais tu as raison : je n'ai pas encore trouvé l'amour. Je sais, en revanche, que les humains sont programmés pour vouloir nouer des relations solides les uns avec les autres. On ne peut pas s'en empêcher. C'est l'évolution qui veut ça : une stratégie de survie, en quelque sorte.

— Et c'est pour ça que ta relation avec Ben est aussi importante pour toi ?

Essie fit de son mieux pour feindre l'indifférence, alors que son estomac se nouait soudainement.

— Tu n'as pas besoin d'être psy pour voir que j'ai des problèmes avec mon père. J'ai grandi en me croyant fille unique. J'aimais mon père, je l'idolâtrais comme toutes les gamines et sa trahison a tout détruit, répondit-elle en ravalant le flot d'émotions qui montait en elle. Je me suis sentie rejetée. Mais Ben est un type bien, tu le sais.

Ash acquiesça de nouveau.

Et lui ? C'était un autre type bien qui avait été blessé dans sa vie et dont Essie s'était servie dans son blog pour recevoir un peu d'approbation… Eh bien, c'était terminé ! Il n'y aurait plus d'articles sur l'Avocat Sexy. Et plus de fantasmes dans lesquels sa relation avec lui pourrait dépasser le stade du flirt.

Un long silence s'étendit entre eux.

— Tu as faim ? demanda finalement Ash.

Essie avait toujours l'estomac noué, mais elle acquiesça tout de même.

— Allons déjeuner à Montmartre. Il y a un marché, là-bas, aujourd'hui.

Voilà. En quelques mots, ils avaient franchi avec succès la barrière invisible — grâce au bon vieux déni.

8

Le samedi soir suivant, Ash émergea des bureaux de The Yard pour trouver le bar rempli d'une foule glamour de premiers clients, venus pour l'inauguration. Les rires et les cocktails coulaient à flots. Essie et Josh avaient organisé un *Happy hour* pour attirer les travailleurs de bureau et le buzz qu'elle avait provoqué sur les réseaux sociaux avait rempli la salle à tel point qu'on ne pouvait même plus s'asseoir. Leur toute nouvelle carte des cocktails était inscrite en lettres élégantes sur l'immense tableau d'ardoise, derrière le bar. Tous les verres brillaient. L'éclairage raffiné de la salle créait des zones intimes et la lumière tamisée donnait à la décoration chic un petit quelque chose de cosy.

Mais au lieu d'être satisfait par ce succès, comme il l'avait espéré, Ash était crispé, sur les nerfs. Il chercha Essie du regard. Elle portait la même robe de soie noire qu'à Paris, une semaine plus tôt : juste avant l'ouverture, elle était entrée dans le bureau d'Ash avec une étincelle sauvage au fond des yeux.

Elle avait verrouillé la porte derrière elle et s'était perchée sur le bord du bureau.

Quand elle avait lentement retroussé sa jupe pour lui montrer qu'elle avait enlevé ses sous-vêtements, il avait été incapable de lui résister. Elle lui avait alors demandé de lui faire connaître une nouvelle expérience… Faire l'amour au bureau.

— Pour se porter chance, avait-elle ajouté avec un sourire malicieux.

Au souvenir de la semaine qu'ils venaient de passer, faisant l'amour dès qu'ils le pouvaient, Ash sentit son agitation s'apaiser. Ils avaient passé presque tout leur temps libre ensemble, dans les bras l'un de l'autre — à commencer par le vol de retour à Londres, où Essie l'avait chevauché dans l'un des grands sièges de cuir, à neuf mille mètres d'altitude, une autre expérience nouvelle pour elle. Puis ils avaient continué chez Ash, et partout où ils pouvaient faire l'amour sans se faire surprendre. Cette phase intense pendant laquelle ils n'arrivaient pas à réprimer leurs désirs durait bien plus longtemps que la moyenne arbitraire qu'Ash se fixait en général… Chaque jour, il s'attendait à voir cette bulle de plaisir exploser, à perdre l'attrait de la nouveauté, à ne plus s'amuser avec elle ; et à retrouver le cours normal de sa vie.

Mais le désir ne s'éteignait pas — au contraire — et Ash commençait à s'aventurer en terrain inconnu.

Peut-être ces sensations étranges qui le hantaient étaient-elles un symptôme du contrôle qu'il avait laissé à Essie l'insatiable, la passionnée. Il était sans doute temps de reprendre les rênes, de dicter lui-même leur… amusement, et de suggérer de nouvelles expériences à son tour. Son esprit était envahi d'idées, de fantasmes sexuels sans fin. Oui, c'était ce qu'il devait faire. C'était le seul moyen de retomber sur ses pieds.

Il l'aperçut enfin, de l'autre côté du bar, et se réajusta discrètement. Elle rayonnait encore de l'orgasme qu'il lui avait donné dans son bureau… Elle avait pris le temps de se recoiffer, rassemblant ses cheveux en un chignon flou qui laissait quelques mèches retomber sur sa nuque délicate. Le simple fait de savoir que sa robe dos-nu l'empêchait de porter un soutien-gorge et que ses seins parfaits restaient nus sous la soie noire envoya un nouvel éclair de désir au creux de ses reins. Il aurait pourtant dû être rassasié après leur petite scène du bureau, courte et si satisfaisante en même temps… Mais non. C'est comme s'il en voulait plus, toujours plus.

Un chemin très dangereux.

Il se fraya un passage en direction de l'objet de ses frustrations, jouant des coudes pour fendre la foule. Essie discutait avec Josh, qui lui souriait et ne se privait pas pour lui toucher le bras. Elle éclata soudain de rire après l'une de ses remarques et se pencha à son oreille pour lui répondre, au milieu du brouhaha des conversations et de la musique dont les basses faisaient vibrer le sol.

Ash pinça les lèvres, amèrement.

— On ne pouvait pas trouver mieux…

Tout à coup, une tape inattendue sur son épaule faillit lui faire perdre l'équilibre.

— Sois gentil avec elle, mon vieux, lança joyeusement Ben, qui s'était faufilé derrière lui.

Il lui sourit, puis couva sa sœur d'un regard affectueux et indulgent.

Ash embrassa Ben, faisant tout son possible pour ne pas montrer sa culpabilité. Il n'aurait jamais dû ressentir un tel désir pour sa sœur. Hélas, le seul fait de voir Essie avec Josh lui faisait étrangement mal dans la poitrine… Il avait besoin de s'allonger un moment — et il n'était que 20 h 30.

— Elle ne peut pas s'empêcher d'aider les gens… Elle est comme ça.

Ben couvait sa sœur et Josh d'un regard aussi enamouré que celui d'Ash — un amour fraternel, cependant.

Celui-ci acquiesça avant de se tourner de nouveau vers Essie et le barman. Il imaginait sans peine le genre d'aide que Josh espérait obtenir d'elle !

Au cours de la semaine, Ash avait appris à percer à jour toutes les facettes de la personnalité éblouissante d'Essie. Elle était si différente… Différente de lui, l'avocat implacable et cynique qui avait la réputation d'être la copie conforme de son impitoyable père. Différente également de la plupart des personnes qu'il connaissait, avec leurs ambitions personnelles, leur égoïsme, leur nombrilisme ; et de toutes les autres femmes qui avaient traversé sa vie. Sans doute était-ce pour ça qu'il ressentait un tel besoin de mettre fin à leur liaison.

Elle était trop bien pour lui, tout comme elle avait été trop bien pour son ex méprisable et son père inconscient.

Elle riait toujours avec Josh, la tête un peu penchée sur le côté, avec cette expression qui vous donnait l'impression qu'elle vous écoutait intensément.

Bon Dieu… Ash allait la faire souffrir, quand il la quitterait. Certes, elle lui avait dit ce qu'il voulait entendre, depuis le début, mais son instinct ne se trompait jamais : Essie était le genre de fille à vouloir des relations sur le long terme. Elle avait simplement perdu confiance en elle, après les mauvais traitements que lui avaient fait subir les hommes de sa vie.

Ben desserra un peu sa cravate.

— Josh a des problèmes avec son petit copain, expliqua-t-il. Et Essie ne peut pas résister quand elle perçoit un signal de détresse émotionnelle…

Ash ne put réprimer un sourire. En un instant, toutes ses inquiétudes s'envolèrent et il se sentit léger comme une plume.

Josh était gay !

Mais, très vite, son soulagement se mua en autre chose, une sensation qui le démangea comme s'il venait de prendre un bain de sumac vénéneux. Depuis quand la jalousie avait-elle une place dans sa vie bien organisée et parfaitement sous contrôle ? Et depuis quand avait-il des sentiments pour Essie ? Elle n'était pas sa petite amie — parce qu'il ne voulait pas en avoir. Parce qu'il s'opposait fermement à tout ça. Il avait été très clair depuis le début… Alors, pourquoi avait-il l'impression que son insistance était profondément égocentrique ?

— Dis, tu peux aller la chercher ? demanda

soudain Ben. J'ai quelque chose à vous dire, à tous les deux.

Il indiqua d'un signe de tête l'escalier qui descendait à la salle de danse, au sous-sol, et qui était fermé par un cordon. C'était encore calme, pour le moment, mais bientôt la salle serait remplie.

— Bien sûr.

Ash reprit sa route laborieuse jusqu'au bout du bar où se trouvait Essie. Peu à peu, un projet se formait dans son esprit : il allait mettre fin à leur aventure. Ce soir. Alors qu'il n'en était encore qu'à mi-chemin, elle le repéra et ses bonnes résolutions éclatèrent en mille morceaux.

Interrompue au milieu de ses conseils à Josh, elle le dévisagea d'un air surpris, les lèvres entrouvertes. Une flamme délicieuse descendit jusqu'à l'estomac d'Ash. Il avait joui avec elle moins de deux heures plus tôt et il avait déjà envie d'elle de nouveau. Elle savait attiser son désir d'un simple sourire accompagné de son petit rire mélodieux et sensuel. Même sa collection agaçante d'anecdotes lui apportait quelque chose d'irrésistible et de frais que l'on ne pouvait qu'adorer.

Il la contourna et se pencha sur sa nuque pour lui parler à l'oreille. Après tout, c'était une boîte de nuit et le bruit qui régnait dans la salle rendait ce geste parfaitement normal.

— Ben veut nous voir en bas.

Un frisson la parcourut quand elle sentit sa respiration dans son cou. Oh oui, elle partageait ses désirs et son appétit insatiable. Au moins, il n'était pas seul… Parce que cet appétit était bien la seule chose qui le maintenait à flot.

Rien que du sexe — sa règle à lui.

Pour s'amuser — sa règle à elle.

Il ravala une montée de panique et se pencha de nouveau, les lèvres presque pressées à son oreille.

— Et je veux te voir nue, les jambes écartées pour moi, reprit-il dans un souffle.

Ça lui donnerait matière à réfléchir — et à mouiller l'un de ses strings en dentelle qu'elle devait avoir enfilé pour le provoquer…

Elle se cambra imperceptiblement et appuya ses fesses contre les hanches d'Ash en prétendant se pencher vers Josh pour lui promettre de lui parler plus tard.

Oh non : si Ash avait son mot à dire, elle n'en aurait pas le temps. Elle serait bien trop occupée à étouffer ses cris de plaisir, pénétrée par le sexe qu'elle venait de réveiller avec son mouvement provocateur. Elle savait exactement ce qu'elle faisait, et Ash ne se priverait pas pour se venger.

Il posa la main au creux de son dos, là où le dos-nu de sa robe s'achevait, et la conduisit au sous-sol. Sa peau était brûlante, sous sa paume, et son parfum féminin réveillait ses sens. Et s'il glissait la main un tout petit peu plus bas, il pourrait même caresser ses fesses et voir si elle avait remis une culotte après leur petite session dans le bureau…

Au dernier moment, il ravala un juron et laissa retomber son bras — juste avant d'entrer dans l'alcôve où les attendait Ben.

Il avait ouvert une bonne bouteille — du champagne Cristal. Trois hautes flûtes contemporaines étaient posées sur la table, à côté d'un petit paquet-cadeau. Ash se mordit la langue. Il avait pensé offrir à Essie un cadeau d'inauguration, lui aussi, mais avait abandonné l'idée, effrayé par cette impulsion anormale et craignant de brouiller les limites claires qu'il avait imposées à leur relation.

Ben embrassa sa sœur sur les deux joues et servit le champagne d'un geste élégant. Ash fit de son mieux pour partager l'enthousiasme de son ami… Une fois qu'ils furent tous les trois assis, un verre à la main, Ben porta un toast.

— Je tenais à vous remercier, tous les deux, pour tout le travail que vous avez accompli ces deux dernières semaines et pour avoir tenu le club pendant mon absence. Nous n'en serions pas là, ce soir, sans vous. Alors, à la vôtre. Et à The Yard !

Ash et Essie lui rendirent la politesse, non sans échanger un coup d'œil furtif. Ash surprit une ombre dans le regard d'Essie, sans doute identique à ce qu'elle dut voir dans le sien : l'ombre de la culpabilité. Merde…

D'où venaient toutes ces émotions nouvelles et dangereuses qui l'étouffaient ? Entre ça et le désastre potentiel qui les attendait tous, lui, Essie et Ben, si toute cette histoire se finissait mal, il était temps d'agir en homme. En mettant fin à sa liaison ce soir, posément.

Le club est ouvert, maintenant… On pourrait s'arrêter là et rester amis, qu'est-ce que tu en dis ?

Le champagne eut soudain un goût amer dans

sa bouche et il serra le poing sous la table pour se maîtriser.

— Essie, lança Ben et lui tendant le cadeau. Je voulais te donner ça. Merci d'avoir répondu présent quand j'ai eu besoin de toi.

Il la regardait d'un air reconnaissant, alors qu'Essie, elle, le dévisageait comme s'il avait plongé dans un immeuble en flammes, tout seul, pour lui sauver la vie. D'un seul coup, Ash fut dévoré par une envie folle de la voir tourner ce regard vers lui — et tant pis pour les conséquences !

— Quand j'étais petit, j'ai toujours voulu un frère ou une sœur, expliqua Ben, visiblement ému. Je suis content que ce soit toi.

Essie prit le paquet, les mains tremblantes. Alors qu'elle se débattait avec le papier et les rubans, une force invisible poussa Ash à poser la main sur son genou, sous la table, pour lui montrer son soutien. Ce lien naissant avec son frère illuminait l'âme d'Essie et soignait peu à peu les blessures que son père, égoïste et superficiel, lui avait infligées. Décidément, son père et son abruti d'ex s'étaient donné du mal pour briser sa confiance en elle-même. Mais Ash avait sous-estimé son besoin de faire partie de la vie de Ben. D'avoir une vraie famille. Une place. Elle méritait tout ça.

Lui-même avait grandi entouré par sa famille. Jusque très récemment, il avait même travaillé avec eux, chaque jour. Ses sœurs étaient encore, et resteraient toujours, une partie importante de son existence. À quoi cela ressemblait-il de ne jamais savoir quand l'un de ses parents allait passer à la maison ? De se demander sans cesse si son anniversaire serait différent, pour une fois ? De ne jamais avoir l'impression de mériter le temps et l'affection de son père, alors que c'était l'un des premiers rôles d'un parent, aux yeux d'Ash. Bien sûr, il avait aussi eu sa dose en termes de père indigne… Mais, au moins, il avait grandi en sachant qu'il comptait aux yeux de ses deux parents.

Il serra un peu plus le genou d'Essie. La prochaine fois qu'il verrait Frank Newbold…

Essie lui lança un petit sourire de reconnaissance avant de déchirer enfin l'emballage du cadeau et de le regarder, émerveillée. Ash s'efforça de se détendre. Il n'avait pas à s'occuper d'elle. Ce qu'ils partageaient, c'était un jeu, rien de plus.

Essie tenait une photo encadrée de Ben et elle devant la façade de The Yard, les bras passés autour des épaules et le visage illuminé du même sourire ravi.

Elle laissa ses larmes couler sur ses joues et se pendit au cou de son frère.

Ash se figea, le souffle court. En un instant, il se sentit relégué au rang de voyeur, d'étranger dans cette relation fraternelle naissante qui ne le concernait pas. Mais il était incapable de détourner les yeux ou de s'en aller. Une part de son esprit l'obligeait à regarder ce que son égoïsme mettait en danger. Essie et Ben se levèrent pour s'enlacer. Elle tourna la tête, la joue appuyée contre le torse de Ben.

Jusque-là, Ash avait réellement pensé que leur désir se serait éteint, depuis le temps. Que l'alchimie qui les réunissait se serait dissipée.

Mais, au contraire, ses sentiments ne faisaient que devenir plus intenses, jour après jour. Parce qu'il connaissait Essie, maintenant. Il comprenait son sens de l'humour si particulier. Il était capable de rire quand elle sortait des phrases anglaises et bizarres, et lorsqu'elle tentait de les traduire pour qu'il les comprenne, lui, l'Américain. Il avait envie de continuer à répondre à son désir enthousiaste, quasi insatiable, qui grandissait jour après jour.

Et pourtant, il connaissait le prix de la trahison et du mensonge — surtout venant d'un membre de la famille, à qui l'on devrait pouvoir confier sa vie — et il savait quels dommages cela pouvait causer. Il connaissait aussi le passé d'Essie, qui l'avait poussée à tant investir dans sa relation avec Ben. Il avait peut-être enfreint sa règle d'or avec elle, mais sa détermination restait aussi forte que jamais. Il ne pouvait pas, ne voulait pas lui offrir plus que ce qu'ils avaient déjà. Une question demeurait, cependant : était-il prêt à la laisser partir ?

Il ne pouvait pas être l'homme dont elle avait besoin. Par égard pour elle et pour son meilleur ami, il devait la quitter. Maintenant. Avant que son égoïsme ne le pousse à faire de vraies bêtises.

D'un seul coup, son sang se figea. Alors qu'il réfléchissait à une excuse pour laisser Ben et Essie seuls, il entendit des voix familières résonner dans l'escalier. Il se retourna juste à temps pour voir sa sœur, Harley, et les autres arriver. *Super timing.* Il avait complètement oublié qu'ils avaient prévu de venir pour l'inauguration. Il avait été trop occupé à se perdre en Essie, depuis une semaine…

Harley se jeta dans ses bras avec un petit cri excité et il la souleva de terre pour l'embrasser. Elle avait atterri le jour même avec son fiancé, Jack, qui partageait son temps entre l'Europe et New York.

Ash serra sa sœur plus fort que d'habitude, ce qui lui valut un regard surpris quand il la relâcha. Elle, au moins, ne lui en voulait pas du rôle qu'il avait joué dans la séparation de ses parents : Hal lui avait fait du mal à elle aussi.

— Tu es magnifique, murmura Ash en l'embrassant sur les deux joues.

Il s'obligea à lâcher ses épaules pour serrer la main de Jack, puis de l'ami de Jack venu aussi avec sa fiancée, Libby. Il fit les présentations rapidement et tout le petit groupe s'assit autour de la table. Un serveur apparut très vite avec d'autres verres et une seconde bouteille de champagne.

Essie, Libby et Harley se mirent tout de suite à discuter et à rire, tandis que les garçons se plongeaient dans un débat concernant les résultats à venir d'une équipe de football anglaise dont Ash ne savait rien. Il sirota son verre en silence, de plus en plus mal à l'aise, regardant depuis l'extérieur ce qui se passait. De toute manière, il avait eu bien assez d'émotions pour ce soir — pour l'année entière, même ! Hélas, ça n'empêcha pas des pensées parasites de venir le hanter.

Imposteur.

Étranger.

Usurpateur.

Il manqua soudain de s'étouffer avec son champagne. Ça faisait si longtemps qu'il s'était juré de ne jamais désirer ce que sa sœur et l'ami de Jack avaient. Alors, pourquoi avait-il la chair de poule chaque fois que l'un des deux couples échangeait un regard, un sourire, un petit geste furtif et tendre ? Parce qu'il savait qu'il arnaquait Essie, d'une certaine manière, comme tous les hommes qu'elle avait connus.

Il la regarda discrètement. La boisson avait fait rosir ses joues et la rendait plus belle encore. Elle participait pleinement à la conversation avec les deux autres femmes qui, d'après ce qu'Ash avait compris, étaient devenues très proches, ces derniers mois. Néanmoins, elle trouvait aussi le temps de lui jeter de petits coups d'œil expressifs, comme un langage secret que lui seul pouvait saisir.

Elle était heureuse.

Le malaise d'Ash s'apaisa un peu. Peut-être réfléchissait-il trop à tout ça. Elle ne lui avait jamais dit qu'elle voulait autre chose que du sexe, avec lui. Autre chose que leurs nuits fiévreuses et passionnées. Ce soir, il n'avait qu'à se laisser porter par le courant. Fêter le succès de Ben et d'Essie. Profiter de la présence de sa sœur et de ses nouveaux amis.

Lorsque Essie leva à nouveau les yeux vers lui, il lui rendit son sourire et se débarrassa de ses scrupules. Un court silence se fit autour de la table, et Harley s'éclaircit la voix.

— Euh… Nous avons quelque chose à vous demander, dit-elle en les regardant tour à tour, finissant sur Jack.

Un frisson glacé traversa Ash et il crispa

inconsciemment les épaules au point de se faire mal. Harley avait l'air bien trop heureuse…

— Nous allons nous marier. Lundi, annonça-t-elle avec un petit rire.

Le choc faillit faire tomber Ash de sa banquette. Se marier ? Mais ils venaient à peine de se remettre ensemble !

— Quoi ? ! s'écria-t-il, l'estomac noué. C'est prévu depuis quand ?

Harley lui sourit, visiblement incapable de contenir sa joie.

— Tout est arrangé. On en a discuté dans la voiture en venant ici.

Elle se pencha vers Jack pour l'embrasser, et tout le monde entreprit de les féliciter chaleureusement.

Bien sûr ! songea Ash. *C'est comme ça que tout le monde organise l'engagement le plus important d'une vie : sur un coup de tête !*

Il n'avait pas envie de jouer les rabat-joie, mais Harley et Jack s'étaient fiancés quelques mois plus tôt… Et ils avaient un lourd passif.

Pire encore : sa sœur n'avait-elle rien appris, ces dernières années ? N'avait-elle tiré aucune conclusion du comportement méprisable de leur père envers leur mère, elle-même, et plus récemment Ash ? Tout ça au nom d'un prétendu amour…

Quand il s'était fiancé avec Maggie, il n'avait pas réfléchi, aveuglé par l'enthousiasme d'un premier amour. On avait bien vu ce que cela avait donné. Cœur brisé. Humiliation. Trahison suprême. Les conséquences de cette erreur pesaient encore sur lui, le façonnaient, le contrôlaient, brisaient son équilibre mental précaire. L'empêchaient d'accueillir quelqu'un d'autre dans sa vie.

Il pensait avoir enfin tourné la page depuis quelques années, mais à présent, après tout ce temps, il se rendait compte que cette histoire le touchait de trop près. C'était le mensonge qui avait laissé les marques les plus profondes en lui. Quand il avait découvert que Hal avait été le véritable amant de Maggie et qu'il l'avait caché à son fils, à tout le monde, longtemps après la fin de leur aventure, il avait su qu'il ne pourrait plus jamais avoir la moindre relation avec lui — professionnelle ou familiale… Toute la vie qu'Ash avait pensé avoir était devenue inenvisageable en un instant.

Son estomac se noua. Il ne supportait plus de voir son père, et encore moins de travailler avec lui…

— Et New York ? demanda-t-il soudain. Maman ? Hannah ?

Harley n'allait tout de même pas se marier sans sa sœur jumelle ! Et Hal ? Est-ce qu'il allait venir pour la cérémonie ? Ash ne pourrait même pas se résoudre à être dans la même pièce que lui. Pas encore. Sa blessure était beaucoup trop fraîche.

Sa sœur avait-elle pensé au divorce avant de prendre sa décision ? Aux infidélités et aux mensonges ? Il n'avait pas exagéré quand il avait parlé à Essie des statistiques de divorce. Et il en avait assez vu dans sa carrière — contrats de mariage inévitables, disputes amères et prolongées lors du partage des biens, le prix émotionnel et financier d'un engagement qui avait semblé une si bonne idée au départ — pour se méfier… Sans compter ses préjugés personnels.

— Maman et Hannah arrivent demain, répondit Harley. Nous ne voulons pas de grande fête, juste une cérémonie très simple. Alex a dit qu'on pourrait faire ça sur son domaine de l'Oxfordshire. C'est exactement ce que nous voulions.

Elle serra la main de Jack entre les siennes, faisant passer un message silencieux entre eux.

— Nous fêterons ça avec nos deux familles séparément.

Ash comprit immédiatement. Leur père et les parents de Jack ne pourraient jamais assister à la même soirée ; pas après avoir découvert que le désaccord historique entre les deux vieux amis venait d'une aventure de Hal avec la mère de Jack. Son père n'était vraiment qu'un salopard égoïste ! Ash avait toujours su qu'il était arrogant et manipulateur, mais ce n'est que récemment qu'il avait constaté à quel point il manquait d'humanité. Infidèle un jour, infidèle toujours.

N'était-ce pas une raison suffisante pour que Harley et Jack se montrent prudents ? Pour qu'ils prennent le temps d'apprendre à se connaître avant de se précipiter à l'autel ? D'ailleurs, pourquoi devaient-ils à tout prix se marier ? Pourquoi ne pas se contenter de vivre ensemble ?

Bien sûr, il était ravi de voir sa sœur heureuse, elle qui avait tant souffert de sa dyslexie en grandissant. Mais pouvait-il supporter de la voir traverser la pire épreuve de sa vie si Jack et elle s'étaient trompés ? Son fiancé paraissait fou d'elle, mais on ne peut jamais savoir ce qu'une personne cache. Tout le monde a une part sombre enfouie quelque part…

Ash regarda, impuissant, Harley inviter Ben et Essie à la cérémonie. S'il ne trouvait pas très vite un moyen de la dissuader, il allait finir par obtenir une place au premier rang, lui aussi. Le moins qu'il pouvait faire était de leur donner quelques conseils juridiques, pour le jour où les choses commenceraient à dégénérer.

9

Ash joua avec la fine mèche de cheveux qui collait encore à son torse moite et s'accrochait à sa barbe de trois jours. Même à 3 heures du matin, après deux orgasmes façon « spécial inauguration », le sommeil le fuyait.

La tête d'Essie, elle, se faisait plus lourde contre son épaule. Avait-elle fini par s'endormir, épuisée ?

— Dis-moi ce qui se passe, Ash, murmura-t-elle d'une voix ensommeillée.

Son souffle caressa doucement sa peau, éveillant davantage ses désirs. Il se crispa instinctivement, mais elle ne bougea pas, alanguie contre lui, l'empêchant de se relever.

— On dit qu'un souci partagé pèse deux fois moins lourd, et c'est vrai, tu sais, reprit-elle en redressant la tête pour le couver d'un regard tendre et compatissant. Je promets de ne pas te juger. Je ne ferai même pas de commentaires. Je veux juste t'écouter.

Elle se pelotonna de nouveau au creux de son

épaule, non sans avoir déposé un petit baiser sur son torse avec un soupir de satisfaction.

Le silence s'étira lentement, tandis qu'Ash hésitait, regrettant de ne pas être aussi courageux et ouvert qu'elle.

Il aurait pu tout nier en bloc.

Il aurait pu l'embrasser et se servir de son charme pour la détourner de sa question.

Il aurait même pu faire semblant de dormir.

Mais il refusait de faire cet affront à son intelligence.

Avec un profond soupir qui souleva la tête d'Essie, il glissa les doigts dans ses cheveux. Les longues mèches soyeuses coulaient sur sa paume, hypnotiques. À moins que ce soit simplement elle…

— Je pense qu'elle se marie trop tôt, murmura-t-il enfin.

Lâche.

Fidèle à sa parole, Essie ne dit rien. Seuls les battements de son cœur, réguliers mais rapides, indiquaient qu'elle était encore réveillée.

— Je ne lui ai pas caché ce que j'en pensais.

Elle acquiesça. Le glissement de ses cheveux sur sa peau était aussi apaisant qu'excitant. C'était un sortilège dangereux qui le poussait à se dévoiler, à s'abandonner à de nouvelles confessions, toujours plus intimes.

— Tu penses sans doute que j'ai le droit de réagir comme ça. Je t'ai parlé de ma fiancée, de la récente séparation de mes parents, et de tout ce que mon métier m'a appris sur le divorce.

Il en faisait tout un plat. N'était-il pas mieux de

dire les choses franchement et de s'en débarrasser comme on arrache un pansement ? Au moins, il souffrirait moins longtemps… Ou bien devait-il garder ses pensées pour lui et se protéger ?

— J'ai découvert que mon père avait été infidèle, et pas uniquement lors de la liaison dont ma mère avait entendu parler.

Essie retint son souffle et son pouls s'accéléra.

— C'est moi qui ai dû lui annoncer la nouvelle. Je ne voulais pas qu'elle l'apprenne par le biais de quelqu'un qui n'aurait pas eu d'affection pour elle.

Essie redressa la tête et ses cheveux filèrent des doigts d'Ash. Elle le dévisagea d'un air profondément compréhensif.

— Ça a dû être terrible pour toi, murmura-t-elle en s'asseyant en tailleur, la couverture ramenée sur elle pour couvrir sa nudité. Comment est-ce que tu as découvert la vérité ?

Ash serra les dents. Il avait tellement envie de fuir, d'échapper à sa honte et au regard d'Essie. Si jamais il avait vu la moindre pitié au fond de ses yeux, il se serait immédiatement enfermé dans la salle de bains. Mais tout ce qu'il lisait dans son expression, c'était une confusion sincère.

— C'est mon père lui-même qui me l'a dit. On a eu un… désaccord. Il n'a pas aimé que j'ose le mettre face à ses responsabilités et il a tout déballé, heureux de m'infliger la vérité d'un seul coup. Ce lâche savait certainement que j'en parlerais à ma mère et que je lui épargnerais cette épreuve.

Il croisa les doigts derrière sa tête sur l'oreiller,

enfin débarrassé du poids qui avait tant pesé sur sa conscience.

— Certaines personnes sont lâches, c'est vrai… Je comprends que tu aies peur pour Harley.

— Je voudrais juste l'empêcher de souffrir. Elle est sur le point de se marier sans notre père ; et notre mère…

Il prit une profonde inspiration et se redressa pour s'asseoir au bord du lit.

— Notre mère ne savait rien de cette nouvelle infidélité avant que je lui en parle.

Il ravala son amertume.

— Au final, ça a été la goutte d'eau pour elle, lâcha-t-il avant de se lever pour se diriger vers la salle de bains. Du coup, tu comprends mes inquiétudes concernant cet… heureux événement ?

Essie se mordillait la lèvre en le dévisageant.

Dis-lui. Dis-lui tout.

Il recula, effrayé ; et elle eut le bon sens de lui laisser un peu d'espace.

Il passa sous la douche, laissant l'eau chaude laver les vagues de tristesse qui l'avaient traversé. Lui aussi était lâche. Il taisait sa véritable douleur et se persuadait qu'il avait raison de ne faire confiance à personne.

Et il portait toujours le poids de sa culpabilité, de son mépris de lui-même. Essie avait eu tort : ses soucis ne s'étaient pas allégés d'un pouce !

Comme il s'y était attendu, elle le rejoignit. Elle tint sa promesse et lui offrit un peu de réconfort silencieux, juste par sa présence. Ses caresses, d'abord intimidées — comme si elle n'était pas certaine de sa réaction —, se firent plus osées. Elle attrapa le gel douche et en fit couler un peu dans sa paume pour lui frotter tendrement le torse, le ventre et les épaules. Quand elle se glissa derrière lui pour lui savonner le dos, elle déposa un petit baiser entre ses omoplates.

— Je suis vraiment désolée pour tout ce qui t'est arrivé… Est-ce que tu veux que je rentre chez moi ?

Il se retourna et la prit par la taille pour la soulever de terre et l'embrasser.

— Non, répondit-il.

En quelques secondes, leurs baisers doux se firent torrides. La peau humide d'Essie glissait contre la sienne tandis qu'elle gémissait dans ses bras, collée à lui, agrippée à ses bras. Finalement, elle s'écarta un peu, les doigts toujours pris dans ses cheveux.

— J'ai envie de toi, murmura-t-elle.

Ash avait suffisamment repris ses esprits pour réagir au quart de tour. Il ferma le robinet, prit Essie dans ses bras et l'entraîna hors de la douche. En quelques pas, il atteignit le lit où il la posa, encore dégoulinante d'eau. Il s'agenouilla ensuite entre ses cuisses ouvertes.

Sa bouche trouva immédiatement son sexe, au parfum propre et si sensuel — si *Essie*. Il entreprit de la faire gémir et soupirer, de plus en plus fort, jusqu'à ce qu'elle soit sur le point de jouir. Alors, vivement, il s'écarta et enfila un préservatif.

Quand il la pénétra, elle lui saisit la nuque pour l'attirer à elle. Ses grands yeux bleus brûlants le dévisagèrent en silence.

Ils atteignirent l'orgasme ensemble, les yeux

dans les yeux, criant de plaisir dans la chambre. En un éclair, les limites fragiles qu'ils s'étaient fixées depuis le début se brisèrent en mille morceaux.

Quitter Londres pour une escapade romantique lors d'un mariage célébré dans l'un des domaines privés les plus luxueux d'Angleterre — avec cave à vin et hôtel — était aussi surréaliste que de s'envoler à Paris uniquement pour visiter une boîte de nuit. Essie, excitée comme une enfant, se détendit sur la banquette de cuir de la Mercedes d'Ash, et fit de son mieux pour ne pas baver en le voyant conduire cette voiture de luxe avec l'aisance de l'habitude.

Il gérait toute sa vie avec cette tranquillité masculine… De la même manière qu'il savait lui donner du plaisir chaque fois qu'il la touchait.

Installé à côté d'elle, il restait particulièrement silencieux. Elle aurait voulu penser que c'était parce que les routes ne lui étaient pas familières ; mais, après ses confidences nocturnes, elle ne se faisait pas d'illusions. Ce qui aurait dû être une joyeuse réunion de famille risquait de se transformer très vite en tornade émotionnelle. Après tout, Essie n'avait pas le monopole des dysfonctionnements familiaux.

Elle gigota sur son siège, incapable de rester calme.

Le fait qu'Ash se soit enfin confié à elle, samedi soir, la réchauffait comme un doux cocon. Elle aurait aimé pouvoir le rassurer au sujet de cette journée, lui dire que sa douleur, née de l'abandon de sa fiancée, allait se dissiper. Que sa mère ne lui en voulait sans doute pas d'être intervenu. Que sa sœur était sur le point de vivre sa vie avec un homme qui *n'était pas* Hal Jacob.

Regrettait-il ses aveux intimes ? Tant d'hommes hésitaient à exprimer leurs émotions… Elle devait lui laisser du temps ; il avait déjà bien assez à faire avec ses drames familiaux.

Après une bonne grasse matinée, elle avait quitté l'appartement d'Ash dimanche matin pour s'occuper de quelques affaires basiques : faire un peu de lessive, payer ses factures et voir sa colocataire. Bien entendu, elle en avait aussi profité pour poster un nouvel article sur son blog : « Il y a de l'amour dans l'air — c'est contagieux ? » Après tout, n'était-ce pas la saison des mariages ?

Elle jeta soudain un petit coup d'œil à Ash, se sentant un peu coupable.

Son blog continuait à attirer de nouveaux abonnés, et les publicités pour des ouvrages reconnus sur les relations qu'elle avait ajoutées à sa page d'accueil lui apportaient de nombreux clics. Les gens ne se lassaient pas de l'Avocat Sexy, à en croire leurs commentaires. Cependant, elle ne l'avait pas mentionné, dernièrement : la douleur d'Ash était réelle, ce n'était pas une distraction.

Au début, écrire sur son attirance enivrante pour Ash et ses dons extraordinaires au lit avait été un moyen de contrôler l'impact que cet homme avait sur sa vie. Ça l'avait aidée à rationaliser le fait qu'elle ait été, pour la première fois de son existence, partie prenante d'une relation saine, équilibrée, fondée sur des galipettes spectaculaires. Mais à présent… Un frisson la traversa. Chaque mention sur les réseaux sociaux, chaque nouvel abonné, chaque demande d'articles sur l'Avocat Sexy venait torturer sa conscience.

Devait-elle tout lui avouer ? Lui expliquer pourquoi elle avait fait une chose aussi inconsciente et maladroite ?

Non. De toute façon, elle n'avait jamais cité personne en ligne. Ash ne pourrait jamais deviner qu'il était l'Avocat Sexy. Il ne lirait jamais son blog. Et puis, leur histoire ne durerait pas toujours. Ash finirait par aller de l'avant et elle profiterait de cette expérience pour renforcer sa confiance en elle et en ce qu'elle avait à dire.

Car elle n'était plus Essie l'Opprimée, l'Ignorée, la Gênante… Elle était plongée dans une histoire merveilleuse, respectueuse et mutuellement satisfaisante… avec un homme incroyable !

Du côté de sa relation naissante avec Ben, tout allait également très bien. Depuis l'inauguration du club, Essie repensait sans cesse à son cadeau si attentionné. Elle en avait même pleuré, samedi soir.

« J'ai toujours voulu un frère ou une sœur… Je suis content que ce soit toi. »

Sa déclaration émouvante, sincère, avait su apaiser bon nombre des douleurs passées et de l'humiliation que son père lui avait infligées. Ben la respectait, lui. Il commençait à lui ménager une place dans sa vie, comme le prouvait l'invitation qu'elle avait reçue pour ce mariage.

Ash sortit de l'A40 à Oxford et s'engagea au cœur de la campagne vert et or. Le soleil brillait sur les champs d'orge, emplissant Essie d'un profond contentement comme elle en avait rarement connu pendant sa vie d'adulte. Elle allait passer du temps avec son frère et ses amis. Elle était enfin accueillie au sein de son cercle social.

En égale.

Reconnue.

Importante.

— Qu'est-ce que tu penses de notre campagne anglaise ? demanda-t-elle soudain.

Ash ne voulait pas reparler de la soirée de samedi, certes, ni du mariage ; mais ça ne les condamnait pas pour autant au silence.

— C'est très joli.

— New York ne te manque pas ?

Bien sûr, après ce qu'il lui avait dit, elle comprenait très bien qu'il ne veuille plus travailler avec son père dans l'entreprise familiale… Mais pourquoi avait-il choisi de s'installer à Londres, loin de tout ce qui avait fait sa vie ?

Il haussa les épaules d'un air détaché.

— Les Jacob sont toujours en bonne place dans les journaux d'affaires et les magazines à scandale.

Il avait répondu sans détacher ses regards de la route, les lèvres pincées. Essie, elle, sentit un malaise l'étreindre peu à peu, l'empêchant de respirer correctement.

— Ma… dispute avec mon père a eu lieu au milieu des bureaux de Jacob Holdings. Quelqu'un a pris des photos et, en un éclair, cette affaire honteuse s'est retrouvée sur Internet. Comme si les drames familiaux des uns étaient le divertissement préféré des autres.

Essie serra les dents. Il avait donc quitté New York pour fuir sa vie personnelle tandis que le divorce de ses parents était transformé en soap opéra sur la Toile ?

Dans un reniflement sec, il redressa le menton, toujours aussi crispé sur son volant.

— C'était ma faute, reprit-il. J'ai fait du mal à ma mère. J'aurais dû parler à Hal en privé. Quand il a avoué son… aventure, j'ai réagi sans réfléchir et j'ai blessé ma mère. Je l'ai humiliée.

— Ce n'était pas ta faute, répondit-elle d'une voix brisée par l'émotion.

Mais Ash secoua obstinément la tête.

— C'est une chose d'être trahi par quelqu'un censé t'aimer, mais c'en est une autre de voir ce désastre rendu public, d'être jugé par tout le monde, d'entendre les commentaires qu'on murmure dans ton dos…

Essie sentit un vertige monter en elle. Comment pouvait-elle lui avouer qu'elle s'était servie de ses prouesses sexuelles exceptionnelles pour nourrir son blog ? En pauvre fille assoiffée d'affection, elle avait ignoré ses propres principes pour goûter au succès — pour être enfin prise au sérieux.

Ils étaient profondément engagés dans la campagne de l'Oxfordshire, à présent. Essie regardait défiler les haies et les prés sans en voir la beauté, trop bouleversée pour réagir. Pourquoi avait-elle été aussi impulsive ? Aussi irresponsable ? Non seulement elle avait traité cet homme qu'elle apprenait à connaître et à apprécier comme un… un objet ; mais encore elle était certaine que, s'il l'apprenait, Ash lui intenterait un procès capable de briser son cher blog et sa future carrière de psychologue clinicienne.

Devait-elle lui parler tout de suite de l'Avocat Sexy ?

Il la haïrait. Il la quitterait tout de suite.

Et si sa confession maladroite gâchait le mariage ? Harley méritait que ce jour soit le plus beau de sa vie. Et sa mère venait en Angleterre exprès…

Bonjour ! Je m'appelle Essie et j'ai couché avec votre fils pour pimenter ma carrière en ligne !

Et si elle perdait Ben, en même temps qu'Ash ? Elle ne pourrait s'en prendre qu'à elle-même.

Les kilomètres défilaient dans le silence. Tous deux étaient profondément plongés dans leurs pensées et Essie se fit une promesse. Le retour de bâton qu'elle méritait amplement était sur le point de lui tomber dessus. Tout ce qu'elle avait à faire, c'était de choisir le bon moment pour expliquer à cet homme exceptionnel pourquoi elle avait fait ce qu'elle avait fait.

Et ne pas gâcher la pièce montée !

10

Après tout ça, Ash estimait qu'il méritait au moins une médaille… Il venait de passer tout l'après-midi et toute la soirée avec un faux sourire placardé sur le visage, avait conduit sa sœur jusqu'à l'autel et avait gardé ses pensées pour lui au lieu de traîner Harley à l'écart pour la supplier de réfléchir un peu à ce projet impulsif… Bien sûr, la cérémonie tenue sous une tonnelle chargée de roses avait été touchante. Et Harley avait l'air si heureuse qu'Ash lui-même avait senti sa gorge se nouer — surtout quand il avait jeté un petit coup d'œil en coin à une Essie splendide, aux yeux humides et attendris.

D'ailleurs, il savait très bien que ses sentiments ne concernaient que *lui*. C'étaient ses problèmes. Rien à voir avec Harley et Jack, qui avaient organisé le mariage qu'ils voulaient : intime, plein de rires, dans un décor de rêve.

Mais Ash n'arrivait pas à se débarrasser de ses démons.

Sa mère aussi était magnifique, mais son visage restait pâle, ses traits tirés. Elle avait perdu du poids, ces dernières semaines, depuis qu'Ash avait quitté New York. Ça ne devait pas être facile d'être seule ici au mariage de sa fille, et ses efforts pour rester de marbre ne trompaient personne. Ash l'avait laissée seule, là-bas, face au marasme de son mariage détruit… Face à la curiosité malsaine du public et à la honte…

Après un passage aux toilettes, il retourna sur la terrasse d'où l'on voyait les vignobles sur une colline. Il laissa ses regards se perdre au loin et prit une profonde inspiration dans l'espoir de reprendre enfin le contrôle de ses émotions.

Cette fichue histoire de mariage l'avait à nouveau bouleversé… Pas parce qu'il s'accrochait encore à une ex qui ne méritait pas son attention, mais parce que les questions délicates d'Essie et ses propres confessions de ces derniers jours avaient éveillé un besoin de comparaison — entre l'homme qu'il était alors et celui qu'il devenait —, et les conclusions qu'il en avait tiré devenaient de plus en plus dures à ignorer.

Il avait eu du mal à répondre aux questions d'Essie sur l'amour parce qu'il aurait été obligé de lui avouer, en toute sincérité, qu'il n'aimait probablement pas sa fiancée. Pas comme il l'aurait dû, en tout cas. Pas de la manière dont Essie avait décrit l'amour, avec toutes ses anecdotes et ses preuves scientifiques. Pas étonnant que son ex soit allée voir ailleurs !

Et ce n'était pas la perte de cet amour imaginaire qui lui avait fait si mal. Ça n'avait même pas été les mensonges, les tromperies… Ce qui l'avait le plus blessé, c'était de constater qu'il avait donné le contrôle de son bonheur à une personne qui ne le méritait pas. Il s'était alors refermé sur lui-même longtemps après Maggie, convaincu du pire ; et il ne voulait plus jamais ressentir ça.

Tout ce qu'il avait fait, ces dernières années, c'était de vivre à moitié et de blesser les autres à force de se détester. Blesser sa mère, surtout.

Était-il seulement capable de ressentir le genre d'amour qu'Essie lui avait décrit ? Il était bien le fils de son père, au fond. Aussi implacable, égoïste, et incapable de mener à bien une relation honnête et riche. La génétique, ce n'était pas évident. Pourtant, s'il refusait systématiquement toutes les chances qui s'offraient à lui, comment pourrait-il se connaître vraiment ?

Essie.

Essie était ouverte, sincère et généreuse. Beaucoup trop bien pour lui et ses problèmes, ses règles figées, son armure impénétrable.

Animé par un feu nouveau, il repartit en direction de la fête. Il avait laissé Essie seule beaucoup trop longtemps. Bien sûr, il ne pouvait pas se laisser aller à trop d'intimité en présence de Ben ; mais son ami et lui avaient déjà passé le début de soirée à entraîner leurs sœurs célibataires respectives sur la piste de danse.

Il se glissa donc dans le jardin d'hiver où avait lieu la soirée, et chercha la jeune femme des yeux. Ses caresses étaient la seule chose capable d'apaiser son esprit agité. Ça, et son sourire lumineux, ses rires coquins. Même ses anecdotes…

Il avait besoin ses regards sur lui, de sentir l'alchimie sensuelle qui les reliait. Il avait besoin de son humour léger et de sa logique fantaisiste. De sa féminité gracieuse, de sa détermination inébranlable et de son grand cœur.

Il finit par la voir de l'autre côté de la piste de danse improvisée, en train de parler avec Ben. Les jeunes mariés dansaient un slow sous les lumières scintillantes, accompagnés par Alex et Libby.

Ben vit rapidement Ash approcher et lui fit un petit signe de tête avant d'embrasser Essie sur la joue et de partir vers le hall de l'hôtel.

Elle resta là, avec sa peau de porcelaine qui paraissait encore plus claire sous les lumières colorées. Ses yeux qui le dévoraient, exposant tous ses secrets et toutes ses faiblesses.

— Tu vas bien ? lui demanda-t-elle en jetant un coup d'œil à la piste de danse avant de le regarder de nouveau.

Abandonnant toute prudence, Ash glissa une main sur sa hanche. Ne pas pouvoir la toucher comme il le voulait était une torture ; tout comme laisser Harley la présenter à leur mère comme « la petite sœur de Ben ». Il se mit soudain à haïr ce passé dont il ne pouvait se séparer et les atermoiements qui avaient assombri ces grands yeux levés vers lui.

— Oui, tout va bien, répondit-il. Tu passes une bonne soirée ?

Elle acquiesça. Sa main effleura les doigts d'Ash pendant un instant.

— Tu n'as pas l'air dans ton assiette…

Il était incapable de la tromper.

— Je m'inquiète au sujet de ma mère. Elle a perdu du poids, et je me sens responsable.

Il la guida jusqu'à une chaise et s'assit en face d'elle. Son petit froncement de sourcils et ses regards graves lui brisaient le cœur. Il n'aurait pas dû lui parler de tout ça. Il aurait dû lui permettre de profiter de la fête au lieu de l'entraîner dans ses apitoiements…

Il prit ses mains dans les siennes, se maudissant d'avoir encore une fois été si stupide.

— Est-ce que tu lui as parlé ? demanda-t-elle. Je suis certaine qu'elle ne te tient pas pour responsable de cette histoire.

— Non, je le sais, mais ce n'est jamais agréable d'être le messager du destin… Jamais je ne pourrai me racheter, ou effacer sa douleur.

— Mais tu avais raison : mieux valait qu'elle l'apprenne de toi plutôt que des autres, répliqua-t-elle avant de détourner le regard, soudain plus pâle. Je me sens coupable, tu sais… À propos de Ben.

Elle se mordilla la lèvre, les mains crispées sur ses genoux.

— Ne me regarde pas comme ça, Ash !

Ne sachant plus vraiment quoi penser, quoi ressentir ou ce qui le poussait à parler, il murmura :

— Te regarder comment ?

Qu'éprouvait-il réellement, à cet aveu ?

— Comme si tu t'attendais à ce que Ben débarque avec un fusil pour te traîner à l'autel avec le canon pointé dans ton dos.

Elle était beaucoup trop perspicace. Elle le comprenait trop bien.

— Je…

Est-ce que l'époque de leur romance secrète touchait à sa fin ? Était-ce l'inévitable conclusion de cette aventure ? Les yeux limpides d'Essie le contemplaient gravement. Il aurait voulu la serrer dans ses bras, l'emporter loin de cet endroit et l'embrasser jusqu'à ce qu'elle le regarde comme elle l'avait fait samedi soir, après leur douche.

— Pourquoi est-ce qu'on n'attendrait pas notre retour à Londres pour en parler ?

Il était temps qu'il prenne son courage à deux mains, qu'il avoue tout à Ben. C'était sa responsabilité. Il n'avait pas réussi à garder ses distances avec Essie, en dépit de ses règles si pathétiques… Peut-être que s'il mettait fin à leur histoire maintenant, il aurait le cran d'aller voir son ami pour lui dire honnêtement : « C'est arrivé, mais c'est fini. »

À cette pensée, son estomac se noua et ses yeux devinrent presque humides.

Comment pourrait-il supporter de redevenir simplement un ami, une connaissance d'Essie ? Il se sentit soudain encore plus mal que lorsqu'il avait conduit sa sœur à l'autel, cet après-midi, tout en revoyant mentalement tous les dossiers de divorce qu'il connaissait…

Mais Essie avait besoin d'un vrai lien avec son frère. Il ne pouvait pas se permettre de gâcher ça.

Elle jeta un coup d'œil par-dessus l'épaule d'Ash. Plus loin, Harley, Hannah et Jack étaient rassemblés autour d'un téléphone, pliés de rire — sans doute à cause d'un selfie atroce.

— Tu as une super famille, soupira-t-elle. À part ma mère, je n'ai que Ben…

Ash sentit son cœur se serrer davantage. S'il parlait d'eux à Ben, les relations entre le frère et la sœur risquaient de changer radicalement. Ça surpasserait les conséquences auxquelles il s'était préparé. Mais, pour être honnête, il avait déjà dépassé les bornes depuis plusieurs semaines.

Bats-toi pour elle !

Quoi ? D'où est-ce que ça venait ?

Essie paraissait plus fatiguée que jamais. Ash avait clairement sous-estimé le poids de tout ça, pour elle ; à moins qu'il l'ait ignoré, par pur désir égoïste. Il lui caressa doucement la joue.

— Pourquoi est-ce que tu ne montes pas dans ta chambre ? suggéra-t-il. Prends un bain. De toute manière, la soirée est presque finie. Il n'y a plus qu'eux qui tiennent encore debout.

Il indiqua d'un signe de tête ses deux sœurs, un peu ivres, qui avaient pris le pauvre Jack en sandwich pour danser un dernier slow.

Essie acquiesça, les yeux vides baissés sur leurs mains jointes, sous la table. Puis, dans un dernier effort, elle se secoua et retrouva son sourire en regardant les jumelles dans leur grand numéro de charme.

— Tiens, tu savais que tenir la main de la personne qu'on aime peut suffire à alléger la peur, la douleur, et à supprimer le stress ? C'est grâce à l'ocytocine libérée par le cerveau.

Il acquiesça, la gorge si nouée qu'il dut détendre son nœud de cravate.

— Je le dirai aux jeunes mariés.

Elle se leva et jeta un dernier coup d'œil à la piste de danse.

— Je crois qu'ils le savent déjà, murmura-t-elle avec le sourire le plus triste qu'Ash ait jamais vu.

Au moment où elle allait tourner les talons, il la prit par le bras.

— Ne t'inquiète pas pour Ben.

Elle secoua la tête et répondit :

— Ne t'inquiète pas pour ta mère.

Puis elle le laissa là, perdu au milieu de cet imbroglio infernal qu'il avait créé.

Ash frappa doucement à la porte de la chambre d'Essie, non sans surveiller attentivement le couloir. S'il croisait quelqu'un, il n'aurait aucune excuse à fournir pour expliquer sa présence ici, à 1 heure du matin. Tout ce qu'il savait, c'était que rien ni personne n'aurait pu l'empêcher de venir.

Si cette nuit devait être leur dernière avant qu'il avoue tout à Ben, il voulait avoir une chance d'embrasser Essie encore une fois. De la tenir dans ses bras. De voir son visage s'illuminer de plaisir en faisant l'amour. À un moment ou à un autre, à coups d'anecdotes et de sexe débridé, cette femme avait réussi à trouver une place dans son cœur. Tout le passionnait en elle : sa beauté, sa vulnérabilité, sa soif de nouvelles expériences…

La porte s'ouvrit très vite et Essie apparut, vêtue d'un T-shirt trop grand qui dégageait une de ses épaules et dévoilait ses longues jambes laiteuses.

Ash les suivit des yeux, jusqu'au nirvana caché entre ses cuisses. Il n'avait pas le droit de la toucher — il n'en avait jamais eu le droit — et pourtant il avait toujours autant envie d'elle. Son désir restait aussi brûlant que le jour de leur rencontre.

Comment avait-il pu se croire immunisé à son charme ? Il avait été si naïf… et maintenant il était trop tard !

— Laisse-moi entrer, murmura-t-il en faisant de son mieux pour paraître calme en dépit de l'ouragan qui faisait rage en lui et lui coupait le souffle.

Était-il si troublé parce qu'il savait que ce serait sans doute la dernière fois ? Quoi que ce soit, il ne pouvait pas se résoudre à rester à l'écart. Jamais il n'avait ressenti ça avec une autre femme qu'Essie : elle attisait un désir insatiable en lui. Et il allait bientôt devoir trouver un moyen de l'étouffer.

Sauf si tu la gardes.

La garder ? Elle n'était pas un objet. Et elle méritait mieux qu'un salaud cynique et terrifié par les sentiments. Elle méritait de vivre une fin de conte de fées, pas de ramasser les miettes d'un rêve qu'on lui aurait arraché. Son grand amour approuvé par la science… Hélas, Ash n'était pas vraiment qualifié pour lui donner ça.

Tout ce qu'il avait en réserve, c'était ce qu'il lui avait déjà offert depuis le début.

Un bon moment. Une nouvelle expérience.

Pourquoi est-ce que ça sonnait si vide d'un seul coup ? Si creux ? Si pitoyable ?

Elle tint la porte ouverte pour le laisser passer. Dès qu'elle l'eut fermée derrière lui, elle lui fit face.

— Je dois parler à…

Ash l'interrompit en pressant tendrement un doigt sur ses lèvres.

— Je sais de quoi tu as besoin. De quoi nous avons tous les deux besoin.

Il avait déjà décidé de se confier à Ben. Ça faisait bien longtemps qu'il avait perdu le contrôle de sa vie privée et il était hors de question qu'il passe le peu de temps qui lui restait avec Essie à ressasser ses problèmes.

Il n'était peut-être pas l'homme qu'elle méritait, sur le long terme, mais il pouvait encore lui montrer à quel point elle était précieuse. Il pouvait lui faire comprendre ce qu'il ressentait avec elle pour qu'elle retrouve enfin confiance en elle et laisse ses regrets au placard.

Sans essayer de parler, elle acquiesça et le regarda, plus belle que jamais, tandis qu'il l'attirait dans ses bras et l'embrassait. Ses lèvres soyeuses s'entrouvrirent pour lui dans un soupir. Comme toujours, elle savourait ce qu'ils partageaient sans chercher à poser un nom dessus, sans lui demander plus que ce qu'il pouvait lui donner.

Aucun homme ne méritait une femme aussi extraordinaire !

Ash retroussa le bas de son T-shirt et le lui ôta pour s'abandonner à la contemplation de ce magnifique corps nu. Il passa les mains autour de sa taille, la soulevant de terre pour l'allonger sur le lit. Elle s'étala sur lui, le recouvrant des épaules aux cuisses. Nue. Les cheveux défaits. Parfumée et divine.

Ash emplit ses poumons de son odeur et la caressa fiévreusement, tentant de mémoriser toutes les facettes nuancées de cette femme unique. Chaque seconde qui passait voyait leurs baisers devenir plus intenses, plus désespérés. Les gémissements sensuels d'Essie s'élevaient dans le silence et ses mains s'activaient sur son corps. Il le lui rendait d'ailleurs bien.

Finalement, il roula sur le côté pour qu'elle se retrouve allongée sous lui. Elle tira sur sa chemise et il l'aida à l'enlever sans même chercher à la déboutonner.

Ils furent enfin peau contre peau.

Ash souleva l'une des cuisses brûlantes d'Essie pour l'écarter et se glisser entre ses jambes. Il goba son téton rosé et le lécha jusqu'à ce qu'elle se cambre, les doigts dans ses cheveux, laissant libre cours à cette fougue sensuelle qu'il connaissait si bien. Il descendit, laissant derrière lui une piste de baisers sur sa poitrine, son ventre, le creux de ses hanches.

À genoux par terre, il l'attira alors au bord du lit, écarta ses jambes, et dévora du regard ce sexe rose, parfait.

Une dernière fois…

Après avoir embrassé tour à tour l'intérieur de ses cuisses, il effleura son clitoris du bout de la langue.

Elle étouffa un petit cri et ses poings se crispèrent dans les plis des draps.

— Ash…

Le cœur gros, il se redressa et murmura :

— Redis-le. Redis mon nom.

Au fond de lui, une partie de son cœur avait

besoin de l'entendre, de savoir qu'il n'était pas seul dans son désir désespéré. Savoir qu'elle le voyait, lui — et lui seul.

Elle ferma les yeux, le laissait replonger entre ses cuisses.

— Ash…

Lentement, elle répéta son nom encore et encore, comme une incantation, tandis qu'il se concentrait sur son plaisir.

Chaque fois qu'elle murmurait, il serrait un peu plus les doigts sur la chair tendre de ses cuisses, comme s'il avait instinctivement besoin de la marquer de sa présence, de laisser une trace. Chassant bien vite cette idée folle, il écouta les soupirs et les gémissements de plus en plus aigus d'Essie.

Elle n'était pas sienne.

— Oh oui, Ash… J'y suis presque…

Ses cuisses se crispèrent autour de sa tête et il se redressa brusquement. Il voulait être en elle quand elle jouirait, sentir ses muscles se contracter alors qu'elle crierait son nom une dernière fois.

Elle commença par protester mais, quand il ouvrit sa braguette et se débarrassa de son pantalon, elle l'aida. Elle fit descendre son jean le long de ses jambes et lui caressa l'arrière des cuisses.

Ash déchira l'emballage de plastique avec ses dents et enfila le préservatif. Il chassa son pantalon d'un coup de pied puis, attrapant fermement les hanches d'Essie, il la fit glisser au bord du lit pour la pénétrer d'un coup de reins assuré. Son corps s'ouvrit pour lui, chaud et doux — aussi parfait qu'il aurait pu le rêver…

Il resta immobile quelques instants, pour lui laisser le temps de s'adapter à lui, et en profita pour prendre une profonde inspiration dans l'espoir de se libérer du bloc de ciment qui pesait dans sa poitrine. Les yeux plongés dans ceux d'Essie, respirant au même rythme qu'elle, il sentit les battements rapides de son cœur contre le sien.

— Ash, soupira-t-elle, caressant son dos, ses épaules et son torse.

Il prit l'une de ses mains et la serra fort dans la sienne en la pressant contre le matelas, puis il attrapa la deuxième pour faire de même.

Ses caresses délicates, du bout des doigts, et son regard… C'était trop pour lui ! Ça ressemblait trop à une chose à laquelle il avait renoncé pour de bon. Ça lui rappelait amèrement qu'un jour ou l'autre, un petit chanceux recevrait l'amour de cette femme.

Il se mit finalement en mouvement, de plus en plus fort, de plus en plus vite, comme si ça pouvait l'aider à chasser ses démons. À chaque coup de reins, un petit gémissement échappait à Essie — et il se souviendrait de cette voix toute sa vie… Ses grands yeux ne le quittaient pas, comme s'ils le suppliaient. Seulement, c'était lui qui aurait dû être à genoux, pour honorer sa déesse.

Sa poitrine bougeait à chaque coup de reins, appelant ses baisers. Ash avait atteint son point de non-retour, son ultime limite. Il lâcha l'une des mains d'Essie pour soutenir sa cuisse et l'aider à s'appuyer sur sa taille. La maintenant en place ainsi, il la pénétra plus profondément, avec douceur.

— Oui… Ash… C'est…

Elle n'acheva pas sa phrase. L'orgasme la saisit brutalement, elle rejeta la tête en arrière et poussa un long cri, s'agrippant si fort à Ash qu'il faillit fermer les yeux de plaisir. Mais pour rien au monde il n'aurait raté le spectacle de sa jouissance, son beau regard fixé sur lui, sa bouche humide qui laissait s'échapper des soupirs et des murmures inarticulés.

Soudain, l'oxygène lui manqua et un vertige le prit.

— Ash.

Elle lui saisit le visage et l'embrassa avec fougue.

Emporté par le feu qui l'emplissait, il s'écroula sur elle, enfouit le nez dans le creux de son cou et laissa sa fièvre guider ses mouvements. Il ne fut pas doux. Sa barbe risquait d'irriter Essie, mais il avait besoin de s'abandonner au moins une fois à sa passion et à toutes ces émotions qu'il n'osait pas nommer. Il avait besoin d'une minute pour ravaler ce sentiment entêtant dont elle lui avait tant vanté l'existence. Il l'écrasait sans doute sous son poids, mais n'avait pas la force de se redresser. Son corps n'était plus que soupirs et spasmes.

Essie glissa les doigts dans ses cheveux et ses lèvres douces déposèrent de petits baisers sur ses tempes, son oreille, dans le creux de son cou. Le poids qui lui pesait sur le cœur s'allégea quand il parvint enfin à reprendre péniblement son souffle. La sueur le chatouillait et refroidissait sa peau.

Il finit par s'écarter, s'arracher en douceur à cette étreinte langoureuse, et se glissa dans la salle de bains pour se débarrasser de son préservatif. Il n'osa même pas se regarder dans le miroir en se lavant les mains. Il savait déjà ce qu'il y aurait vu… Un imbécile qui avait ignoré sa règle d'or et payait à présent son erreur au prix fort. C'était la seule chose qu'il aurait dû éviter, et il l'avait fait quand même.

Essie était la sœur de son meilleur ami. Une femme merveilleuse qu'il ne pouvait pas avoir et qu'il ne méritait pas. Une femme dont le travail se concentrait sur les relations humaines et l'amour — deux choses dans lesquelles il échouait systématiquement et qu'il avait tenté d'éliminer de sa vie depuis des années. Une femme qui méritait un homme capable de l'aimer à cent dix pour cent. Un homme impliqué. Un homme qui l'adorerait et lui prouverait chaque jour qu'elle était sa priorité absolue.

Et Ash, avec toutes ses blessures, ne pouvait certainement pas être cet homme !

En prenant bien soin de ne pas regarder le miroir, il retourna dans la chambre. Essie était enveloppée dans le drap blanc et déjà profondément endormie.

S'abandonnant à une dernière imprudence, Ash se glissa près d'elle dans le lit et s'endormit à son tour, en la serrant dans ses bras.

11

Ce fut la vibration insistante d'un téléphone qui le réveilla. Ash ouvrit les yeux et découvrit le lit vide, à côté de lui. Un bruit d'eau provenait de la salle de bains : Essie était sous la douche et son corps s'échauffa immédiatement à l'idée de la rejoindre.

Alors qu'il se glissait hors du lit, le téléphone d'Essie vibra de nouveau sur la table de nuit. Il jeta un œil à l'écran et aperçut la série de notifications qui plongeaient l'appareil dans une sorte d'hystérie matinale.

Vous avez cinquante-trois nouveaux commentaires.

Qu'est-ce que… ?

Ash sentit son estomac se nouer. Depuis que son scandale personnel avait été relayé par tous les médias et que les réseaux sociaux s'étaient emparés de l'histoire pour traîner dans la boue l'une des familles les plus influentes de New York, il avait désactivé tous ses profils.

Essie était-elle victime d'un drame similaire ? Non ! De quoi pourrait-elle être la cible ? À moins que ce soit lié à lui…

Peut-être les tabloïdes à scandale avaient-ils entendu parler du mariage précipité d'Harley. Peut-être avaient-ils réussi à mettre la main sur la liste limitée des invités et cherché à obtenir d'Essie un commentaire ou une photo.

Le cœur battant, il effleura l'écran du bout du doigt.

Il n'était pas verrouillé.

Tremblant de tous ses membres, il jeta un coup d'œil au contenu. Dès qu'il se serait assuré que ces notifications n'avaient rien à voir avec l'épopée sordide de la famille Jacob, il arrêterait.

Il ne lui fallut que quelques secondes pour comprendre ce qu'il lisait sur l'écran. Un blog.

Relations et autres expériences scientifiques.

C'était donc ça, son petit secret ! Rien de bien dramatique… Il ne put s'empêcher de sourire en lisant sa prose fluide et pleine d'humour. Sans surprise, son dernier article concernait le romantisme incontournable des mariages et le labyrinthe caché de sentiments qui apparaissait quand deux familles se revoyaient — souvent pour la première fois — après des années de silence.

Deux mots qui revenaient sans cesse dans les commentaires, au bas de l'article, lui sautèrent soudain aux yeux : « Avocat Sexy ».

Quoi que ça puisse être, les fans d'Essie en voulaient plus…

Il n'aurait pas dû fouiller : ça n'apportait jamais rien de bon. Mais une curiosité irrépressible guidait ses doigts et il fit défiler la page à la recherche des articles précédents.

Une photo familière apparut : la roue de Londres, vue depuis St James's Park. La photo qu'il avait prise pour elle le jour de leur rencontre…

À chaque ligne qu'il lisait, il sentait un flot de colère grandir en lui. Il se rendit soudain compte qu'il avait serré les poings et les dents au point de s'en faire mal…

Elle avait écrit sur leur première nuit. Sur leur choc après s'être retrouvés face à face, le lendemain. Sur un dragueur arrogant qui avait su bouleverser sa vie, mais qui avait le quotient émotionnel d'une pierre.

Bien sûr, il paraphrasait, mais une chose restait certaine : *il* était l'Avocat Sexy. Et Essie s'était servie de lui pour fournir un nouveau sujet croustillant à ses délires en ligne. Elle avait exposé ses complexes sur la place publique pour… pour faire rire… pour distraire… pour l'humilier aussi ? pour se moquer de lui dans son dos ?

Pas étonnant que ce fichu téléphone ne la quitte jamais ! Chaque notification, chaque vibration représentait un autre inconnu qui lisait l'histoire de sa vie sexuelle, qui la commentait…

Ash jeta le téléphone sur la table de chevet, l'estomac noué. À chaque inspiration il avait l'impression d'avaler une poignée de lames de rasoir. Elle avait raconté leur aventure sur Internet. Tout le monde l'avait lue et lui n'en avait rien su pendant tout ce temps ! Dire qu'il s'était torturé en pensant à tout le mal que leur liaison risquait de provoquer. Pendant toutes ces semaines, elle s'était fichue de lui… Elle avait ri sous cape… Est-ce que tout le monde était au courant ? Le personnel de The Yard ? Ben ?

Il était brisé, assis au bord du matelas, comme si on venait de lui donner un coup de genou dans les… Il fallait qu'il s'en aille d'ici !

À cet instant, Essie apparut à la porte de la salle de bains. Son grand sourire s'évanouit quand elle croisa son regard. Il se leva en silence pour enfiler son boxer et sa chemise. Il se sentait déjà assez exposé comme ça.

— L'Avocat Sexy ? Vraiment ? Et tu as trouvé ça toute seule ?

Enveloppée dans une serviette, les cheveux humides, elle vacilla, envoûtante mais paralysée sur le seuil. De peur de céder à son trouble, Ash serra les dents et se détourna pour retrouver son jean.

Derrière lui, Essie lâcha un hoquet étranglé.

— Ash, je suis vraiment désolée. Je…

— Tu es *désolée* ? C'est tout ce que tu as à dire ? Tu es pourtant plus éloquente que ça, d'habitude ! À moins que tu réserves tes talents pour le récit glauque de tes « sexploits » ?

Elle s'était avancée, avec un petit cri étouffé, mais Ash l'arrêta d'une main tendue. Si elle le touchait, il risquait de vomir tant sa rage pesait lourd sur son estomac.

— Alors comme ça, tout n'est que distraction pour toi ? lâcha-t-il. Les émotions des gens ? leurs épreuves ? leur… douleur ?

Quel idiot il avait été. Encore une fois. Il lui avait parlé de sa fiancée, de ses parents, de la culpabilité qu'il éprouvait vis-à-vis de sa mère… Allait-il bientôt en lire le compte rendu en ligne ? Une nouvelle expérience scientifique ?

Comment avait-il pu, quelques heures plus tôt à peine, penser qu'il avait des sentiments pour elle ? Il ne la connaissait absolument pas ! Cette nouvelle Essie, manipulatrice et menteuse, elle l'avait bien cachée sous une apparence d'ingénue pétillante et fragile.

— Je ne voulais pas te faire du mal, murmura-t-elle.

Quelle connerie, ces sentiments !

— C'est ce que disent tous les égoïstes qui agissent pour eux et ne pensent aux conséquences que quand on les agite sous leur nez, maugréa-t-il en enfilant son jean rageusement.

Il attrapa son propre téléphone et la clé de sa chambre, qu'il avait laissée sur le bureau.

— Attends ! Je peux t'expliquer…

— Je n'ai rien à faire de tes explications ! Tu t'es servie de moi et tu n'as pas pensé un seul instant à mes sentiments avant de publier ce torchon (il indiqua le téléphone incriminé d'un doigt dégoûté) et de laisser le monde entier le lire.

— Ash…

Elle s'avança encore, étouffant Ash par sa seule présence.

— C'était censé être drôle. Je ne t'ai pas nommé une seule fois.

Il haussa les épaules, s'attendant presque à voir de la fumée lui sortir des narines.

— Est-ce que tu sais pourquoi le drame familial

qui a précédé la séparation de mes parents est devenu une telle rumeur salace, le genre de rumeur que tu trouverais drôle ? demanda-t-il en se campant face à elle, prêt à exploser. Pourquoi tout le monde s'est arraché les détails sordides de cette histoire ? Pourquoi on s'est permis de s'inviter dans notre vie privée… Tout ça au nom d'un divertissement jeté en pâture au public ?

Essie eut au moins le bon goût de pâlir et de ne rien dire, se contentant de secouer la tête en silence.

— Parce que la femme au centre de ma dispute avec Hal, la femme qui a permis à mon père d'insulter une dernière fois ma mère, la maîtresse qu'il a nommée devant tous mes collègues, c'était *mon* ex-fiancée !

Essie ouvrit grand les yeux, bouche bée, et chancela un instant, mais ça n'apporta pas la moindre satisfaction à Ash.

Il rejoignit la porte et, avant de sortir, se tourna une dernière fois vers la femme en qui il avait presque eu confiance. Presque…

Non.

— Alors, excuse-moi si je ne veux pas devenir la risée du monde entier une fois de plus !

La porte claqua dans son dos, lui cachant enfin Essie, toujours sous le choc de sa dernière révélation.

Ash frappa du poing le bouton d'arrêt de son tapis de course, dans la petite salle de gym privée de son appartement, et essuya son front en sueur avec une serviette. Il était rentré de l'Oxfordshire trois heures plus tôt, et s'épuiser sur le tapis était le seul moyen qu'il avait trouvé pour apaiser le feu qui brûlait encore en lui. Même maintenant, après une heure d'efforts, alors que ses jambes affaiblies menaçaient de céder sous lui, il sentait encore la chaleur sous sa peau — étranglée, insoutenable. Parce qu'il avait encore envie de cette femme… Sa trahison aurait pourtant dû le soigner une bonne fois pour toutes.

Quel idiot !

Comment avait-il pu être aussi stupide ? Il s'était laissé aveugler par ce charme anglais, si délicat et pur au premier abord. Et, pendant tout ce temps, elle avait retourné sa plume empoisonnée, son clavier malsain, contre lui.

Bien sûr qu'il avait eu raison de ne pas lui faire confiance ! Il avait déjà connu ça — deux fois. Tout d'abord en croyant les mensonges de son ex qui avait tenté de lui cacher sa liaison avec son propre père, et quand Hal lui avait enfin jeté la vérité au visage pour l'humilier devant tous les employés de Jacob Holdings.

Seulement, cette fois, la douleur était encore plus aiguë ; la plaie, plus profonde. Il avait vraiment cru qu'Essie était différente. Il avait été certain d'avoir retenu la leçon et fait tout son possible pour se protéger.

Eh bien, il lui restait au moins une chose à faire ! Cette fois, il ne se laisserait pas piétiner sans rien dire. Il en avait fini avec tout ça. Avec l'humiliation d'être toujours le dernier à savoir. D'un pas mal assuré, il descendit de son tapis de course et jeta un rapide coup d'œil à son téléphone, qu'il avait mis sur silencieux. Ses doigts brûlaient de le prendre.

Mais il n'y toucherait pas.

Il avait été si près de… ressentir des émotions qui le poussaient à présent à construire des barricades infranchissables pour se protéger ! Oui, il allait plus que jamais avoir besoin d'une armure contre ces sentiments aussi étrangers pour lui — il l'avait compris hier — que ce nouveau pays qu'il avait choisi. Parce que tout ce qu'il avait pu ressentir pour son ex n'était rien comparé au tsunami implacable qui montait en lui. Jamais il n'aurait dû laisser les choses déraper à ce point — avoir de l'affection pour Essie ne faisait sûrement pas partie de son plan.

Soudain, un cri venant du salon le tira de ses pensées.

Ben était là, dans l'encadrement de la porte, le visage hagard et les yeux remplis de questions. Ash savait que l'instant de vérité finirait par arriver, et pourtant il sentit son cœur s'emballer. C'était une chose d'avouer à un ami qu'on avait couché avec sa sœur. Cependant, lui dire qu'on s'était laissé duper, humilier, non par une femme mais par deux…

Sans un mot, Ash alla à la cuisine, suivi par Ben. Il l'invita d'un geste à s'asseoir tandis qu'il sortait deux bières du frigo.

— Qu'est-ce qu'elle t'a dit ? lança-t-il.

Elle va bien ?

Non.

Ce n'était pas le moment de se soucier d'Essie, de s'inquiéter — et encore moins d'aller la voir !

— Elle m'a raconté ce qui s'est passé entre vous.

Elle a dit que c'était fini, répondit Ben en s'affalant sur un des tabourets hauts avant de décapsuler la bière que lui tendait Ash. Qu'est-ce que tu lui as fait ?

Il savait très bien qu'il méritait cette accusation, tout comme il méritait les regards inquisiteurs de son ami. Il n'aurait jamais dû coucher avec elle après la première nuit. Il n'avait aucun argument à fournir — le pire qui puisse arriver à un avocat. Mais Essie n'était pas aussi innocente que ça, elle non plus !

— Je l'ai rencontrée la veille de ton départ pour New York. Je ne savais pas qui elle était, à ce moment-là…

Merde, ça sonnait tellement faux.

Ben le dévisagea un long moment en silence.

— Je sais que Maggie t'a fait du mal et que tu ne t'engages jamais avec personne depuis, reprit-il en serrant sa bouteille à s'en faire blanchir les articulations. Alors, pourquoi as-tu fait marcher Essie comme ça ?

Ash n'avait absolument pas envie de parler de ça maintenant, mais il n'avait plus le choix. Il était au pied du mur.

— On s'amusait, c'est tout, protesta-t-il. Elle disait qu'elle voulait la même chose que moi. Je sais que j'aurais dû t'en parler.

Ben pâlit davantage, les lèvres pincées.

— Et maintenant ? C'est fini pour toi, mais pas pour elle, qui a le cœur brisé ! s'écria-t-il. Je lui ai proposé ce travail parce que je voulais la connaître mieux et réparer le mal que notre père lui a fait.

Elle est gentille, tu sais. Et douce. Et drôle. Elle a tant besoin de l'approbation des autres…

Ash acquiesça en silence. Ça n'avait sans doute pas dû être facile pour Ben d'apprendre qu'il avait une sœur. Une telle révélation, ça vous changeait une vie.

— Je n'étais pas au courant pour ton père… Je suis désolé.

Ben ravala sa colère, visiblement sous le choc.

— Bon sang… Toute sa vie, elle a été maltraitée par les hommes qui étaient censés tenir à elle, l'aimer et la protéger. C'est pour ça qu'une part d'elle se croit indigne de la moindre relation décente, soupira-t-il en buvant une gorgée de bière avant de s'essuyer la bouche d'un revers de la main. Je t'en prie, dis-moi que tu n'as pas profité de ça.

En avait-il profité ? Inconsciemment, Ash avait-il utilisé les peurs et l'insécurité d'Essie pour parvenir à ses fins ? Il savait qu'elle avait eu une relation catastrophique avec son père, mais était-elle en quête de ce que son enfance lui avait refusé ? Avait-elle cherché à trouver cela auprès de lui ?

Aucune importance. Il était trop tard. Tout était fini.

— Si je l'ai fait, c'était sans le vouloir, répondit-il, les dents serrées.

Il avait été très clair avec Essie dès le début. Mais, en apprenant à mieux la connaître, une part de lui savait qu'il lui ferait du mal, un jour ou l'autre. Ce qu'il n'avait pas imaginé, c'est qu'elle le ferait souffrir, elle aussi.

Ben ignora ses excuses, visiblement perdu dans ses propres soucis avec sa sœur.

— Mon père n'était jamais là pour elle. Il nous a cachés, ma mère et moi, jusqu'à ce qu'elle découvre l'étendue de ses mensonges par accident. Merde… Elle méritait bien mieux que Frank.

À ces mots, Ash sentit toute son amertume lui remonter à la gorge.

— Je suis d'accord, dit-il. Mais elle n'est pas innocente dans ce qui s'est passé entre nous.

Il aurait dû se taire, accepter la responsabilité de cette histoire. Mais l'ombre insidieuse du soupçon restait là, dans son esprit.

Ben le dévisagea un instant.

— Qu'est-ce que tu veux dire ?

— Tu étais au courant pour son blog ? demanda Ash, incapable d'étouffer plus longtemps sa colère.

Son ami fronça les sourcils, comme s'il ne comprenait pas.

— Elle m'en a parlé aujourd'hui. Mais qu'est-ce que ça a à voir avec le reste ?

Les mots s'étranglèrent dans la gorge d'Ash.

— Elle a… écrit à notre sujet. À *mon* sujet.

— Et alors ? Elle en a vaguement parlé. Quel est le problème ?

— À l'exception du fait que je n'aime pas lire tous les détails de ma vie sexuelle sur Internet, tu veux dire ?

Ben haussa les épaules, le couvant toujours d'un regard froid.

Finalement, Ash soupira et s'assit à côté de son ami.

— Est-ce que… Est-ce que tu as écouté les potins, pendant ton séjour à New York ?

— Qu'est-ce que ?… Tu sais que ce n'est pas mon genre ! Et puis, quel est le rapport avec Essie ?

De nouveau, les mots eurent du mal à sortir.

— Tu te souviens quand Maggie a… annulé le mariage ?

Ben acquiesça en passant une main nerveuse sur ses joues.

Ash but une gorgée de bière pour se donner un peu de courage.

— Eh bien, son aventure était un alibi. Le type qu'elle a désigné n'avait rien à voir avec ça. Celui avec qui elle a vraiment couché, c'est Hal.

— Conneries ! lâcha Ben.

Ash garda les yeux fermement rivés devant lui. Il n'osait pas croiser le regard de son ami de peur de revivre toute son humiliation. Si ça continuait comme ça, il allait avoir besoin d'une lobotomie pour s'en débarrasser.

— C'est vrai, reprit-il. Je ne le savais pas à l'époque, mais Hal s'est fait un plaisir de me l'annoncer devant tous les employés de Jacob Holdings.

Un long silence s'écoula, uniquement troublé par le bruit des bouteilles de bière qu'on vidait.

— La nouvelle s'est répandue. En un éclair, les feuilles de chou commençaient à spéculer sur l'effondrement du mariage de mes parents, sur ma réputation de play-boy qui risquait d'en prendre un coup et sur les conséquences que l'histoire allait avoir sur les actions en Bourse de l'entreprise.

Finalement, il se tourna vers son ami.

— C'est pour ça que je suis venu à Londres. Je ne pouvais pas retourner travailler pour Hal. Des paparazzis me poursuivaient partout dans la rue et, comme j'étais responsable de ce scandale, c'est moi qui ai dû tout raconter à ma mère avant qu'elle l'apprenne à sa salle de sport ou en faisant ses courses…

Ben secoua la tête d'un air choqué.

— Je ne le savais pas.

— Moi non plus, répliqua amèrement Ash.

— Essie est au courant ?

Il acquiesça.

Nouveau silence, brisé par Ben.

— Elle est vraiment désolée pour ce qu'elle a fait, tu sais. Peut-être que si tu allais lui parler…

Ash secoua fermement la tête. Oui, il lui parlerait — mais pas ce soir.

— Je crois qu'elle est amoureuse de toi.

Non.

Bien sûr, il y avait eu une alchimie étrange entre eux, dès le début… Et oui, il avait baissé sa garde avec elle, aveuglé par son air honnête et le regard frais qu'elle portait sur le monde. Par sa beauté aussi, et sa personnalité si pétillante. Mais ce n'était pas de l'amour.

Ben jeta un rapide coup d'œil à sa montre.

— Il faut que j'aille au club, dit-il.

Ash acquiesça en silence. Après tout ça, qu'allait-il se passer entre Ben et lui ? Survivrait-il à une nouvelle rencontre fortuite avec Essie ? Rencontre inévitable, maintenant qu'elle faisait partie de la vie de son frère…

Arrivé à la porte, Ben se retourna un instant.

— Je suis vraiment désolé, Ash.

— Moi aussi.

Et il se retrouva seul, à nouveau, aussi agité qu'avant.

Essie posa la dernière chaise sur la pile et étira son dos douloureux. Le sous-sol du club avait été réservé pour la soirée : on y avait organisé un défilé de mode et une soirée d'entreprise. Les techniciens devaient passer à la première heure, le lendemain, pour démonter la scène temporaire et les gradins pliants.

Elle n'avait pas envie d'être là, ce soir, avec son sourire scotché sur le visage, jouant son rôle de « je-vais-bien-ne-t'en-fais-pas ». Mais elle avait promis à Ben de fermer le club et, au fond, il valait mieux pour elle qu'elle soit là, au milieu du bruit et de la foule, que toute seule chez elle.

Quand elle était rentrée à Londres avec son frère, dans la journée, elle avait été incapable de lui cacher sa douleur. Il avait réussi sans mal à lui tirer les vers du nez, et seules ses lèvres pincées avaient trahi ses pensées. Il fallait bien le reconnaître : il avait su se montrer attentionné et compréhensif, ce qu'elle ne méritait pas vraiment après avoir blessé Ash. Le poids de la culpabilité l'écrasait…

Après avoir éteint les lumières, elle remonta d'un pas lourd.

Son estomac se nouait toujours autant quand elle se souvenait du regard d'Ash. Que lui avait-elle fait ? Elle l'avait blessé par ses actes irréfléchis. Elle s'était convaincue que malgré le surnom qu'elle lui avait donné, on ne pourrait pas le reconnaître sur son blog et que ça suffirait à le protéger. Mais à présent qu'elle savait ce que son père et son ex lui avaient vraiment fait…

Elle avait trahi sa confiance.

Elle l'avait humilié.

Tout ça parce qu'elle s'était laissé aveugler par ses sentiments. Parce qu'elle avait été émerveillée par leur passion et s'était enivrée du plaisir d'avoir enfin une relation dont elle pouvait se vanter. Et après…

Elle ne pouvait s'en vouloir qu'à elle-même. Si elle avait été honnête avec lui dès le début, si elle avait assumé ses sentiments et dit : « C'est ce que je suis, à prendre ou à laisser », au lieu de garder le silence de peur qu'il la juge, qu'il désapprouve ou qu'il se détourne… Ash, lui, avait été franc avec elle dès le premier jour. Il n'avait jamais prétendu vouloir autre chose que du sexe. C'est *elle* qui avait mal interprété ses regards et ses caresses. *Elle* qui avait vu et senti une chose qui n'existait pas. Pas chez lui, en tout cas.

Elle connaissait pourtant la chanson. Elle avait appris depuis longtemps déjà que les gens ne font pas ce qu'ils disent ; ils font ce qui les *arrange*.

Mais à un moment, peut-être trop aveuglée par le jet privé, Paris et les boîtes de nuit glamour, elle avait cru qu'elle pourrait obtenir quelque chose de plus — au moins cette fois. Qu'elle pourrait connaître l'amour, le vrai, et vivre une relation équilibrée où elle serait reconnue, aimée et respectée. Contrairement à son habitude, elle avait ignoré tous les signaux d'alerte pourtant clairs et pensé qu'elle pourrait avoir un homme à elle. Qui ne se contenterait pas de la tolérer, et qui voudrait réellement qu'elle fasse partie de sa vie. Pour qui elle ne serait pas une gêne, mais une présence aussi essentielle que l'air qu'il respirait.

Ainsi, quand ils avaient passé cette soirée dans l'Oxfordshire, elle avait eu l'impression que leurs sentiments étaient bien réels, leurs liens plus intimes que jamais. Elle s'était convaincue qu'ils pouvaient faire l'amour, et pas simplement coucher ensemble. Mais ça ne voulait pas dire qu'Ash pensait la même chose… Elle comprenait sa colère, bien sûr. Mais comment avait-il pu s'en aller si vite, sans un regard en arrière, s'il partageait une once de ses sentiments ?

En se mordillant nerveusement la lèvre, elle passa la porte menant aux bureaux. Une fois de plus, elle avait appris à la dure que les relations humaines étaient peut-être belles sur le papier, que la science qui les régissait était irréfutable, mais que la réalité transformait tout en désastre. Elle était experte en théorie, mais novice dans la pratique… Rien n'avait changé. Pourtant, cette nouvelle leçon l'avait marquée plus profondément que les précédentes et laissait un affreux vide en elle.

Elle se sentait mutilée.

Soudain, elle se figea, un cri de stupeur au bord des lèvres.

Ash était dans son bureau !

Il portait des vêtements de sport et son T-shirt était tout taché de sueur, comme s'il avait couru depuis chez lui sans s'arrêter.

Sentant sans doute sa présence dans son dos, il se retourna et laissa tomber une enveloppe blanche sur son bureau bien rangé.

Essie crut que ses jambes allaient la trahir.

Il était là.

Pour la voir ?

— Ash...

— J'étais venu déposer ça. Je... je pensais que tout le monde était déjà parti.

Il détourna vivement le regard et le cœur d'Essie se brisa de nouveau.

— Je suis désolée. Je t'en prie, laisse-moi m'expliquer, s'écria-t-elle sans réfléchir.

Ash ramassa l'enveloppe et Essie vit son nom écrit dessus. Il la gratifia d'un regard glacial.

— Tes excuses ont-elles une chance de changer quoi que ce soit à ce qui s'est passé ? Au résultat ?

— Non, mais... S'il te plaît...

Comme il ne disait rien, elle insista. Il ne lui pardonnerait peut-être jamais ce qu'elle avait fait, mais elle avait besoin qu'il la comprenne !

— Je ne pensais pas te revoir après la première nuit. Et le lendemain, j'ai appris que tu étais mon patron, dit-elle. Je n'avais jamais eu de coup d'un soir, avant. J'ai... C'était une bonne histoire pour mettre les gens en garde : attention de ne pas coucher avec n'importe qui, votre flirt pourrait devenir votre employeur...

Sous la froideur de son regard, elle sentit ses mots s'étrangler dans sa gorge.

Elle aurait dû le lui dire plus tôt. Elle avait failli le faire, la nuit du mariage. Mais il l'avait regardée comme s'il voulait partager plus que du sexe et elle avait craqué. Elle avait désespérément voulu savoir s'il partageait ses sentiments.

— Oui, je comprends. C'est une histoire très drôle, remarqua-t-il d'une voix blanche.

Il se mit à tapoter nerveusement l'enveloppe contre sa paume, sans trahir la moindre émotion. Son T-shirt mouillé collait à son torse musclé. Si Essie n'avait pas eu besoin de toute sa salive pour apaiser sa gorge soudain sèche, elle aurait sans doute bavé de le voir ainsi…

— Ash, ce n'était pas ça ! Je ne t'ai jamais nommé sur mon blog. Je n'ai donné aucune information qui aurait permis de te reconnaître. Et je ne savais rien de ton… passé. Si j'avais su, je ne t'aurais jamais blessé comme ça. Il n'y a que toi qui sais que j'ai écrit sur nous… Enfin, sur le sexe. Pour la première fois de ma vie, je comprenais pourquoi on en faisait tout un plat ; je mesurais à quel point ça pouvait être merveilleux.

Toutes ses excuses sonnaient faux. Elle écrivait pour exposer des théories scientifiques avec une pointe de fiction pour donner plus de vie à ses articles.

— Je suis sûr que tu ne pensais pas être démasquée, répondit-il, mais les mensonges ressortent toujours. Ils grandissent, se multiplient, et prennent toute la place. En lisant tes articles, *je* me suis reconnu.

Il lui lança soudain l'enveloppe et ajouta :

— J'ai une réputation à défendre. On a couché ensemble. C'est tout.

Essie recula, sous le choc, comme s'il venait de la gifler.

— Je ne veux pas que ma vie sexuelle soit encore le sujet des ragots publics. Je deviendrais la risée des gens et je ne supporterais pas ça une seconde fois.

— Ash, je comprends ta colère, supplia-t-elle.

Elle-même s'en voulait beaucoup…

Il lui montra l'enveloppe qu'elle tenait d'une main tremblante.

— Considère-toi comme servie. Tu vas pouvoir dire au revoir à ton fameux blog. Peut-être même que tu vas être obligée de vendre tes talents, de mettre tes précieuses théories en pratique pour une clientèle payante… Je te préviens, tu vas comprendre très vite qu'on ne peut pas toujours se planquer derrière la théorie, dans la vie.

— Tu… tu me fais un procès ? Mais…

Il s'approcha lentement, sans la quitter des yeux.

Sous son regard noir, elle commençait à avoir du mal à respirer. L'espace d'un instant, Ash jeta un coup d'œil à ses lèvres et sa froideur parut fondre un peu. Non, elle imaginait encore des choses. Elle prenait ses rêves pour la réalité.

Elle s'adossa contre la porte, les paumes plaquées sur le bois pour ne pas le toucher. Si jamais elle levait une main et le voyait reculer, elle n'y survivrait pas.

Cette fois, sa voix ne fut qu'un murmure.

— Je suis vraiment désolée. Je t'en prie, écoute-moi.

Il était si près d'elle, à présent, que son souffle chaud venait l'effleurer.

— Mon père n'a jamais été là pour moi. En grandissant, j'essayais de mémoriser les choses que je voulais lui dire, de petites choses qui me marquaient. J'ai commencé à les écrire en attendant qu'il rentre à la maison. Puis, quand j'ai découvert la vérité, je me suis servie de mon blog pour accepter mes sentiments. Écrire à ton sujet était une erreur, une maladresse, et je ne le referai plus.

Si jamais elle avait pris une profonde inspiration, ses tétons auraient sans doute touché le torse d'Ash ; mais le souffle lui manquait et elle avait la tête qui tournait.

Ash l'avait écoutée patiemment, et un sourire mauvais s'afficha sur son visage pâle.

— Eh bien, tout le monde n'a pas ce luxe ! On est obligés de gérer nos émotions tous seuls, sans les étaler sur la place publique. Tu crois vraiment être la seule à avoir eu un mauvais père ?

— Bien sûr que non ! Je…

— Oh ! épargne-moi ta pitié !

L'éclat de douleur qui traversa son regard fut le coup fatal, pour Essie.

Si elle n'avait pas été appuyée à la porte, elle se serait sans doute écroulée sur place. Comment un homme pouvait-il faire subir une telle chose à son propre fils ? Dire qu'elle avait cru que Frank était le pire… Pas étonnant qu'Ash ait laissé toute sa vie derrière lui pour prendre un nouveau départ. Et tout ce qu'elle avait fait, c'était le conforter dans sa certitude qu'il ne pouvait faire confiance à personne !

— Je comprends tout ça, argua-t-elle faiblement. Mais j'ai été aveuglée par ce qui se passait entre nous. Jamais encore je n'avais connu ça. Pour la première fois de ma vie, je vivais une relation dans laquelle j'avais un peu de pouvoir. Ça a été entêtant, merveilleux et bouleversant à la fois. Enfin, j'avais l'impression de valoir quelque chose et, quand les gens ont commencé à aimer ce que j'écrivais… Mes articles ont aussi été approuvés par une partie de la communauté professionnelle, tu sais. J'avoue que j'ai perdu les pédales, avec ce blog. J'aurais dû t'en parler. J'ai essayé de te le dire, le soir du mariage de Harley.

Ash posa une main sur la porte, au-dessus de son épaule, et se pencha sur elle. Au début, elle crut qu'il allait l'embrasser tant son regard se faisait brûlant, tant sa respiration s'accélérait. Il fit glisser le bout de sa langue sur sa lèvre…

Puis il dut changer d'avis. Ses yeux s'assombrirent soudain et Essie frémit.

— J'avais raison de ne pas te faire confiance.

Il ne l'écoutait pas. Il s'était déjà refermé sur lui-même. Elle avait tout gâché et avait raté l'opportunité de réparer les dégâts…

Il s'écarta tout à coup, aussi brutalement que s'ils avaient été surpris en plein baiser interdit. Essie sentit son corps entier frémir, traversé par une vague de frissons glacés. Ash devait être terrifiant, dans un tribunal, s'il pouvait frapper une personne ainsi, sans la moindre démonstration d'émotion… Elle espéra soudain ne jamais voir ou subir un tel traitement, en dépit du document légal qu'il lui avait fourré dans la main.

— Ash, si je t'ai humilié, c'était dans un élan stupide et impulsif. Je le regrette, tu sais.

C'était maintenant ou jamais. Rassemblant tout le courage qui lui restait, elle s'appuya contre le battant ouvert de la porte pour gagner un semblant d'espace et respirer plus à son aise.

— Mais si je ne t'ai rien dit, c'est parce que j'ai… commencé à comprendre… que je t'aimais et que je ne voulais pas gâcher ça…

Silence.

Le regard glacial d'Ash ne changea pas.

Essie attendit, l'estomac noué. Chaque seconde qui passait était une torture de plus. Finalement, voyant qu'il ne disait rien et ne bougeait toujours pas, elle s'enfuit d'un pas chancelant, sortant du club sans rien voir autour d'elle pour se fondre dans la nuit.

Beaucoup plus tard, alors qu'elle était seule dans une rame de métro déserte, elle baissa les yeux sur l'enveloppe qu'elle tenait toujours froissée dans sa main.

Un flot de rire hystérique perça les brumes de son apathie.

Comment allait-elle réussir à payer un avocat pour se défendre ?

Et pourquoi prendrait-elle cette peine ?

Elle aimait Ash et elle lui avait fait du mal. Il était temps d'assumer les conséquences de ses actes.

12

Le vingt-cinquième anniversaire d'Essie arriva comme prévu, et lui donna envie de se battre contre la terre entière. En premier lieu, ce fut une carte posée devant sa porte, ornée d'un timbre « par avion » et d'une écriture reconnaissable entre mille, qui la fit frissonner d'horreur. Pourtant, en lisant l'unique phrase griffonnée à la hâte par son père au dos de la carte, elle sentit sa détermination s'affirmer. Aujourd'hui était le premier jour du reste de sa vie.

Une nouvelle Essie était en train de renaître de ses cendres. Une Essie qui avait appris une leçon importante après ses erreurs concernant Ash. Oui, elle l'avait blessé et perdu — il s'était déjà caché derrière le rempart qu'il avait érigé des années plus tôt et qu'elle avait renforcé pour lui…

Mais Ash — et Ben aussi d'une certaine manière — lui avait appris quelque chose. En tombant amoureuse, elle avait fini par comprendre qu'elle était digne d'être aimée, elle aussi. Elle voulait son amour, même si elle se savait à présent capable de survivre sans. Elle avait longtemps étudié la théorie des relations et elle avait à présent assez confiance en elle pour mener une vie authentique. C'était fini, elle n'attendrait plus dans son coin les miettes que les autres daigneraient lui jeter.

Elle prit le chèque annuel joint à la carte — la manière que son père avait trouvée pour apaiser ses propres démons, et qu'Essie avait délibérément rejetée depuis son quinzième anniversaire — et le déchira en deux. À présent que le rituel était terminé, elle jeta carte et chèque dans la poubelle et partit en direction de la station de métro d'un pas léger.

Une demi-heure plus tard, elle arrivait à The Yard. Ben et Ash étaient là, en train de boire un café au bar.

Envahie par une bouffée de culpabilité, Essie hésita un instant quand le regard d'Ash se posa sur elle. Elle l'avait trahi et blessé. Il n'était peut-être pas capable de lui rendre son amour, mais elle ne s'excuserait plus des sentiments qu'elle avait pour lui.

— Vous êtes là tous les deux ? Tant mieux : je voulais vous parler, lança-t-elle, les mains crispées sur les bretelles de son sac à dos.

Deux paires d'yeux surpris se levèrent sur elle — dont une qui lui ressemblait au point de faire battre son cœur plus fort — et ce qu'elle avait à dire se coinça dans sa gorge. L'autre regard fixé sur elle était plus bleu et plus limpide que jamais. Elle avait presque l'impression de pouvoir lire les pensées d'Ash dans ce regard, ses peurs et ses zones d'ombre. Peut-être le pouvait-elle, après tout. Peut-être en avait-elle toujours été capable. Mais elle ne voyait pas dans ces yeux ce qu'elle avait espéré y lire.

Elle avait commis une erreur. Et elle y survivrait.

Tous les êtres humains partageaient les mêmes désirs profonds : être en sécurité, connaître l'amour, être acceptés… Elle méritait toutes ces choses, et Ash aussi. Seulement, il était trop tard pour qu'ils les trouvent ensemble. Ils avaient eu une maigre chance de réussir et elle l'avait gâchée.

Sentant une boule naître au fond de sa gorge, Essie se concentra sur son frère, le menton dressé. Elle fit glisser son sac de son épaule et en tira la lettre qu'elle avait écrite à 6 heures du matin, après avoir publié son dernier article de blog sur l'importance de s'aimer soi-même, de se pardonner et de s'accepter. Elle tendit fermement l'enveloppe à un Ben éberlué et s'éclaircit la voix :

— Je démissionne.

Son frère prit la lettre avec une grimace et Essie se reprit très vite — il fallait qu'elle dise tout ce qu'elle avait sur le cœur avant de laisser l'émotion la paralyser… Parce qu'elle en avait fini avec son besoin de reconnaissance. Elle avait fini d'attendre l'approbation des autres et de se contenter de vivre selon une théorie scientifique.

Elle survivrait à la mise en pratique et en sortirait plus sage, plus forte, plus sûre d'elle.

Avec le temps, même son cœur brisé finirait par guérir.

Elle poursuivit donc :

— Comme nous n'avons eu qu'un accord oral, je n'ai pas l'intention de travailler pendant mon préavis, mais je suis certaine que tu t'en sortiras sans moi.

Ash n'avait qu'à explorer les tenants et les aboutissants du code du travail pour trouver une faille, nul ne pourrait la forcer à rester. Et Ben n'avait pas vraiment besoin d'elle. Depuis le début, elle était certaine qu'il lui avait seulement proposé ce travail pour tenter de réparer le mal que leur père lui avait fait — et elle lui en était profondément reconnaissante…

— Je sais que tu m'as embauchée parce que tu te sentais responsable des manquements de Frank, mais c'était inutile. Si jamais tu as besoin d'aide, je te conseille de donner ma place à Josh le temps de recruter un nouveau manager. Il est beaucoup plus qualifié que moi pour ce boulot, de toute manière.

Elle jeta un petit regard à Ash, le cœur battant et les yeux brûlants, résistant au désir soudain de se cacher derrière ses lunettes de soleil. Combien de temps lui faudrait-il pour la remplacer dans son lit ? Chercherait-il même à trouver une autre amante ? Ou bien allait-il revenir à sa règle tristounette des coups d'un soir ? Essie l'aimait suffisamment pour vouloir qu'il connaisse mieux que ça, même si ses actions stupides l'avaient séparée de lui.

— Essie, murmura Ben.

Elle le fit taire d'une main levée. Il fallait qu'elle termine ce qu'elle avait à dire.

— À l'avenir, je veux qu'on ait une vraie relation. Nous avons l'occasion de construire un lien solide, sans être influencés par la moindre rivalité fraternelle. Je ne t'en veux pas d'avoir eu un téléphone avant moi ou d'avoir eu le droit de rentrer tard à la maison, et tu n'as jamais été obligé de te déguiser avec moi, de me raconter des histoires stupides. C'est notre chance…

Il sourit, et ce simple geste lui donna le courage de continuer.

— Si tu veux faire partie de ma vie comme je veux faire partie de la tienne, reprit-elle, le souffle court et les yeux brûlants, alors aide-moi à trouver un juste milieu.

Elle frissonna, chargée d'un regain d'énergie inattendu.

En face d'elle, Ben acquiesça avant de jeter un bref coup d'œil à Ash.

— Bien sûr que j'en ai envie, dit-il avant de serrer la main de sa sœur dans les siennes. Mais qu'est-ce que tu vas faire, si tu n'as plus de travail ?

Elle serra ses mains à son tour, pour le rassurer.

— J'ai beaucoup de choses à faire, répondit-elle. Déjà, j'aimerais prendre plus de temps pour promouvoir mon blog et le faire connaître à un public plus large ; et puis je pensais écrire un livre. Au final, il se trouve que j'ai beaucoup de choses à dire concernant les relations humaines. Je suis même une sorte d'experte dans le domaine…

Elle gratifia son frère d'un clin d'œil complice.

— Tu sais que tu as de la chance de m'avoir pour frangine, toi ?

Elle reprit son sac à dos et lança un petit sourire à Ben, qui paraissait aux anges. Oh oui, elle l'aimait… Elle l'aimerait toujours. Mais elle était seule responsable de son propre bonheur et elle n'avait plus l'intention d'attendre que les autres l'acceptent ou l'approuvent. Elle ne se contenterait plus des miettes.

Et Ash…

D'un seul coup, ses yeux se mirent à piquer et elle ferma brièvement les paupières pour chasser sa peine.

Avec Ash, tout était fini. Elle l'avait blessé et il était incapable de lui rendre son amour. Mais elle avait été sincère quand elle lui avait parlé, la veille.

Sa gorge se noua, étouffant presque dans l'œuf son courage encore fragile.

Comme s'il avait senti que c'était le moment de s'éclipser, Ben prétexta un coup de téléphone à passer et les laissa en tête à tête.

Une part d'Essie brûlait de le suivre… Mais il était temps pour elle d'assumer ses erreurs — et ses sentiments.

Ash la regardait d'un air méfiant. C'est à cet instant que le dernier reliquat d'espoir qu'elle nourrissait encore disparut.

— Je sais que j'ai gaffé… Je suis vraiment désolée, crois-moi, et j'espère que tu sauras me pardonner un jour.

Sa voix se brisa, mais elle fit de son mieux pour sourire, en dépit de la pierre qui pesait sur sa poitrine.

— Plus important encore, et je te dis ça parce que je t'aime et que je veux que tu sois heureux, j'espère que tu auras envie de construire une vraie histoire avec quelqu'un, tôt ou tard. Tu mérites plus que des aventures de passage…

Ash ravala sa salive, la mâchoire serrée. Essie

aurait tellement voulu le toucher, sentir ses cheveux soyeux sous ses doigts, et le frottement de sa barbe sur sa peau… Elle serra les poings pour se maîtriser et baissa les yeux, incapable de retenir ses larmes plus longtemps.

— J'ai laissé le comportement de mon père entacher ma vie, mais c'est fini, aujourd'hui. Ne laisse pas ton père t'empêcher de faire ce que tu veux, Ash.

Avec un dernier petit sourire tremblant, elle se détourna de l'homme qu'elle aimait et ressortit du club sous le soleil d'un jour nouveau.

— Qu'est-ce qu'elle t'a dit ? demanda Ben quand il rejoignit Ash près de la fenêtre où il s'était campé pour suivre Essie des yeux.

Ash haussa les épaules, le cœur trop gros pour sa poitrine, et sourit à son ami.

— Elle est impressionnante, n'est-ce pas ?

Chaque nerf, chaque muscle, chaque fragment de son corps s'embrasait, le poussait à la retrouver. Il regrettait déjà son beau sourire sincère, son énergie si contagieuse, son petit rire coquin, quand elle faisait une bonne blague… Mais hélas, que faire ? Il avait brisé la confiance qu'elle avait en lui, la veille. Il n'avait jamais eu l'intention de lui faire un procès. Il s'était simplement laissé aveugler par sa colère et il n'avait pas réfléchi.

Connard.

À présent, il avait quelque chose à dire — et Ben devait l'entendre.

— Je l'aime...

Ben pivota pour lui faire face.

— Bien sûr que tu l'aimes, imbécile, répondit-il en lui donnant un coup de poing amical dans l'épaule pour ponctuer son jugement.

Ash soupira, incapable de retenir le petit sourire triste qui lui montait aux lèvres. Il s'était voilé la face beaucoup trop longtemps.

— J'ai laissé mes doutes entacher mon jugement. Tu n'as pas besoin que je le dise, sans doute, mais elle est la meilleure chose qui me soit arrivée. Qui *nous* soit arrivée.

Ben approuva de la tête, visiblement encore un peu choqué par les déclarations de sa sœur.

— Que vas-tu faire ?

Ash retourna près du bar, trop agité pour tenir en place, et y déposa un billet pour payer leurs cafés.

— Je vais faire ce dont j'ai été incapable au mariage : je vais me battre pour elle.

Ben acquiesça.

— Tu as intérêt à ne pas lui faire à nouveau mal.

Ash soupira et lâcha un petit éclat de rire amer.

— Bien sûr que je vais lui faire du mal : je suis complètement paumé. Mais elle va me remettre d'aplomb.

Ben le gratifia d'un petit sourire incrédule et Ash soupira de nouveau, le cœur soudain plus léger.

— Et je vais te dire la même chose à mon tour. Tu as intérêt à être là pour ma copine quand elle aura besoin de toi... C'est toi, l'homme de sa famille, maintenant. Il est temps d'assumer ton rôle.

Visiblement abasourdi, Ben acquiesça avec un gloussement.

— On dirait qu'on a du pain sur la planche, tous les deux, dit-il.

Ils se serrèrent la main en murmurant à l'unisson :

— Bonne chance !

13

Ash pénétra dans la pénombre étouffante du hall de l'université. Il avait la gorge tellement sèche qu'il avait peur de ne pas être capable de prononcer les mots qu'il s'était répétés en boucle dans sa tête. Il se redressa et scruta la foule d'étudiants, à la recherche de la crinière dorée qu'il connaissait si bien. Il était venu faire le plus important plaidoyer de sa vie… Ce n'était pas le moment de fléchir.

Parce qu'il savait ce qu'il faisait.

Il avait toujours gagné.

Chaque négociation.

Il n'arrivait pas à croire qu'il avait pu envisager un instant la vie sans Essie. Pour un homme intelligent habitué à obtenir tout ce qu'il voulait, il s'était lui-même mis des bâtons dans les roues pendant trop longtemps…

Il serra plus fort son sac contenant une paire de bottes de pluie — l'odeur du caoutchouc neuf lui rappelait l'importance de ce qui allait se jouer. Avait-il trop attendu ? S'était-il réveillé trop tard ?

Soudain, il l'aperçut et son cœur s'arrêta.

Une Essie à couper le souffle, telle qu'il ne l'avait encore jamais vue, se tenait à quelques mètres de lui. Elle portait une robe ajustée verte qui soulignait à la perfection chacune de ses courbes envoûtantes et une paire d'escarpins à talons assortis. Une pointe de maquillage mettait en valeur son teint rosé et ses yeux pétillants. Ses cheveux étaient lâchés, flottant en vagues souples sur ses épaules, et une blouse de jeune diplômée complétait l'ensemble.

Il eut soudain une envie folle de la déshabiller. De lui arracher ce bel ensemble si professionnel et d'emmêler ses cheveux tout en l'embrassant jusqu'à ce qu'elle croie ce qu'il avait à lui confier… Jusqu'à ce qu'elle en soit convaincue… Parce qu'il le pensait vraiment, et parce qu'il avait attendu beaucoup trop longtemps pour le lui dire.

Alors qu'il s'approchait, Ben qui discutait avec elle l'aperçut.

Essie se tourna au même moment, en riant, et son sourire vacilla sur ses lèvres délicates. Une bulle électrique se referma sur eux et effaça immédiatement tout le brouhaha qui remplissait le hall.

— C'est quoi ces bottes ? lança-t-elle en jetant un coup d'œil au sac.

Ash aurait mérité tout son mépris après l'avoir menacée de procès ; mais ce n'était pas ainsi qu'Essie fonctionnait.

Il serra les dents, réprimant un éclat de rire qui aurait été très malvenu. Évidemment, il fallait qu'elle dise la chose à laquelle il s'attendait le moins ! Elle était toujours aussi imprévisible, aussi fraîche et unique. Son Essie…

Ne vends pas la peau de l'ours, crétin !

— Tu veux parler de ça ? demanda-t-il en lui montrant les bottes de pluie. C'est un cadeau pour fêter ton diplôme. Félicitations, docteur Newbold !

Sans rien dire, elle contempla un instant la petite pelle qui dépassait du sac, à côté des bottes. Ash était sur des charbons ardents…

Il aurait dû venir avec du champagne, des fleurs, une fanfare ! Mais il avait trop bien réussi à tenir la promesse qu'il lui avait faite le jour de leur rencontre : il était sorti de sa vie, et elle avait disparu de la sienne.

Quel idiot !

Son incroyable courage et ses déclarations passionnées de la veille avaient été la gifle dont il avait besoin pour se réveiller. Finalement, la seule personne qui l'avait empêché de connaître le bonheur, c'était lui ; mais, à présent, il avait fait le plus difficile, il s'était libéré de son ancienne vie et de sa relation empoisonnée avec son père. Quant au reste — aimer Essie —, c'était facile.

Maintenant, il n'avait plus qu'une chose à faire : obtenir le pardon de cette femme merveilleuse et prier pour qu'elle reste toujours à ses côtés. Si elle le voulait bien.

Ce qui restait encore à voir… Et s'il était obligé de faire amende honorable et de se déclarer devant une foule de jeunes diplômés, comme s'il tenait le premier rôle d'une comédie romantique à l'eau de rose, il le ferait.

Ben s'éclaircit soudain la voix.

— Je… Euh… Je vais voir ta mère et nous trouver un peu de champagne.

Après avoir jeté un dernier regard à son ami, comme pour lui dire « ne gâche pas tout », il s'éloigna à grands pas.

Ash invita d'un geste Essie à le suivre dans une pièce adjacente, moins peuplée. Elle se laissa entraîner sans mot dire et il regretta un instant que sa blouse neuve cache à ce point ses fesses magnifiques.

Une fois arrivée dans un coin vide, elle le fixa de ses grands yeux bleus.

— J'ai bluffé, avec cette histoire de procès, Essie. J'étais en colère… Je suis sincèrement désolé, crois-moi.

Plus elle le regardait, soupçonneuse et hésitante, plus son estomac se nouait.

— Je me suis planté, moi aussi, conclut-il.

Il la dévisagea un instant, priant pour qu'elle entende le regret sincère dans sa voix. Il s'approcha un peu plus, prenant le temps de s'enivrer de son parfum. Il avait tellement envie de se réveiller, le lendemain et tous les jours qui suivraient, avec cette odeur délicieuse accrochée à ses cheveux, sur ses draps.

Finalement, elle tendit un doigt vers la pelle.

— Tu m'as acheté ça aussi ? Est-ce que tu as l'intention d'enterrer un cadavre ?

Cette fois, il ne put retenir son fou rire. Il était en train de s'enfoncer et, à sa manière pleine d'humour, elle essayait de l'aider.

Il avait de plus en plus de mal à s'empêcher de

la prendre dans ses bras pour l'attirer contre lui et embrasser ces lèvres rouge vif.

— Quelqu'un m'a dit un jour de faire attention à mon empreinte carbone et je lui ai promis de planter une forêt, répondit-il. D'ailleurs, tu savais qu'un vol de New York à Londres produisait quatre-vingt-quatre tonnes d'un gaz à effet de serre, le dioxyde de carbone ?

Elle le contempla si longtemps en silence, sans rien trahir de ses émotions, qu'il ne put s'empêcher de compter les secondes qui le séparaient du coup fatal.

— Je sais que tu es là pour faire la fête avec ta famille, donc je vais faire court et me concentrer sur mon plaidoyer final…

Aucun sourire. Bon sang, dire que c'était sa meilleure blague d'avocat !

— Tu avais raison, hier. J'ai laissé les drames de mon passé nous séparer, et j'aimerais que tu me donnes une seconde chance.

Ses lèvres s'étirèrent en un semblant de sourire pendant une fraction de seconde.

— Avant d'envoyer le jury délibérer, je voudrais te montrer mes preuves.

— Tu n'étais pas censé faire ça *avant* ton plaidoyer final ? demanda-t-elle en penchant la tête sur le côté — un geste mignon qu'il adorait.

Une vague de chaleur monta en lui. Elle était si belle, capable de le tenir en haleine, de le mettre au défi d'assumer toutes ses erreurs… Comment avait-il pu se voiler la face pendant tout ce temps ?

Et comment parvenait-il à s'empêcher de la toucher, à présent ?

— Tu as raison. Le fait est que j'ai fait quelques recherches, dernièrement. Je suis sûr que tu connais par cœur la théorie de l'amour triangulaire de Sternberg ?

Elle frémit, rougissant un peu.

— Bien sûr.

Jusque-là, tout va bien.

— Nous avons définitivement eu la passion, au moins un moment, jusqu'à ce que je me mette à faire l'idiot et à tout gâcher. Et je considère que nous avons aussi partagé l'intimité, dit-il en cédant enfin à son désir et en la prenant par la taille pour la rapprocher un tout petit peu de lui. Deux points clés sur trois, ce n'est déjà pas si mal.

Elle ne s'écarta pas de lui, mais son regard se fit plus dur.

— Le problème, Ash, c'est que je n'ai plus l'intention de me contenter des deux tiers de ce que je mérite.

La sentir si proche aiguisa le désir d'Ash, tout comme ses exigences réveillèrent sa fièvre. Si c'était ce qu'elle voulait, il ne la lâcherait plus un seul instant !

— Tu n'as pas besoin de t'en contenter. Si je suis venu aujourd'hui, c'est pour te dire que je suis prêt à compléter le triangle.

Elle leva sur lui un regard surpris.

— L'engagement ?

Il acquiesça avec un sourire sincère.

— Je suis partant. Je te veux dans ma vie : chaque instant passé avec toi a été meilleur que tout ce que j'ai connu. Et, à moins que je fasse tout foirer, ce qui n'est pas mon intention, je sens que l'avenir pourrait être tout aussi bon.

Il lâcha le sac et lui prit les mains pour les serrer dans les siennes.

— Je t'aime, Essie. Est-ce que c'est trop tard ?

Elle resta muette.

Le marteau retomba, bruyant et définitif, dans la tête d'Ash.

Il avait échoué.

Puis, soudain, Essie sauta dans ses bras, les mains accrochées à sa nuque et son corps pressé contre le sien. Ses lèvres plus enthousiastes que jamais étouffèrent le cri de surprise qui monta de sa gorge. Cette femme était incapable de faire dans la demi-mesure, et c'était l'une des choses qu'il préférait chez elle. Son honnêteté. Ses émotions sincères. Son manque total d'artifice. Elle jouait cartes sur table et il l'adorait pour ça.

Les bras passés autour de sa taille, il la souleva de terre et la fit tournoyer dans les airs avant de la reposer en douceur.

— J'ai fait couler ton rouge à lèvres, murmura-t-il en essuyant la traînée grasse sur sa joue.

— Je m'en fiche ! répondit-elle dans un éclat de rire, avant d'essuyer à son tour les lèvres d'Ash du bout des doigts. En tout cas, beau plaidoyer, maître Jacob.

Il sourit, soulagé.

— Certaines choses méritent qu'on se batte pour elles. *Tu* le mérites.

Il l'enlaça de nouveau et l'embrassa en glissant

une main sous sa blouse de cérémonie pour la serrer contre lui. Elle s'écarta néanmoins avec un petit soupir, les yeux brûlants de désir.

— Tu veux m'accompagner à un lunch guindé pour diplômés ? Je te promets que ce ne sera *pas* marrant.

Il acquiesça, le cœur en fête, et la serra une dernière fois dans ses bras.

— Tant que je peux t'enlever tous ces vêtements après, docteur Newbold, dit-il avant de caresser l'étoffe de sa blouse. À moins que tu ne gardes que ça… Ça pourrait être amusant. Tu as déjà fait l'amour dans une tenue de cérémonie ?

Elle éclata de rire en secouant la tête.

— Appelle-moi encore docteur…

Elle se tortillait dans ses bras, mettant Ash dans un état parfaitement inapproprié pour l'occasion.

— Docteur, murmura-t-il contre la peau de son cou.

— Maître Jacob, je crois que vous venez de gagner cette affaire.

— Non, j'ai gagné quelque chose de mieux : toi.

Un dernier baiser marqua la fin de sa plaidoirie.

Essie poussa la bêche dans la terre et rencontra une pierre. Le pré qui bordait la forêt ancienne, le long du domaine d'Alex dans l'Oxfordshire, était rempli de boutures d'arbres en sac, prêtes à être plantées.

— Combien de trous encore avant le délicieux déjeuner que tu m'as promis ?

Ash éclata de rire.

— Si tu veux m'accompagner à New York pour Noël, il faut planter toute la forêt !

Essie eut une petite moue boudeuse et s'attaqua plus sérieusement à la pierre. Plus vite ils auraient planté ces fichus arbres, plus vite elle pourrait déshabiller Ash. Elle jeta un coup d'œil en direction de son amant, vêtu d'un jean et d'un simple T-shirt. Il était plus beau que jamais… Comment s'inquiéter des gaz à effet de serre, quand il était là ?

Et il était à elle. Elle souriait tellement, ces derniers temps, que ses joues lui faisaient mal. Elle avait deux nouveaux hommes dans sa vie : un frère toujours présent, et un vrai petit ami qui l'aimait comme un fou…

— Tu savais que les couples qui jouaient ensemble restaient ensemble ? déclara-t-il soudain.

Elle ramassa enfin le caillou récalcitrant et le lança aux pieds d'Ash.

Il lui jeta un regard brûlant, annonciateur d'une vengeance délicieuse.

Avec un éclat de rire, Essie lâcha alors sa bêche et se précipita vers Ash pour se pendre à son cou et l'embrasser.

— Tu viens d'inventer ça !

— Oui, répondit-il en riant à son tour. Mais tu n'es pas la seule à savoir distiller de petites anecdotes, docteur Newbold.

Très vite, le sourire d'Essie mourut sur ses lèvres.

— Même si c'était vrai, tu vas bientôt reprendre ton métier d'avocat. Il ne te restera plus beaucoup de temps pour jouer ou t'amuser.

Il la souleva de terre et elle passa les jambes autour de sa taille, heureuse d'avoir opté pour son mini-short, ce matin. Il était incapable d'y résister et elle sentait déjà son sexe dressé entre ses cuisses.

— Il y a toujours du temps pour s'amuser, répondit-il en lui rendant son baiser. Mais j'avais une question à te poser : tu as déjà essayé de vivre avec un homme que tu aimais ?

Stupéfaite, elle fit non de la tête, presque sûre de l'avoir mal compris.

— Parfait, ajouta-t-il, parce que je pense que nous devrions emménager ensemble.

Essie se libéra vivement, glissant le long du corps d'Ash.

— Tu es sérieux ?

Il acquiesça, les yeux pétillants.

— Mais tu vis du mauvais côté de Londres.

Il la reprit dans ses bras et se frotta sensuellement contre ses hanches.

— Je déménage. Nouveau cabinet d'avocats. Nouvel appartement. Nouvelle petite amie…

De nouveau, ce sourire qui lui faisait mal aux joues. Ash, lui, retrouva son sérieux.

— Est-ce que tu veux bien vivre avec moi dans un appartement qu'on aurait choisi ensemble ?

Elle acquiesça, trop émue pour parler, et se jeta une fois de plus dans ses bras. Après un baiser assez long pour leur donner le vertige, elle examina rapidement la forêt voisine, à la recherche d'un coin assez intime pour mener les choses plus loin. Ash la reposa et essuya ce qui devait être une trace de terre sur sa joue.

Il lui prit ensuite la main et la conduisit vers sa voiture.

— Viens. Finalement, je meurs de faim, dit-il avec un clin d'œil qui annonçait quelque chose de bien plus délicieux qu'un déjeuner.

— Mais les arbres ? Je veux passer Noël à New York ! Je n'ai jamais fait de patin à glace à Central Park, ni vu le sapin du Rockefeller Center.

— Je te promets d'embaucher quelqu'un pour planter cette fichue forêt à notre place.

Il accéléra le pas, visiblement plus pressé maintenant qu'il avait pris sa décision.

— Est-ce qu'on retourne à Londres en voiture ?

Elle ne pourrait jamais tenir aussi longtemps, maintenant que son désir s'était remis à flamber au creux de ses reins.

Et faire l'amour en voiture ?…

— Non, j'ai réservé une chambre à l'hôtel. On va célébrer correctement notre futur déménagement. Je veux lécher le champagne sur ton corps entier.

— Je ne suis pas sûre de survivre à l'expérience, tu sais…

— Oh, si ! Ce sera amusant.

Elle acquiesça. Oui, ça allait être amusant.

Retrouvez en juin 2019,
dans votre collection

MAGNETIC

Liaison interdite, de Riley Pine - N°25

Lorsqu'il rencontre Juliet, l'héritière du royaume ennemi du sien, Damien n'a plus qu'une idée en tête : prendre la virginité de la belle et naïve princesse, par pure provocation. Car Damien, prince rebelle d'Edenvale, s'est toujours considéré comme un fauteur de troubles. Un paria qui ne mérite ni la gloire ni l'amour. Même si, il doit bien le reconnaître, Juliet ne le laisse pas indifférent…

Un cœur rebelle, de Lauren Hawkeye - N°26

Faire comme les autres ? Jamais ! Beth a toujours mené sa vie comme elle l'entendait. C'est pourquoi elle partage son temps entre le garage automobile où elle travaille, et les bars, pour séduire les hommes de son choix. Jusqu'au jour où Ford Lassiter, un homme d'affaires guindé mais ultra-sexy, fait vaciller ses certitudes. Au point de lui donner envie de s'engager ?

Désirs et provocation, de J. Margot Critch - N°27

SÉRIE : SIN CITY BROTHERHOOD - TOME 3/3

Alex a trois passions : son travail, les femmes et le whisky hors d'âge. La première lui donne l'accès au luxe dont il raffole, les deux autres lui procurent un délassement bien mérité. Les trois réunies lui permettent d'oublier les fêlures du passé. Mais l'irruption de Maria Martinez dans sa vie fait exploser ses défenses. Problème : Maria est intouchable, car elle n'est autre que la sœur de son meilleur ami…

Composé et édité par HarperCollins France.

Achevé d'imprimer en mars 2019.

BLACK PRINT

Barcelone

Dépôt légal : avril 2019.

MIXTE
Papier issu de sources responsables
FSC® C108412

Pour limiter l'empreinte environnementale de ses livres, HarperCollins France s'engage à n'utiliser que du papier fabriqué à partir de bois provenant de forêts gérées durablement et de manière responsable.

Imprimé en Espagne.